Melhores Contos

Hélio Pólvora

Direção de Edla van Steen

 Melhores Contos

Hélio Pólvora

Seleção de André Seffrin

São Paulo
2011

© Hélio Pólvora, 2008

1ª EDIÇÃO, GLOBAL EDITORA, SÃO PAULO 2011

Diretor-Editorial
JEFFERSON L. ALVES

Gerente de Produção
FLÁVIO SAMUEL

Coordenadora-Editorial
ARLETE ZEBBER

Revisão
LUCIANA CHAGAS/TATIANA F. SOUZA

Projeto de Capa
RICARDO VAN STEEN

Capa
EDUARDO OKUNO

Dados Internacionais de Catalogação na Publicação (CIP)
(Câmara Brasileira do Livro, SP, Brasil)

Pólvora, Hélio
  Melhores contos : Hélio Pólvora / seleção de André Seffrin. –
São Paulo : Global, 2011. – (Coleção melhores contos / direção
Edla van Steen)

ISBN 978-85-260-1593-7

1. Contos brasileiros. I. Seffrin, André. II. Steen, Edla van. III. Título.
IV. Série.

11-08375   CDD-869.93

Índice para catálogo sistemático:

1. Contos : Literatura brasileira   869.93

Direitos Reservados

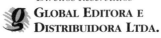

GLOBAL EDITORA E
DISTRIBUIDORA LTDA.
Rua Pirapitingui, 111 – Liberdade
CEP 01508-020 – São Paulo – SP
Tel.: (11) 3277-7999 – Fax: (11) 3277-8141
e-mail: global@globaleditora.com.br
www.globaleditora.com.br

Obra atualizada
conforme o
Novo Acordo
Ortográfico da
Língua
Portuguesa

Colabore com a produção científica e cultural.
Proibida a reprodução total ou parcial desta obra
sem a autorização do editor.

Nº DE CATÁLOGO: **3112**

André Seffrin é crítico literário, ensaísta e pesquisador independente. A partir do início dos anos 1990 atuou em diversos jornais e revistas, com passagens por *O Globo, Jornal do Brasil, Manchete, Última Hora, Jornal da Tarde, Gazeta Mercantil, EntreLivros* etc. Integrou júris de prêmios nacionais de literatura e escreveu dezenas de apresentações e prefácios para edições de autores brasileiros. Organizou cerca de vinte livros, entre os quais *Antologia poética*, de Foed Castro Chamma (Imprensa Oficial do Paraná, 2001), *Inácio, O enfeitiçado* e *Baltazar*, de Lúcio Cardoso (Civilização Brasileira, 2002), *Contos e novelas reunidos*, de Samuel Rawet (Civilização Brasileira, 2004), *Paulo O. F.* (Calibán, 2008) e *Poesia completa e prosa*, de Manuel Bandeira (Nova Aguilar, 2009). Para as coleções da Global, selecionou *Roteiro da poesia brasileira*: anos 50; *Melhores contos*: Fausto Wolff; e *Melhores poemas:* Alberto da Costa e Silva.

MOMENTOS SINGULARES

Em face da História, rio sem fim que vai arrastando tudo e todos no seu curso, o contista é um pescador de momentos singulares cheios de significação.

Alfredo Bosi, em *O conto brasileiro contemporâneo*

Nesta antologia, os dois primeiros contos – "Adamastor" e "Meus coelhos selvagens" (em versão antiga, "História em que entra coelho") – compõem, respectivamente, primeiro e último de *Estranhos e assustados* (1966), terceiro livro de Hélio Pólvora. A ordem cronológica vale, portanto, para os treze contos seguintes, um bom começo para o conhecimento de um escritor que é primordialmente contista, como outros seus contemporâneos, ou quase contemporâneos, a exemplo de Samuel Rawet, Clarice Lispector, Dalton Trevisan ou José J. Veiga. Todos são de fato contistas, mesmo quando ameaçaram sair de seu meio na composição de supostos romances ou novelas – rótulos hoje fatalmente caducos, mas imprescindíveis à indústria editorial, que dificilmente os dispensa.

Como o obsessivo Trevisan, Hélio Pólvora também é escritor de longo curso e costuma reescrever-se, a começar pelos contos de estreia – *Os galos da aurora* (1958) –, reformulados em "edição definitiva" de 2002, que pouco lembra a anterior, de quem herdou apenas o título e algum lastro lírico. Eis porque não podemos ignorar o pequeno prólogo à edição de 2002, no qual o autor confirma que os textos iniciais foram "reescritos, repensados, reestruturados, recriados" e atualmente "encontram-se dispersos na minha bibliografia". Ou seja, os livros seguintes refundiram muitos daqueles "argumentos" da estreia, ponto de partida de um autor que nunca se acomodou às enganosas conquistas do meio literário. Assim, os quinze contos que compõem esta antologia são apresentados nessa ordem posterior de publicação em livro. Além dos já referidos de *Estranhos e assustados*, temos: de *Noites vivas* (1972), "Casamento", "O busto do fantasma" e "Turco"; de *Massacre no km 13* (1980), "Massacre no km 13", "Almoço no 'Paglia e Fieno'" e "O outono do nosso verão"; de *O grito da perdiz* (1983), "Além do mundo azul" e "O grito da perdiz"; de *Mar de Azov* (1986), "Mar de Azov", "Zepelins" e "Ninfas, ou A idade da água" (na edição de 1986, "As dríades"), e de *O Rei dos Surubins & outros contos* (2000), "Pai e filho" e "O Rei dos Surubins".

Para Horácio Quiroga, todo conto começaria pelo fim, um pouco à maneira do soneto em sua circularidade de som e signo. Julio Cortázar não andou longe disso e, se é verdade que o soneto condena ou consagra o poeta, podemos afirmar o mesmo no que diz respeito ao conto, seja ele desenvolvido em uma frase (a do famoso "El dinosaurio", de Augusto Monterroso) ou em centenas de páginas – sem exceder-se, elíptico em seu circuito único. Trata-se daquele singular efeito único sugerido por Edgar Allan Poe e que Hélio Pólvora relembrou não poucas vezes no exercício crítico que, em seu caso, é igualmente de longo curso. Seja como for, distante da tradicional linearidade narrativa, o conto se prestaria a toda e nenhuma definição, o que motivou a célebre proposta de Mário de Andrade mais tarde reunida em *O empalhador de passarinho* – "em verdade sempre será conto aquilo que seu autor batizou com o nome de conto" –, e que Fábio Lucas com razão considerou, décadas depois, a fuga "redentora de muitos escribas despreparados".

Embora eventualmente identificado com a poesia (já distante de suas origens na tradição oral dos causos, provérbios, apólogos, parábolas ou máximas), para determinados escritores, como Hélio Pólvora, o conto, todavia, não se afasta da estrutura formal das supostas novelas ou dos "romances" que se desenvolvem em núcleo dramático fechado. Exemplos não faltam: são narrativas fechadas *O velho e o mar*, de Hemingway (aqui vagamente refletido em "O Rei dos Surubins", na linha imaginária em que se cruzariam mitopoéticas tão díspares como as de Hemingway e Guimarães Rosa), *A morte de Ivan Ilitch*, de Tolstói, *A morte e a morte de Quincas Berro Dágua*, de Jorge Amado, ou *Perto do coração selvagem*, de Clarice Lispector. Ao contrário, "romances" seriam *Guerra e paz*, de Tolstói, e *O tempo e o vento*, de Erico Verissimo, narrativas consteladas que se desenvolvem em diferentes níveis e núcleos dramáticos, encadeados sucessivamente e em intensidades variáveis. Estudioso profundo das técnicas de ficção, Hélio Pólvora defende ponto de vista similar e melhor embasado – em *A força da ficção* (1971) e *Itinerários do conto* (2002) – e chegou a concluir que o conto "pode ter meia página, uma página ou trinta mil palavras, como em Henry James", sem frear a inevitável indagação: "*Grande sertão: veredas* não será, em realidade, um conto longo?".

Contudo, devemos tomar precavida distância das bizantinas discussões sobre fronteiras de gênero. E relembrar Sherwood Anderson (citado por Hélio Pólvora), para quem não há, na vida, histórias sequenciais e sim instantes que devem atuar como epifanias ou iluminações, pouco importando sua extensão. É como uma lâmina retentiva a trabalhar nas rotações energizadas da memória, o que significa fixar a memória sem que se altere seu funcionamento, mantendo o que nela é relativo ou fragmentado, na procura sem trégua do que chamamos realidade (apesar do alerta do poeta: o real não existe). Para o ficcionista, interessa, antes de tudo, a voltagem da carga emotiva, a ambivalência do vivido, como no espelho estilhaçado do que é retorno ao passado em "Mar de Azov":

> volto sempre aqui, talvez em busca de uma identidade não propriamente perdida, senão dispersa em certas paisagens, diluída em algumas vivências, despedaçada em um que outro acontecimento.

Na totalidade da obra de Hélio Pólvora, essa ambiguidade ou ambivalência (do real) começa a se fortalecer, salvo engano, em "O busto do fantasma", no conflito (ou confronto) entre realidade e suprarrealidade, relativizado ou até elidido em determinados contos. Outros aspectos, sejam eles alegóricos, míticos, visionários, sobrenaturais ou fantásticos, que animam grande parte destes contos, em "O busto do fantasma" se conjugam num só quadro, em que prepondera o humor um tanto burlesco, aparentemente próximo do folclórico. Só aparentemente porque, apesar desses elementos (herança do medievo), a intenção do autor é bem outra e passa ao largo da conhecida senda dos causos e anedotas, antepassados das narrativas populares de hoje, transpostos entre nós por, entre outros, Simões Lopes Neto, em *Casos do Romualdo*, ou Graciliano Ramos, em *7 histórias verdadeiras* (renomeadas em *Histórias de Alexandre* e, por fim, em *Alexandre e outros heróis*). Intenção que podemos inicialmente surpreender na atitude de alguns personagens, ou de modo aleatório, em certa passagem de um dos contos entrelaçados de *Noites vivas* (não incluído nesta antologia):

> Em meia hora de conversa ficarei sabendo, com certeza, o que já sei, mas a experiência me ensinou que as interpretações pessoais dos fatos são mais ricas – e quase sempre mais verdadeiras – que os fatos na sua corriqueira rotina humana.

Que função terá a literatura senão a de instaurar ou reinventar no lugar de apenas relatar? – uma vez que é válido o inventado, verdade procurada pelo ficcionista que surge dissimulado ou sorrateiro nas frestas do que narra. Está na figura do filho referindo-se ao pai que mata charadas – "conclusões fáceis para quem, como meu pai, matava charadas novíssimas com o auxílio do dicionário prático e ilustrado de Jayme de Séguier, distração predileta nos domingos, quando não havia visitas" –, compõe soneto de "lavor clássico" e tem o hábito de buscar "palavras exatas" para dizer o provavelmente indizível de viver, e quase do mesmo modo surge no avô de "Além do mundo azul", com o dicionário aberto de "tempos em tempos para batizar pessoas e cães":

> O dicionário volumoso que o avô guarda em cima da escrivaninha deve conter pelo menos cinquenta mil vocábulos. Há quanto tempo não o consultam? Aberto, revela finos buracos de traças. Se ele abrir no M e procurar o significado de morte, verá que a palavra vem ilustrada pela repelente figura de um esqueleto em esvoaçantes vestes alvas e empunhando foice recurva. E saberá que rafa é o mesmo que fome e que rafado quer dizer faminto. Entre as palavras e locuções latinas que o dicionário registra, duas terão força para se esculpirem em sua memória: *amor omnia vincit,* e isso é de Vergilio e será verdade? *Sol lucet omnibus,* e isso ele não sabe a quem atribuir – e será verdade também?

Por dicionário entenda-se "a palavra, o objeto e o conceito", conforme sugeriu Heleno Godoy em excelente matéria sobre *O grito da perdiz* (*Suplemento Literário Minas Gerais*, n. 888, 8 out. 1983). Desse ponto de vista, de *Estranhos e assustados* a *O grito da perdiz*, as referências a dicionários passam de meras citações a indagações existenciais em torno da potência das palavras e da subversão do código, em última instância o código narrativo

11

(ainda Heleno Godoy). Antes, Adamastor senta-se à "mesa para amassar com os dedos os caroços de feijão ou abrir o dicionário e catar palavras complicadas" – como tantos destes personagens que andam à procura de espaço, atrás de um desenho ou de um tesouro perdido, de um "criptograma a decifrar", de um livro ou palavra que poderá restaurar o mundo ou imprimir-lhe algum sentido. Palavras sem função, digamos, literária não cabem para designar coisas do mundo (o mundo não cabe na palavra), e como tal devem permanecer amortecidas em desolado estado de dicionário, onde se tornam frágeis e inúteis, como sementes guardadas, sem contato com a terra e a água do mundo. Sem esquecer que, se trabalhadas de maneira errada, elas mentem e podem nublar descobertas. Entre verdade e mentira, dicionário e mundo, o que nestes contos poderia parecer apenas adorno ganha força estrutural frente ao fantasma dos limites do discurso.

Nesse passo, a ironia (*Estranhos e assustados*) e o humor (*Noites vivas*) oriundos das reservas pessimistas do autor pouco a pouco se estratificam impregnados de um evidente "travo de amargura" (*Massacre no km 13*), logo filtrado ou diluído em lirismo de primeira água (*O grito da perdiz* e *Mar de Azov*), já no prisma de uma mitopoética do conto. "Ninfas, ou A idade da água", é a "pastoral" que Fausto Cunha não hesitou em considerar "uma das páginas mais belas e perfeitas da moderna ficção brasileira", dentro dos tais instantes que atuam como epifania ou iluminação, em enredos densamente musicais. "Por que a distância é azul?", indaga o menino de "Além do mundo azul", e a resposta da madrinha é redonda e harmoniosa como o mundo, pois o azul...

> ... estava em tudo, cercando a gente como água. Apenas a gente, por estar dentro, como num aquário, não percebia o azul. Esse azul somente se adensava e se condensava à distância. A nossa vista, imperfeita para o derredor, para o cerco íntimo do azul, torna-se perfeita,

aguda, ferina, quando se trata de varar distâncias. O mundo se junta lá longe como as peças de uma composição harmoniosa.

Harmonia de ser e estar dentro "do mundo, para o mundo, no mundo, ó mundo", neste "instante mágico", nesta "quarta dimensão", verdadeira natureza da literatura que nada mais é que ultrapassar os elementos de que se compõe. Aqui, se um dos deveres do escritor é mergulhar na "água limpa ou na lama do que escreve", é também sua a tarefa de deixar-se "estar no território das sugestões, num realismo de conteúdo poemático, transfigurado por um extraordinário sentimento de comunhão", como em Katherine Mansfield (cf. *Itinerários do conto*). Porque, antes de atingir essa extraordinária adequação formal – a linguagem que expressasse suas inquietações –, nosso contista transitou, incansável, pelo legado clássico: por Maupassant, a quem o conto moderno deve muito, assim como pelas lições de Edgar Allan Poe e, sem pressa, repetidas vezes, por todo Machado de Assis. Este Machado que tanto aderiu à história linear, de começo, meio e fim, quanto ao modo *reticente e oblíquo* de narrar, à maneira de Tchekhov. O mesmo Tchekhov que certa vez foi flagrado a reescrever Tolstói num exercício que considerava fundamental para o aprendizado do conto.

Com simplicidade, Hélio Pólvora não deixou de retratar, como Tchekhov, "homens e mulheres medíocres, entediados, solitários, inúteis", em busca da pequena-grande tragédia infiltrada nas "trivialidades da vida". E foi na linha tchekoviana (... mansfieldiana ou faulkneriana) que passou a produzir narrativas multifocais, desdobráveis, flexionadas sobre si mesmas ou que se desdobram no conjunto da obra. "Mar de Azov", por exemplo, se desdobra em "Pai e filho" (porque "é preciso ser menino"), no oceano de vozes cuja geografia se fecha à íntima necessidade de lembrar ou cismar em tempo e espaços descontínuos. É a mesma e decisiva flexão narrativa que rege o envolvimento anímico de "Além do mundo azul", cujos "estados mentais" já se encontram potencialmente esboçados em algumas primeiras versões de *Os galos da aurora*, em meio àquela "dimensão lírica" percebida em 1958 por Adonias Filho – que anteviu (todo criador é um visionário) o estilo consolidado do autor de *O grito da perdiz* e *Mar de Azov*. Trata-se do conhecido retorno – em Hélio Pólvora, como em grande parte dos contistas citados – aos mesmos temas e ideias, à mesma história, não como repetição, mas como percepções reativadas em torno de espaços anteriormente ignorados, no sentido de completar o quadro ou torná-lo mais agudo.

Em "Além do mundo azul", manifesta-se como a viagem à infância perdida (?) em lentos movimentos – em primeira pessoa, em terceira? – e inusitados jogos sintáticos que criam inquietante renda sensorial e dúbia cronologia, aspectos estilísticos singulares como os do prometeico Raul Pompeia de *O Ateneu*. O risco do bordado aí se faz de laços aparentemente gratuitos, contornos sugeridos pela concavidade das palavras e, sobretudo, dos silêncios. Não por acaso, Carlos Nejar (em *História da literatura brasileira*, 2007), apontou nas "noites vivas" de Hélio Pólvora o narrador onisciente que ora dá lugar a um "eu-narrativo que se amplia para um quase coro grego", o qual Alan Viggiano preferiu ver (em prefácio a *10 contos escolhidos de Hélio Pólvora*, 1984) como o "interlocutor mudo, funcionando, assim, como personagem que interfere nos diálogos".

Embarcados em seco, viajamos com o autor, do rito de iniciação de "Meus coelhos selvagens" – posteriormente adensado ou sublimado em "Além do mundo azul" – ao conflito amoroso de "Casamento", que se desdobra ou se prolonga nas espirais de regresso de "O outono do nosso verão", em "Almoço no 'Paglia e Fieno'" e nessa incontestável obra-prima que é "O grito da perdiz" (sim, "é preciso merecer o amor"). E de repente poderemos (ou não) encontrar a chave dessa incessante percussão de enredos superpostos ou atritados subliminarmente – em "Massacre no km 13", em "Ninfas, ou A idade da água", em "Zepelins", em "O Rei dos Surubins" –, o toldo móvel de memória e inquietude que a linguagem, embora fraturada, recompõe de modo irredutível. No limite, somos guiados por esta sofrida, dura poesia que se extrai da poeira do mundo, presente em "Adamastor" e seus sonhados futuros, no trânsito agônico de "Turco" ou no diálogo hiperbólico entre pai e filho de "Mar de Azov". Do início ao fim de tudo, está a inflexão autobiográfica presidida pela memória de infância, uma infância invadida pela violência das grandes e inevitáveis descobertas, arco da vertigem humana que vai do alvorecer (os galos da aurora) ao crepúsculo (noite fechada).

Talvez aí esteja um dos principais eixos (de tema e contratema) deste contista extraordinário, que alcançou a estrada real da ficção contemporânea ao dispensar ramais e caminhos duvidosos e geralmente trilhados por legião de epígonos. Parodiando Antonio Candido sobre Vinicius de Moraes, podemos entender que os ficcionistas realmente valiosos fazem a ficção "dizer mais coisas do que dizia antes deles", e "por isso precisamos deles para ver e sentir melhor". Assim se deu com Hélio Pólvora, que criou seu modo de narrar, diferente de todos que conhecemos. Prova incontornável de que o conto brasileiro moderno não começa nem termina com Machado de Assis e Guimarães Rosa.

André Seffrin

CONTOS

ADAMASTOR

Domingo à tarde recebo a visita do meu vizinho. É homem pequeno, de pele murcha, rosto redondo; veste sempre uma camisa quadriculada, que chamam bulgariana, e costuma fechar o colarinho apertado sobre a carne do pescoço. Não arregaça as mangas da camisa, os punhos se apertam e ocultam-lhe metade das mãos. Dobra a bainha das calças, perto do joelho, descobrindo a carne branca das canelas, onde veias azuis incham e parecem cordões.

Quando ouço o arranhar de alpercatas no cascalho, penso: é ele. Imobilizo o vaivém da rede e me sento quase tocando o chão. Ele limpa as alpercatas no cimento da porta, entra e senta-se no tamborete. Às vezes, não me cumprimenta – e eu também nada digo. Ficamos parados. Ele entrelaça os dedos e ergue um joelho, balança-o de um lado para outro e une tão fortemente os lábios que os pelos do queixo e do bigode crescem juntos e selvagens.

Isso acontece ultimamente. Ele chega, toma assento, balança o joelho e nada diz. Se os nossos olhares se encontram, abre a boca e estira o lábio inferior em minha direção. Compreendo o comentário. Pouco a pouco, a claridade da tarde desfalece e há necessidade de abrir uma janela. Mas nenhum de nós se levanta. Se já é preciso acender a candeia, ele se ergue, põe o chapéu furado – e eis-me a ouvir de volta o arranhar de suas alpercatas nos seixos. Bem sei, então, que a vida de Adamastor está cada dia pior.

Antes, não era propriamente assim. Ele chegava, tirava o chapéu e falava do tempo. Pronuncia as palavras em voz alta, separando bem as sílabas. É surdo, ou meio surdo. Não precisa de resposta: estuda no meu rosto as reações – e responde. Quando é absolutamente necessário que eu lhe diga alguma coisa, me levanto da rede e grito no seu ouvido. Mas essas ocasiões são raras. Nunca lhe pergunto como ficou surdo, pois sei que não é surdo de nascença, do contrário também seria mudo. Ele vinha, falava do tempo – e eu sabia que o vizinho estava alegre. Ouvia notícias de Adamastor.

– Parou de beber.

Ia-se embora e eu me punha a pensar nos dois em sua casinha. O filho rachando lenha no terreiro ou indo à fonte apanhar uma lata de água, e o pai atiçando o fogo. Era ele quem cozinhava. A panela de feijão fervia sobre a trempe e o pedaço de carne escorria gordura nas brasas. O filho chegava com a água ou com a lenha, talvez acendesse a candeia na sala de jantar, talvez mesmo abrisse a gaveta e tirasse pratos e talheres. O pai trazia a comida e se serviam. Comiam em silêncio, os dedos da mão direita esmagando o alimento e formando bolos pequenos que os dentes e a saliva transformavam em papa. Talvez fosse o pai quem lavasse os pratos. E, após a janta, a noite cerrada envolvendo a casa, o deslizar de ratos no forro e o ruído de cavalos que se coçavam na pastagem, enterrando os dentes na carne do lombo, eles iriam à janela, é possível que se debruçassem para olhar as luzes de casas espalhadas no vale.

O sono talvez chegasse logo. Se não viesse de pronto, o pai abriria o dicionário para ver o significado de algumas palavras difíceis e a melhor maneira de entoar sílabas sonoras. Adamastor à janela acendia um cigarro atrás do outro, atirando com um piparote os tocos esbraseados na escuridão e seguindo o roteiro luminoso de foguetes efêmeros. O pai agora a se mexer na cama, e Adamastor sem sono a surpreender a noite alta nos degraus da escada, sentado num degrau, vendo com algum desgosto que o maço de cigarros estava no fim. Talvez o pai não dormisse e gritasse uma vez ou outra de dentro do quarto:

– Filho, venha dormir.

Se assim fizesse, não haveria resposta. E é provável que o filho, alertado pelo convite, cerrasse a porta devagar, enterrasse a mão no bolso e partisse. O pai ouviria então o distanciar de seus passos pesados e saberia que ele ia no rumo das luzes que de há muito se tinham apagado no vale. Se alguém tivesse ocasião e maldade para se curvar sobre a concha do ouvido adormecido e gritar-lhe o que o filho fazia, ele não teria comentários, a surpresa jamais lhe endureceria as linhas do rosto. Porque ele adivinha. Na cama, os olhos pousados no lugar da parede onde Adamastor havia colado o retrato de uma mulher recortado de capa de revista, acompanhava o filho a se deslocar dentro da noite, por entre vultos de reses adormecidas no capim, atraído pela fosforescência dos olhos dos quadrúpedes. Adamastor sondava os currais até sentir o estômago embrulhar-se com o odor de carne viva e excremento. Com um estalar de dedos, calaria a voz dos cães que, de guarda às casas, levantariam a cabeça e, farejando o cheiro conhecido, nem se dariam ao esforço de se erguer para um reconhecimento mais íntimo. Adamastor então à vontade para rodear as casas – em silêncio para não despertar o alarido das aves nos poleiros –, colar o ouvido a portas e janelas e sentir bater dentro daquelas paredes grossas os corações apaziguados ou tensos. Adamastor: apenas um vulto erguendo os braços e riscando o verniz de portas e janelas. E, antes que o sono o colhesse para dele fazer uma pedra entre pedras, a ida à venda na beira da estrada para uns tragos compridos. E, finalmente, o seu retornar à casa apagada, silencioso retornar para não despertar o velho pai que desperto talvez estivesse. Então, Adamastor seria, sobre o duro varal da cama, uma pedra que, de tanto rolar, encontraria afinal, no obstáculo de outra pedra ou de uma árvore, ou de uma cova, o ansiado repouso.

Agora já não bebia, o pai me dissera, e eu vi durante semanas sinais de contentamento na maneira como o Surdo, ao dar comigo, desunia queixo e lábios e me estirava o beiço. Pai e filho andavam juntos e juntos encontraram trabalho. Eu os ouvia passar de manhã, carregando as ferramentas e batendo as alpercatas no solo. De certo ponto do vale, chegava o estampido dos seus ferros: o bater do machado, a enxó comendo madeira, a pua se alimentando de serragem. Construíam uma estufa para secagem de cacau. Cheguei-me um dia e vi-os obstinados a lavrar o cedro. Tratavam a madeira bruta com uma fúria inicial de machadeiros na mata, mas, quando a desbastavam, sabiam aplicar suavemente os ferros, aplainar veios e nivelar as juntas. Trabalhavam concentrados no que faziam, e, depois de horas, o Surdo levantava a vista, auscultava a posição do sol e arriava o instrumento. O filho fincava com um golpe o machado no cepo. Desembrulhavam a comida, caíam de cócoras e se fartavam. Sábado de manhã, muito cedo, eu os via da janela passar na estrada, a pé, lado a lado, mochilas às costas. Iam à cidade comprar mantimentos de boca.

Seis meses se haviam escoado – e durante esse tempo o vizinho continuou a me visitar aos domingos. Ao escutar, sobre as pedras miúdas, o ruído rascante das alpercatas de couro cru, eu parava o movimento da rede, imobilizando os punhos rendados nas argolas de ferro. Me sentava, ele ocupava o tamborete, segurava a perna pelo joelho e fazia-o rodar. Falava do tempo, dos trabalhos e de Adamastor.

– Está mais quieto agora.
Via aprovação no meu rosto e prosseguia:
– Sim. Está criando juízo.
Partia ao escurecer. Eu pensava em Adamastor voltando da fonte ou do terreiro com uma lata de água na cabeça ou um feixe de lenha no ombro. Arriava a carga, varria suor da testa com um dedo, talvez escaldasse o pedaço de carne para tirar metade do sal antes de o pai estendê-la sobre as brasas. E o pai podia adormecer sem interrogar a estampa da mulher colada à parede, sabendo bem que ela sorria e o seu corpo desnudo era um apelo morno dentro da escuridão – mas, por enquanto, não metia medo. Dormiria sossegado, embora sabendo que o filho se sentava nos degraus da escada para fitar o brilho erradio nos olhos dos cavalos.
– Adamastor quer partir – o Surdo me disse, uma semana depois.
Leu minha pergunta na maneira como franzi a testa e carreguei o olho esquerdo para baixo.
– Pra Camacã. Um negociante ofereceu-lhe vantagem num armazém de secos e molhados.
Os moradores da vertente e os posseiros do vale, onde a estrada incandescia ao sol o leito de terra socada e seixos, se puseram às portas para ver Adamastor partir. E ele passou alto e duro, fixando um ponto indefinido à frente, carregando nas mãos as botinas novas que o pai lhe dera, atadas pelos cadarços. Foi-se com o jeito de quem se despede para sempre dos currais das reses, das casas e dos cavalos que enchiam a noite de sangue, suor e solidão. Partiu com o ar de quem concentrara o orgulho na fuga longamente premeditada. Deixava o pai sozinho e desarmado para lutar contra o sorriso da mulher que abria na parede do quarto uma ferida branca, e que deveria sorrir todas as vezes que ele levava a panela ao fogo, sentava-se à mesa para amassar com os dedos os caroços de feijão ou abrir o dicionário e catar palavras complicadas.

Adamastor não voltou nem mesmo quando lhe mandaram dizer que o pai, lavrando um tronco de vinhático na mata, enterrara o fio do machado no pé e cortara uma das veias inchadas e azuis. E não demonstrara maior emoção, a não ser por uma fugidia palidez que lhe banhou o rosto, ao lhe dizerem que o pai perdera muito sangue e conseguira chegar por um milagre de força e obstinação à casa mais próxima, onde lhe apertaram um pano sobre a veia e lhe estancaram o líquido quase negro e grosso que borbulhava no seu corpo pequeno e enrugado, querendo sair todo pela ferida aberta a fim de empapar a terra e pacificar-se.

Via-se a cicatriz no pé que ele fazia girar à volta do tamborete. Uniu os beiços como se fosse soltar um assovio, mas não emitiu som algum. Por fim, fixando o olhar nos punhos da rede que se esticavam nas argolas, comentou:

– Adamastor está ganhando bem.

Ninguém ainda tivera coragem de lhe estremecer o ouvido com a verdade. Ninguém lhe dissera que o filho se sentia ferver dentro da noite. Por trás do balcão, o possante rosto de cavalo frio percorrendo outros rostos, era como se convidasse os fregueses a beber logo o último trago e voltar às casas onde mulheres se aborreciam sozinhas na cama. Talvez os odiasse. Mal o último retardatário emborcava o copo e saía, ele apanhava algumas cédulas na gaveta, descia a porta do armazém e trotava para o largo. Malandros se alvoroçavam à sua chegada. Um caminhão recolhia mulheres pintadas nas pontas de ruas e acendia os faróis no rumo de um lugarejo próximo onde houvesse um cabaré que permitisse às perdidas, depois da meia-noite e de portas fechadas, dançar sem o vestido e a anágua, por entre nuvens de fumaça dos cigarros.

– Adamastor voltou.

Dessa vez o Surdo me olhou nos olhos. Eu já sabia. Trabalhadores do eito levantaram as vistas, se escoraram nas ferramentas e acenderam um cigarro para vê-lo passar com a mulher branca e dois meninos. Encostados nos cabos das enxadas, prepararam cigarros de palha, sem pressa, até que ele começasse a subir a vertente. E contaram que ele trazia a cara de cavalo esticada e impassível, com o jeito orgulhoso de quem decidira voltar – e soubera voltar. Não desviava a cabeça para os lados; olhava à frente, como se no seu entender o mundo se resumisse a uma estrada, uma linha reta traçada para que ele a percorresse com os pés descalços e as botinas penduradas na mão, até que a morte surgisse e o fizesse tombar com o baque pesado de um cavalo – ou de um cedro.

– Trouxe mulher. Diz que casou com ela. Se chama Olga, era viúva com dois filhos.

O Surdo gritou isso da porta, sem se voltar, e imediatamente as alpercatas esmagaram o cascalho. Me levantei e acendi a candeia. Talvez ele não gostasse de ver outra mulher em casa além daquela que oferecia o corpo na parede. Tomando o dicionário, já não molharia a polpa do dedo na boca para consultar as páginas amareladas; ou talvez as panelas agora limpas e guardadas em cima do fogão e o vozerio dos meninos que repuxavam as abas das camisas bulgarianas o afastassem sem sono por entre reses estiradas na relva. É possível que suas ferramentas pendessem da parede, sem serventia – o trado, a enxó e o machado, criando ferrugem no afiado gume. Faltavam tábuas nas cancelas, as cercas não esticavam bem o arame farpado, o cupim roía o cedro das estufas e o putumuju dos assoalhos das barcaças de cacau; mas para ele nada importava, cancelas, casas ou cercas, os remendos que se danassem. Mesmo assim, passava pela minha porta todos os sábados, muito cedo. Devia ter dinheiro guardado. Voltava à tarde da feira em Rua de Palha e, em vez da mochila que antes trazia pendurada no ombro, caminhava agora mais lentamente sob o peso do saco de aniagem que denunciava o contorno do litro de querosene, os ângulos agudos formados pelas pontas de jabá endurecida, a corcova (ainda quente) da farinha bem torrada.

O verão torrava o capim das pastagens e entristecia os cacaueiros. Nos ribeirões secos, os caborjes moviam-se dentro da lama, como quilhas, cavando água, e podiam ser encurralados facilmente com as mãos. A poeira se acamava nos caminhos, e bastava pisá-la para que erguesse um bojo de nuvem. Dentro de uma dessas nuvens corria agora o Surdo. Ouvi as alpercatas de couro cru estrelejarem nas pedras miúdas. Ele chegou à porta e se sacudiu como um cão para escorraçar o pó. O véu dissipou-se, pude ver-lhe o rosto vermelho e inchado, pude sentir-lhe o coração, que batia nos paredões do peito. Estirou o braço e fendeu o ar em várias direções; a poeira descia sobre a erva tisnada.

Entrou e sentou-se. A respiração voltava ao natural. Não rodou o joelho com as mãos para imprimir à perna aquele conhecido movimento de vaivém. Agarrou a beira do tamborete com tanta força que o sangue subiu pelos braços e as mãos embranqueceram. Quando os baques do coração já não eram audíveis, buscou-me o rosto, prendeu-o com o olhar.

– Adamastor quis me matar.

Gritei-lhe no ouvido:

– O que me diz?

– Adamastor quis me matar.

Voltei à rede e esperei.

– Ele me enganou.

Agora já não se dirigia a mim. Pendia a cabeça sobre o peito e fazia descobertas.

– O juízo parecia assentado. Não bebia muito e se deitava mais cedo. Pensei: está mudado, o meu filho. Quando me pediu dinheiro para ir se estabelecer em Camacã, dei-lhe dois contos de réis.

Parou, estendeu a vista além da janela escancarada, gritou:

– Índole perversa!
A voz enfraqueceu, os pelos do queixo se acomodaram na camisa bulgariana. Agora eu me esforçava para acompanhar-lhe o monólogo.

– Entrou em casa hoje e eu senti de longe o cheiro de cachaça. "Corno velho, onde está o dinheiro?" Disse-lhe que não tinha. Ele pegou o facão e berrou: "Vou sangrar este corno velho!". Então eu corri.

O Surdo não falou mais naquela tarde. A cabeça redonda descansava sempre entre os redondos botões brancos que lhe fechavam a camisa. Se erguesse os olhos, veria de quem era o rumor dos passos que eu escutava na estrada, desde que a noite começara a verter breu e a submergir a pálida brancura do oriente. Os moradores da vertente e do vale conheciam de sobejo aquele jeito de pisar forte, com todo o peso do corpo, um jeito de quem pisa no que lhe pertence ou julga pertencer; eu não precisava me levantar da rede para reconhecer o homem que fazia retumbar a terra com o casco endurecido dos calcanhares. De onde eu estava, a janela mostrava-me apenas um pedaço de céu penugento, mas eu sabia que Adamastor marchava pelo meio do caminho, segurando as botinas e projetando a cara grosseiramente esculpida em madeira. E mais atrás, a mulher com um menino escanchado nos quartos e outro segurado pela mão. Gritei no ouvido do Surdo:

– Ele foi embora.

O Surdo me encarou com espanto.

– Passou por aqui agorinha mesmo.

Procurou com os pés as alpercatas emborcadas no chão, enfiou os dedos e partiu também com aquele seu caminhar que lembrava o balouço de um tronco de árvore estremecido pelo gume do machado. O vulto miúdo galgou a ladeira, indiferente aos zebus enlouquecidos pelo calor, os zebus que escarvavam o chão poeirento. E eu adivinhava. Via-o rodar a chave na fechadura, e, antes de estalar o fósforo para acender o candeeiro, eu o via entrar no quarto, puxar a gaveta arrombada e certificar-se de que o dinheiro amarrado de corda viajava no bolso de Adamastor. E cair em uma cadeira e arriar a cabeça no peito para não ver em frente o sorriso sempre igual da mulher desnuda na parede.

Dessa vez lhe contaram. Alguém com suficiente dose de maldade armou-se de paciência, porque a maldade se nutre de paciência, para suportar o mau hálito que os dentes do Surdo espalhavam – e pingar-lhe no ouvido duro como uma escultura novas notícias de Adamastor. Quando ele veio me ver no outro dia, fingi surpresa com o que me revelava.

– Está vendendo requeijão na feira.

Disse apenas isso. Não contou que filho gastara o dinheiro roubado no aluguel e mobília de uma casa no subúrbio, e que comprava requeijão fiado de um fabricante do sertão, retalhava-o numa barraca na feira e, com o lucro, pagava o débito e se mantinha, habilitando-se a novo fornecimento. E assim ia vivendo, e assim ia alimentando a mulher que era dele e os filhos por outro gerados.

Talvez tudo desse certo se ele não pensasse em multiplicar na ponta dos dedos grossos o que lhe rendia o requeijão retalhado aos sábados. A notícia chegou ao vale e subiu a vertente. Diziam que os dados sacudidos na mão de Adamastor, encalombada de arremessar outrora o cabo lustroso do machado, não rolavam com a precisão desejada. "Rolem, desgraçados, rolem e me tragam um seis." Impulsionados pelas calosidades das mãos, os dados esparramavam na mesa as quinas desbotadas pelo manuseio; imobilizavam-se mostrando pontos negros que diminuíam o dinheiro com que pagar o requeijão. E de tanto rolarem insubmissos, acabaram cortando o fiado que o fabricante sertanejo fornecia. E num certo sábado Adamastor não abriu na feira a lona encardida da barraca. E os meninos, magros e sujos, choravam de fome. E a mulher, silenciosa, fervia água com ervas que colhia no campo.

No outro sábado de tarde, ouvi o bater da cancela e o couro de alpercatas moendo pedras. O Surdo trazia a mochila de comida cheirosa com as alças trespassadas no ombro – cheiro de carne-seca e de farinha torrada que atiçava cães famintos. Entrou, pendurou a mochila num prego e se sentou no tamborete. Dessa vez, meteu as mãos nos bolsos da calça e balançou-se. Os lábios uniram-se. Balançou-se mais. Me cheguei ao seu ouvido e tentei fazer vibrar no fundo do caracol peludo algumas cordas ainda não de todo adormecidas.
– E então?
– Adamastor se matou.
Abri os braços no meio da sala. Ele tirou da mochila um jornal cuidadosamente dobrado e disse:
– Está tudo aí.
Adamastor bebera o último trago, mais amargo, num quiosque da praça, e, ao avançar pela rua em linha reta, a caminho do subúrbio, da mulher branca e dos meninos, levava fogo nas entranhas. Quando já não havia tripas para lamber, o fogo murchou-lhe o coração, e ele tombou pesadamente com o mesmo baque surdo das árvores que o seu machado havia derrubado. Os dentes morderam o pó, a boca babujou o chão intumescido.
Estendi o jornal, mas o Surdo não o viu. Já recolhera a mochila e já partia; a baba escorria por entre os dentes dos cães farejadores. Da minha porta vi o vulto escalar a vertente, passar entre chifres de touros enlouquecidos pelo calor que subia da terra e escorria pelas partes moles de suas virilhas. A casa no meio da encosta era um ponto negro, oblongo; acachapada, escura, parecia um ataúde. O Surdo destampou-a e encerrou-se com a comida, o dicionário e a mulher que abria na parede as dobras do corpo. Fiquei aqui de longe esperando que a casa baixasse ao fundo da terra.

(*Estranhos e assustados*, 1966; revisto em 2009)

MEUS COELHOS SELVAGENS

*Em memória de Fausto Cunha,
que apreciava este conto.*

Alguém nos trouxe um casal de coelhos fungadores, e tia Clara ficou muito atarantada, sem saber onde acolhê-los; depois se lembrou do cocho – uma grande caixa de madeira, alta, de forma retangular, que já servira para fermentar cacau, mas agora estava sem préstimo. Ficava no telheiro, no fundo do pasto, à beira do ribeirão – lugar para ela ótimo, para mim solitário, propício aos predadores de coelhos. Por isso, reuni minha veemência e bradei:
— Não, senhora! O cocho está todo escangalhado!
Minha tia foi ver e verificou que, de fato, estava: as tábuas do fundo, roídas pelo cupim e apodrecidas pela umidade, se haviam entranhado no chão, formando nas quinas buracos por onde um coelho podia fugir e meter-se no mato. A velha pôs um dedo na boca, uniu os lábios finos e achou logo a solução: calafetava-se o cocho – e pronto.
Fui buscar argila, capim, gravetos e pedras e com eles vedei todas as saídas para o mundo exterior. Restava a de cima, a abertura do caixão – mas por ali, garantiram-me, coelho algum poderia escapar. Minha tia fiscalizou o conserto, aprovou-o, mandou trazer o casal de coelhos e soltou-o dentro do cocho. Eles logo correram para o canto oposto, grudaram-se à parede e lá ficaram a palpitar. As orelhas eram delgadas, de um cor-de-rosa diáfano,

e os focinhos minúsculos não paravam de fungar. Eu até podia ouvir os coraçõezinhos bater. Tinham medo de ir para a panela.

Tenros assim, deviam ser saborosos. Percebi alguns olhares de mal disfarçada gula e decidi fiscalizar as conversas antes do boa-noite: se a cozinheira recebesse certas ordens veladas para o dia seguinte, eu teria de me levantar cedo e soltar os coelhos no mundo. No mato, eles encontrariam raízes suculentas e buracos onde engordar em paz. Cresceriam ariscos e selvagens, teriam uma porção de filhotes que também se reproduziriam – e dentro em breve haveria um exército de coelhos grandes aos pinotes pelos campos e matos.

Como as conversas não mencionassem os coelhos de forma perigosa, deduzi que o destino daquelas atentas bolas de carne era virar bichos domésticos, incorporar-se aos moradores visíveis da fazenda, que bicavam, ruminavam, pezunhavam e fuçavam nos limites da cerca de arame. Durante uns quinze dias, eles foram alvo de atenções: curvado na borda do cocho, eu os observava erguer o alimento nas patinhas dianteiras e absorvê-lo sem esforço. Sempre de orelha em pé, sempre desconfiados da vida em torno, revirando os olhos, inteiriçando o corpo. Depois, deixaram de ser novidade, meu interesse voltou aos dois carneiros que erravam pelo pasto, erguiam o focinho e soltavam balidos. Carneiro era bicho bom de sela.

Apesar do dia inteiro que passava no eito, esgrimindo a foice ou batendo com a enxada, o preto Salu voltava fagueiro ao anoitecer, risonho e lépido, estabanado: caía de cócoras à margem do ribeirão, para lavar o rosto, e espadanava água em golpes vigorosos; depois, corria atrás dos carneiros, acabava pegando um, passava-lhe a perna no dorso, cavalgava-o e saía aos pinotes, o braço rodeado no pescoço do animal, como quem vai estrangular. Se meu tio Julião estivesse por perto, ordenava:

— Desmonte, Salu.
E Salu, respeitoso, livrava o carneiro da carga pesada.
— O senhor pesa um bocado, o carneiro é frágil.

Mas se meu tio não estivesse, ninguém abria a boca, porque o preto, frequentador da venda de beira da estrada, lá na curva, onde emborcava copos de cachaça como quem bebe água, podia sair-se com um dito ofensivo, e não há coisa pior — dizia tia Clara, mastigando a indignação racista herdada de abastados avós portugueses — do que ofensa de gente de cor. Temerosa da ofensa, calava-se. Sofria o carneiro, sofríamos nós todos, em muda resignação de cordeiro imolado.

Deu-se então que, numa tarde, o carneiro abateu-se ao peso de Salu, estrebuchou e aquietou-se sobre a grama. Acontecera o que se esperava. Salu emudeceu a cantoria, coçou a orelha, olhou lá de baixo para nós, aglomerados na escada da casa-grande, pôs o carneiro morto no ombro e veio vindo. Arriou a carga aos pés de tia Clara, cuja boca não parava de franzir-se em movimentos nervosos, e se desculpou:

— O jeito é carnear, dona.
— Olhe, seu Salu, eu não mandei o senhor matar carneiro. Ninguém mandou, que me conste.
— Estou ciente, dona. Veja, porém, que esses bichinhos morrem à toa.
— Morrem ao peso de um malvado!

Salu coçou de novo a orelha.

— Com sua licença, vou esfolar e lhe mando a carne, dona.
— O senhor faça dela bom proveito.

E minha tia retirou-se de queixo erguido e boca franzida, como as ventas dos cavalos quando se mordem. Fervia. Passou o resto da tarde sentada num tamborete, os ombros caídos e as mãos caídas no regaço. Viu a fogueira que Salu fez, e o vento lhe trouxe mais tarde um odor de churrasco. De noite ouvimos cantorias, risadas:

Salu e sua grei fartavam-se. Negro é assim mesmo: dá-se uma mão, pede outra. Mas deixassem estar: ia preparar a cama dele para quando Julião chegasse.

Tio Julião voltou da cidade tarde da noite, tomou conhecimento das novidades e exclamou, para ganhar tempo:

– O que é que você me diz?

Repetiram-lhe o sacrifício do carneiro, com todos os detalhes; insistiram na desfaçatez de Salu, no à vontade com que arrastara a presa e a carneara; descreveram a fogueira que crepitara de alegria, falaram das risadas que chegaram de lá, sem dúvida escarnecedoras. O senhor de terras ouvia e assombrava-se:

– Sim senhor! Ora não me diga!

A narração coloria-se. O feito de Salu ganhava dimensões terríveis, coisa próxima do crime. Meu tio prometeu providências: aquilo não ia ficar assim. Aludiu ao expurgo do criminoso, mas, como andasse precisando do trabalho do negro e o negro fosse bom de trabalho, amanheceu mais calmo, resolveu descontar o carneiro nas diárias de Salu. Tia Clara sentiu-se desprestigiada e passou a negar os bons-dias e boas-tardes ao negro; três dias depois mandou chamar o empreiteiro Tomé, que colhia a safra da fazenda vizinha. Seu Tomé chegou montado num cavalo inteiro que recolheu a admiração excitada dos burros e cavalos castrados do pasto: numa cavalgada, partiram todos para cima do inteiro, que não lhes deu a mínima importância. Quiseram cheirá-lo mais de perto, e o inteiro desconjuntou-se em coices violentos.

– Seu Tomé – disse minha tia, apontando o carneiro restante, bicho sorumbático: – Quer acabar de criar aquele carneirinho, de meia?

Tomé aceitou a proposta, passou uma corda no pescoço do lanzudo e rebocou-o a passo lento. A cancela bateu, tia Clara esfregou as mãos. Era a mulher das boas soluções. Salu que fosse correr agora atrás da peste! Salu que cavalgasse agora a própria sombra!

Mas havia outras desgraças a caminho – e a próxima tomou-me como vítima física e moral. Na perseguição a uns frangos, no crepúsculo, tropecei e caí com um braço em cima de uma pedra roliça em que se costumava amolar facas e facões. Ouvi um estalo e invoquei baixinho: "Nossa Senhora!", embora não acreditasse muito nela, e menos ainda em santos menores. Cheio de medo, pedi à Nossa Senhora que me acudisse. Pedi alto, em voz de choro, porque tia Clara ouviu, parou a máquina de costura e veio ver.

– Valei-me, Nossa Senhora!

Agora era ela quem invocava os poderes da santa...

Ergueu-me (eu uma trouxa mole em seus braços) e me arrastou para o pilão, sentou-me e foi buscar meu tio, para quem o acidente subiu às culminâncias de tragédia familiar, irremediável. De mãos na cintura, ereto, trêmulo, trovejou:

– Corno!

As lágrimas do corno caíram na boca do fogão, grossas e quase sólidas como grãos de café sem casca.

– Não sei onde estou que não parto a cara desse corno!

Minha tia ponderou-lhe que era melhor cuidar do braço quebrado do corno do que ficar ali a torturá-lo; e Julião ausentou-se, meteu-se na capoeira em busca de moitas de tucum. Cortou um pé de tucum, lavrou-o, tirou algumas ripas e voltou menos destemperado. Nesse entretempo, tia Clara estivera atarefada no fogão, mexendo um preparado gosmento em que entrara gema de ovo. Engessaram-me o braço inútil e penso com a gosma fria; sobre ela aplicaram, com cuidados de pedreiro, as ripas de tucum e, por cima das ripas, um pano apertado. Ataram-me outro pano no pescoço – e meu braço foi para a tipoia.

O sangue circulava mal, a mão inchou, tornou-se dura como cimento. Passada a primeira dor do espanto, me enchi de importância, me senti o centro de preocupações e cuidados. Deitado na cama, de barriga para cima, acompanhava o balouço das teias de tucumã, seguia a faina lenta de aranhas estendendo teias entre os caibros. Dali, ouvia as conversas na sala, à noite, alumiadas pela luz de candeeiros. Minha tia deu para entrar no quarto na ponta dos pés; acercava-se da cama, se debruçava pra ver se eu dormia – e eu fingia uma respiração pesada para não irritá-la. As conversas mencionavam o braço quebrado e concluíam que eu dificilmente me tornaria um homem forte, apto pra sustentar mulher, ganhar a vida na lavoura.

– Como é que ele vai ganhar o sustento?

– Talvez sirva pra escrever à máquina – resignava-se tio Julião.

Parentes vieram inteirar-se da tragédia – e entre eles algumas primas. Achei-as diferentes: tinham no peito dois caroços arfantes e, sempre que me olhavam, ficavam vermelhas. Sugeriram que eu fosse brincar com uma delas, a que sustentava o peso dos caroços maiores. Se eu não estivesse com o braço na tipoia, seria o caso de convidá-la para o esconde-esconde, agarrá-la a um canto e apalpar aquelas inchações que subiam e desciam debaixo do vestido. Desanimado, apontei uma roda grande de madeira:

– Quer brincar com a roda?

Ela disse que sim, que estimava muito – e não nos falamos mais. Sentados à distância de alguns metros, no assoalho do alpendre, e com as pernas afastadas, fazíamos a roda rodar na direção do outro, para que o outro a pegasse. Calados. A vermelhidão de minha prima parecia contagiosa: subiu também pro meu rosto e queimou-me; o formigamento do braço na tipoia se propagou ao meu corpo e cresceu em intumescências dolorosas semelhantes às inchações que eu via no peito da prima. Devia ser consequência do osso partido. Às vezes ela não conseguia

deter a roda, que subia pela saia e lhe batia no pé da barriga, como quem pede pra entrar.
— Ai! — queixava-se minha prima.
Essa prima voltou a me visitar. Interessou-se por um livro de histórias chamado *A lagartixa de ouro*, que tinha muitas gravuras coloridas; desejou folheá-lo em casa com todo o vagar, exibi-lo à curiosidade dos irmãos.
— Você me empresta?
— Pode levar.
Tio Julião fez-se de besta e me repreendeu: como fora eu dar minha lagartixa à moça? Onde já se viu alguém se desfazer de sua lagartixa com tamanho desprendimento? A pilhéria irradiou-se à tia Clara e à cozinheira, foi repisada, adquiriu variantes, acabou em gargalhadas, caiu no domínio dos moradores mais próximos. O peru que estufava o peito no terreiro imitava as gargalhadas de meu tio. Safados!
Foi nessa altura, um pouco antes de me tirarem a tipoia, que a segunda desgraça aconteceu: o empregado de seu Tomé chegou com a metade de um carneiro esfolado num saco. Abriu o saco e exibiu a carne vermelha.
— Seu Tomé mandou entregar a parte de vosmecês no carneiro.
— Ele matou o carneiro? — bradou tia Clara.
— É como vosmecê está vendo.
— Aquele que eu lhe dei de meia?
— Sim senhora.
— E matou sem me avisar?
O homem olhou pro chão.
— Matou sem me avisar? Sem combinar comigo, sem me dar satisfação?
O homem olhava pro chão.
— Pois diga a ele que fique com a carne toda, que se empanturre com a carne. Fora!
O portador recolheu o saco e foi embora.
Provavelmente, tio Julião programara para aquela manhã a limpeza do rifle de repetição, porque, mal o

homem sumiu atrás da cancela e das touceiras de colonhão, meu tio apanhou a arma de dois canos, que estava arrimada à arca de cedro, retirou a vareta e entrou a limpar. Espirrou azeite nas molas, experimentou a culatra, meteu uma bala 44 na agulha, e, da porta da cozinha, mirou o tronco de uma árvore solitária que resistira à queimada. Levou um minuto abrindo e fechando um olho, corrigindo a posição da alça de mira – e afinal fez fogo: um disparo surdo que se coroou de fumaça. Expeliu a casca da bala e municiou de novo a culatra.

A cancela voltou a bater, os burros entesaram as orelhas, o peru gargalhou. Era o homem do saco de aniagem que retornava.

Tio Julião foi esperá-lo, em silêncio e de arma na mão, junto da pedra que me havia quebrado o braço. O homem chegou-se, transmitiu uma lenga-lenga entrecortada. Acho que estava se cagando de medo. Arriou o saco, cumpriu a perigosa missão de mensageiro em campo inimigo e voltou num passo que não era bem um andar, mas também não era corrida. Um trote, talvez.

– Não receba a carne! – berrou tia Clara. – Jogue por cima da cerca!

Meu tio arrastou o saco até o limite das duas propriedades e arremessou-o no matagal. Depois, lembrou-se de que estava com a espingarda na mão e deu um tiro num pé de pau do vizinho. A espingarda voltou para o seu lugar, encostada à arca de cedro onde ele guardava ferramentas de carpinteiro. Fiquei por ali esperando mais acontecimentos e, como estes tardassem, desci até o telheiro para ver os coelhos, um dos quais havia parido há tempos. Os coelhos tinham sumido.

– Fugiram – anunciou tia Clara, com um muxoxo de pouco caso. – Ou então alguém comeu.

Sublinhou o *alguém*, dando a entender que tanto podia ser Salu como seu Tomé, pessoas loucas por uma posta de carne fresca.

– Só nos têm acontecido infelicidades – continuou minha tia, falando para o vento. – Quem com porcos se mistura, farelos come.

Alguns meses tinham passado, o braço parecia sólido, mas me recomendaram não abusar, que a fratura ainda não estava bem emendada; se houvesse novo acidente, só médico daria jeito – e os médicos não têm contemplações com fraturas: puxam com força, ajustam os ossos na base da força bruta. Estremeci, uma dor fina subiu-me até o cotovelo. Um mês me parecia suficiente, eu andava louco por ação. Apalpei o braço: um tanto morto, mas firme. Os dedos é que estavam duros, de juntas emperradas. Mexi-os, comecei a estalar uma por uma, dobrei o pulso, uni o polegar ao mindinho. Corresponderam. Precisava mostrá-lo à prima dos peitos redondos, provar-lhe que já me recuperara – e mais que isso: que eu amadurecera durante aquele mês longo, já merecia carregar um facão amarrado à cintura. Um facão de dezesseis polegadas era um penduricalho digno de um homem. Encontrei um na arca de cedro, com bainha, e fui tocaiar a prima na fonte. Ela estava com duas irmãs, ajoelhadas na tábua de bater roupa, batendo roupa. Ao me verem, uniram as coxas, puxaram a saia, endireitaram o busto, cobriram as inchações com as mãos sujas de sabão. Ficaram assim, aquelas bandidas, durante um tempo que me pareceu horas – e pelo visto ocultariam suas vergonhas até a noite. Com a mão esquerda, segurei o cabo do facão, ergui-o diante de mim, passeei de lá para cá, emproado, de vez em quando surpreendendo nesgas insuficientes de carne branca acostumada ao silêncio e à sombra dos panos. As primas tentavam dar às suas atitudes um ar casual de estátuas. Irritei-me com elas, acendi um cigarro que havia furtado do maço de meu tio e perguntei-lhes se já usavam calcinha e se já tinham pelos pubianos. Elas ficaram vermelhas, fingiram zangar-se, recolheram a roupa ainda por lavar e partiram num tropel de risinhos abafados. Lambisgoias. Aqueles pudores me impacientavam, as mulheres pareciam bichos delicados e difíceis.

Perto de casa, parado atrás de um tronco de jaqueira, ouvi um tropel de pequenas patas sobre as folhas secas. Pequenos animais do tamanho de coelhos vinham trotando, organizados em forma de pelotão. Cutias? Caxinguelês? Sariguês? Ratos do campo? Eu só conhecia bem os animais domésticos que fuçavam, pezunhavam, ciscavam e comiam capim nos limites da cerca. Desnudei o facão, segurei-o com firmeza, agora livre do diabo da tipoia. Quando o último ia passando, destaquei-me da jaqueira, atingi-o com um golpe dado de banda. Dei outros golpes, tendo o cuidado de não aprumar o fio do facão a fim de não matar o sariguê: queria-o vivo para exibir meus dotes de caçador, mas, mesmo assim, verifiquei que fizera alguns talhos e que esses talhos revelavam uma carne rosada. Róseas também eram as orelhas, e diáfanas, e o bicho encolhido à minha mercê parecia um coelho, e fungava. *Os coelhos.* O restante da tropa atravessara o caminho e metera-se no mato cerrado. Estavam realmente gordos e de pelo macio. O facão recuou, o coelho ardia aos meus pés. Desejei que ele saísse do estupor, encontrasse o rastro dos companheiros e se unisse ao tropel agora emudecido. Alguma fêmea lamberia os talhos porejados por algumas gotas de sangue, o coelho cicatrizaria e a vermelhidão dos olhos seria mais forte que a dos companheiros. Empurrei-o com o pé: ele se inteiriçou como uma pedra; empurrei-o de novo: deu um salto e cruzou o caminho.

Limpei os olhos com a manga da camisa e embainhei o facão. Meu tio me disse uma vez que homem tem de ser duro e desapiedado.

(*Estranhos e assustados*, 1966; revisto em 2008; título original: "História em que entra coelho")

CASAMENTO

Mulheres custam a se aprontar, principalmente se têm de ir à fonte, de pés descalços sobre as folhas estalantes que atapetaram, na ventania da véspera, a débil trilha. Por isso, deixou-se para pegar os cavalos depois do almoço. Enquanto se fazia a digestão no alpendre, preparando e acendendo cigarros de palha que eram recheados com fumo de rolo, de onde ainda pingava o mel das folhas sumarentas, o pai da noiva, que raramente permitia motejos, cismou de mexer com o filho mais novo de seu segundo casamento – um menino ainda sem bigodes ou barba, mas já de pernas e braços cheios de sustância.

– Caçula, você devia pegar os cavalos.
– Eu não.

O caçula sabia que o pai brincava.

– Olhe, eu deixo você dar um tiro com o meu rifle novo.

O caçula apanhou um talo sacudido ali pelo vento e pôs-se a esgaravatar as juntas do banco em que se sentava.

– Eu lhe dou três laranjas se você pegar e arrear os cavalos –, disse o pai da noiva, olhando para nós com o rabo dos olhos. Tinha o cigarro grosso e áspero, de palha de milho, preso na saliva. O caçula franziu os lábios, num sorriso meditativo, e continuou a riscar a madeira com o talo.

– São laranjas-de-umbigo. Laranjas grandes por natureza, e, com o umbigo, ficam maiores.

Nós rimos dessa tirada do pai da noiva, que chupou, muito ancho, o seu cigarro. Neném, embaixo, acocorado sobre os peitos dos pés, aguardava uma ordem, talvez um aceno, mais provavelmente um berro do qual todos sabiam, de antemão, quais seriam as exatas palavras: "Pegue os animais.". Dispersos na grama verde, que era cortada duas vezes por ano, às vezes três se a safra prometia, os cavalos e burros pastavam, balançando as caudas como pêndulos, e eram manchas marrons, quase paradas, exceto pelo movimento das caudas e pelos orgulhosos pescoços esticados como corda de violino.

Dava-se tempo a que a noiva se preparasse. E a que Neném, com o berro, se levantasse, entrasse no armazém, saísse com os cabrestos pendurados no ombro, cercasse os cavalos um a um, atalhasse os mais treteiros e, à custa de manhas e negaças, lhes atirasse o cabresto ao pescoço, sobre a crina, imobilizando-os com esse toque de obediência; até que Neném, hábil nesses manejos, trouxesse os animais encabrestados, os amarrasse aos moirões, alisasse o pelo com uma escova de dentes de ferro, pusesse os arreios, apertasse as cilhas na barriga túmida, escorando-se com o pé direito no flanco do animal, a fim de apertar bem, e por fim amarrasse as caçambas e lhes introduzisse o freio nos dentes; e então caísse outra vez de cócoras, à espera de nova ordem ou de um "até logo" – até aí, pensávamos, a noiva estaria pronta para a viagem. Já teria voltado da fonte, onde se lavara, encolhida pelo pudor, transida pelo frio da água, sobre uma tábua de bater roupa, com olhares rápidos e suspeitosos atirados ao matagal em volta, e na sombra do seu quarto fechado vestira o roupão, uma roupa comprida que cobria os pés e, quando montada, também os estribos; traria, provavelmente, uma flor ao peito, uma rosa colhida pela manhã, uma rosa de cujo talo ela cortara, com uma tesoura pequena, os espinhos recurvos; e o seu cabelo, com um risco aberto no alto da cabeça, desceria em duas franjas laterais, até quase roçar os ombros. E dela, do seu corpo e do seu vestido branco, emanaria o odor de algumas gotas de frasco de cheiro pingadas com sabedoria e discrição.

Eram talvez duas horas quando montamos e partimos, a noiva sentada de lado, no cilhão. A última coisa de que me lembro, ao passar, no fim da fila, pelo oitão da casa, foi do cheiro bom que saía da cozinha, dos assados e dos bolos que, à noite, quando chegássemos estropiados e com as axilas manchadas de suor, os ternos de linho machucados e as mãos e os rostos talvez marcados pela estocada de algum cipó ou ramo traiçoeiro, estariam dispostos na mesa, sobre alva toalha. Os cavalos partiram velozes, de narinas frementes e cabeças levantadas, mas, depois da porteira, onde o pasto se unia num ângulo agudo, eles próprios, com a misteriosa intuição dos seus cascos, acomodaram a marcha aos acidentes do caminho, sabendo como pisavam, evitando que eventuais atoleiros lhes subissem além dos tornozelos, enquanto nós, muito tesos nas selas, exceto a noiva, que se derreava um pouco na sua posição incômoda, cuidávamos de afastar os acidentes do alto – galhos, árvores semiadernadas sobre o caminho, palmas arrancadas pelo vento, teias de aranha recém-tecidas no úmido aconchego da terra, da folhagem e das últimas chuvas. E assim viajamos, quase sem falar; do meu posto, atrás, eu divisava a noiva, uma silhueta vagamente familiar nos afofamentos do roupão e nas estranhezas do penteado, com as rédeas atadas à sela do pai, entregue apenas ao cuidado de proteger com as mãos o rosto – um rosto oval que, sem a brancura do pó de arroz, seria moreno-claro, como sempre fora nos cuidados rotineiros da casa, antes de aceitar o casamento e, antes de tudo, a ideia de casar.

Seu rosto, sempre que eu, por cima dos ombros de meu irmão Justino, o entrevia de perfil, não me parecia propriamente bonito, como às vezes me dava a impressão, quando descuidado. Estava agora ausente, carregado de uma expressividade nova, lânguido, opalescente, desinteressado, e eu sentia que, se apressasse minha montaria, contornasse Justino, que ainda não aprendera a cavalgar com as nádegas coladas à sela, e, me acercando da noiva, lhe tocasse a face, ela se desmoronaria, à espera apenas desse toque, ou se escoaria entre os meus dedos, diáfana, como escorre a água. A rosa cravada no elevado do peito, entre rendas, concentrava a rubra herança do seu pejo.

Nesse jornadear levamos umas duas horas. Do tempo exato não tenho certeza. Moço ainda, não me habituei totalmente a trazer no pequeno bolso dianteiro da calça, que alguns usam para guardar moedas, o relógio redondo que nós, homens, em geral trazemos preso a uma corrente, e que é encimado por um pino saliente. Prefiro guardá-lo na minha escrivaninha, descuidadamente sobre papéis, acamado sobre as dobras de sua corrente como sobre um escrínio, e meço o passar do dia, o escoar do tempo pela posição e ardência do sol ou, quando chove ou o tempo está neutro, por um secreto mecanismo de contagem que os homens de minha casta e afazeres trazem no espírito. Mas devem ter sido mesmo duas horas, porque já fiz e refiz este caminho, e em época de chuva ele requer essa duração de tempo. Nossa procissão de homens de ternos de linho branco, engomados com tanta eficácia que pareciam armaduras e eu quase os ouvia estalar nas costuras, entrou silenciosa em Rua de Palha, quebrando, com as patas e o resfolego dos cavalos, a modorra deste arruado onde, aos sábados, se faz feira, onde se mata e esquarteja boi. Alguns vultos, principalmente de mulheres, vieram às janelas, se debruçaram nos peitoris e acompanharam o nosso cortejo branco – quatro homens e uma noiva.

Embalados pela cadência da marcha, se o caminho estava seco, nossos corpos se precipitavam, de súbito, no sobressalto de ladeiras, buracos e atoleiros; e eu, que sentia a roupa grudar-se pelo suor das nádegas no couro da sela, imaginava o tormento da noiva, resignada a uma posição difícil; e, à medida que os povoados passavam – Campo Formoso, Bananeiras, Burundanga –, os cavalos pareciam sentir o cheiro da estrebaria próxima, porque sacudiam os pescoços, altivos e impacientes, se lhes encurtávamos as rédeas por descuido. O último trecho, o banco de areia que margeia o rio, foi percorrido a meio--galope, com a noiva segurando-se ao cilhão e a rosa estremecendo em seu peito como estremecem certas flores na ânsia de abrir. Desmontamos na estrebaria dos arredores da cidade e esperamos que o formigamento nas pernas e nas nádegas fosse carregado pelo sangue liberto, antes de entregar os animais suados aos guardadores, que retiraram os arreios e os empilharam a um canto, sobre palhas. A noiva desaparecera, levada sem dúvida por necessidades de arranjos íntimos, e aproveitamos, inclusive seu pai, o intervalo para molhar, num quiosque, as goelas ressequidas. Pela primeira vez nesta viagem, que começara com a consciência de um fardo, brotou frouxo o riso. Meu irmão Justino, que gosta de empinar o copo, avermelhou-se nos primeiros sinais de alegria alcoólica, e eu, pousando, pesada, a mão no seu ombro, dei-lhe aquele que seria o primeiro aviso:

– Não vá causar vexame.

Dali, refeitos e novamente instigados, alcançamos a pé a casa do padrinho, no centro da cidade, passando primeiro pelos subúrbios, através de ruas sem calçamento ou calçadas de pedras irregulares por onde entravam às vezes as biqueiras e os saltos. Nessas ocasiões, a noiva, aprumada na sua dignidade, que olhares curiosos atiçavam, hesitava sobre os saltos altos, desacostumada a esses luxos. O pai, que lhe puxava o cavalo, não lhe dava, agora, o braço, como seria normal em ocasião tão solene, e, embora juntos, unidos por uma cerimônia ou, melhor dizendo, por um compromisso conjunto, andávamos sozinhos no mesmo grupo vestido de branco que o povo, abismado, via passar. De modo que a chegada à casa do padrinho, que esperava à porta, avisado com antecedência pelos comentários de porta em porta, foi um alívio, o remanso temporário, principalmente para a noiva, que em um quarto se refez de todas as canseiras e de todas as ofensas anônimas, assistida pelas moças da casa, para o casamento civil. Enquanto ela dava os últimos retoques na sua pessoa, e alguém providenciava um buquê de rosas, com que apareceu meses depois na fotografia de moldura oval, nós bebíamos conhaque português. Havia meia dúzia de garrafas generosamente compradas pelo padrinho e oferecidas com insistência. As rolhas saltavam, as conversas desatavam-se, o cansaço da viagem desaparecia das dobras do corpo e dos feixes de músculos. Era, na verdade, um casamento conforme os padrões de hospitalidade, decência e amor-próprio. A esta altura, quando ia começar a cerimônia civil, dei o segundo aviso ao meu irmão Justino, que estava afogueado pela bebida:

– Não vá causar vexame.

Eu tinha medo de que ele, tímido e calado quando sóbrio, mas desatinado quando bebia, entrasse a proferir inconveniências ou portar-se de modo escandaloso. Talvez pisasse sem querer na cauda de um vestido ou quebrasse louça cara. Talvez gargalhasse quando devia apenas rir. Talvez tentasse, no seu jeito desastrado, cortejar alguma moça. Por isso, mal terminou a cerimônia e as assinaturas foram apostas no livro, sugeri que alugássemos um carro para correr a cidade. Os primeiros automóveis Ford haviam chegado a Itabuna, trazidos no convés de navios, e se eu, acostumado ao lombo das montarias, ansiava pelo desejo de andar sobre rodas, os outros também revelaram esse secreto desígnio na maneira pronta com que me acolheram a ideia.

— É só ir até a praça — disse o padrinho do casamento. — Combinem antes o preço, para não serem roubados, e rodem o tempo que quiserem. Andamos uma hora de automóvel, a noiva e o pai sentados na frente, com o chofer, e nós três escanchados atrás, todos dividindo os olhos entre o mecanismo, a maravilha da marcha, os solavancos e as ruas, os aspectos da cidade que ainda desconhecíamos, porque só a procurávamos para fazer a feira, ou a negócios, com roteiro e tempo predeterminados. Até que o pai da noiva disse que já era tarde, que o sol se quebrava no céu, que o padre e os convidados estariam esperando na igreja, entre impacientes e contrafeitos. Descemos à porta da igreja, importantes e solenes como homens que se prezam, e entre os quais destoava a languidez da noiva, ausente e meditativa como uma testemunha indiferente, não a personagem principal. E assim ela permaneceu durante a rápida cerimônia em que duas criaturas se unem para o bem e o mal, o tempo exato para o padre dizer algumas palavras que não entendemos, para a noiva dar o seu consentimento, mais com um suspiro do que com a voz tirada do solfejo da garganta, e para o noivo enfiar, no dedo da mulher, o anel que os aproxima ou que a partir daquele momento os distancia e os embrutece.

Eles agora estavam casados, no civil e no religioso, à sombra do juiz e à sombra do padre, e, como não havia nada mais a fazer, e a noite já descera, insinuando nas primeiras sombras leitosas a possibilidade de um luar, nós nos despedimos do padrinho e das moças e avançamos, em cortejo desconjuntado, pelas calçadas, pelo meio de ruas escuras, ao longo dos subúrbios, até a estrebaria onde os cavalos foram novamente selados, apertadas as cilhas, ajeitadas as caçambas, empunhadas as rédeas — e o caminho de duas léguas começou a ser refeito à luz de candeias aprumadas no arção e dispensadas, pela luz da lua, nos espaços abertos. O vento brando vergava às vezes a chama, que ameaçava deitar-se e morrer. Também agora eu marchava atrás de todos, atrás de meu irmão Justino que parecia inquieto sobre a resignada mobilidade de sua montaria.

    Devo ter cochilado, embalado pelas ancas do cavalo, entregue ao seu faro e a seus olhos, porque de repente me descobri distante dos outros, isolado no cortejo, uma estátua equestre fundida no bronze da noite. Mas se eu perdia o rumo, o queixo batendo no peito, moído pela fadiga e pelas emoções do dia longo, o cavalo não errava o rumo. Ativei-o com um toque sutil das esporas nos vazios, apenas um aviso de que eu era novamente o senhor da montaria, e ele encompridou o passo, chegou a choutar no plano. Meu pensamento premente era alcançar Justino, evitar-lhe uma queda desastrosa, impedir que o animal o arrastasse com a perna presa na caçamba. Ou abrir cancela para ele passar. Emparelhamos na fazenda do finado Fausto, que era chamada fazenda dos herdeiros, lugar de moças alegres e rapazes trabalhadores, e Justino, quando ouviu as pisadas do meu cavalo, quando me ouviu pedir que esperasse, que eu ia abrir a cancela, puxou a rédea e estancou a montada. Quando cheguei perto, fez tenção de apear-se.

    – Está passando mal? – perguntei.
    – Daqui não viajo mais.
    – Que besteira é essa, homem?
    – Daqui não viajo mais.

    Justino fez um semicírculo com a perna esquerda, por cima da anca do cavalo – e desceu. As esporas tiniram surdas no chão pedregoso. O cavalo, imobilizado, esperava na servidão das bestas amansadas pelos joelhos e pelo punho dos homens.

    – Bêbado – eu disse. – Bêbado de uma pinoia.

    Ele caminhou até a beira do caminho e se deitou. Entrelaçando os dedos das mãos, nelas apoiou a cabeça suada, como num travesseiro fofo, e arregalou os olhos para cima, para o mal disfarçado negrume de um luar esfiapado.

— Anda, pinoia — eu disse.

— Daqui não viajo. Estou deitado, vou dormir, vou esquecer.

Cutuquei-lhe o ventre como se esporeia um animal, com a ponta do grosseiro sapato de sola. Justino gemeu, e um pouco de baba branca, enrolada como espuma que vem do mar, apareceu num canto da boca. Espumava, aquele pinoia, como um cavalo que, forcejando, morde a brida.

— Levanta, peste.

— Quer me matar?

E Justino, sentando-se com esforço na beira da estrada, entre malícias enramadas pelo chão, que deviam doer nas costas, e pés de carrapicho, fitou-me com os olhos escancarados, remelentos.

— É isto mesmo — ele disse, como se recomeçando um pensamento interrompido, a linha de uma ideia, o fio de uma conversa que não houvera. — Vou me matar.

Remexeu dentro de um bolso do paletó e sacou uma faquinha de picar fumo, pontuda e afiada. Tirou a bainha, olhou a lâmina um bom pedaço, considerando a frieza e, mais que tudo, a neutralidade do aço, e voltou a ponta contra o peito.

— Vou me matar — disse Justino.

Tomei-lhe aquela porqueira de faca, ou melhor, ele largou-a sem esforço na minha mão e fez o gesto de se deitar entre os espinhos. Puxei-o por um braço, agora com uma raiva quase cega e um cansaço que rendia a força desesperada dos arrancos finais, e ele, tropeçando, o corpo projetado para frente como a pique de tombar, arrimou-se ao animal. De fôlego curto, respirando pesadamente pela boca aberta, nós, os dois, nos olhamos num arremedo de compreensão que dispensa palavras, afasta gestos inúteis, restabelece conivência.

Justino montou, pegou as rédeas e eu, avançando, abri a cancela, sustentando-a até ele passar. Adiante, numa quebrada, um vulto a cavalo, desamparado e ao mesmo tempo firme no meio da noite, nos esperava: o pai da noiva, que, mal nos viu, e sem dar a impressão de nos ter visto, voltou-se num seco golpe da rédea, como se entre a imobilidade anterior de sua pessoa e do animal e o movimento quase contínuo não houvesse necessidade de um gesto, o sinal de um desejo compartilhado. Chegamos à Baixa Grande já quase meia-noite, quase noite velha. A casa iluminada teimava em mostrar um ar festivo, ou de fim de festa que ainda não houvera, porque dos convidados, que aguardavam a oportunidade dos cumprimentos e a ordem para se abancar à mesa, muitos cochilavam, arriados em bancos ou pelos cantos, e outros dormiam a sono solto. Despertados, esfregaram os olhos e retomaram uma alegria que, forçada a princípio, se expandiu naturalmente, à medida que o nível baixava nas garrafas de conhaque português. Não vi a noiva; suponho que se banhasse no terreiro, sentada numa gamela, espantando a fadiga do corpo; e a possibilidade de um banho, antevéspera de um bom sono, fez que eu, alheio a chamados, indiferente a tapas amistosos nos ombros, surdo a gracejos leves ou pesados, dirigisse os passos trôpegos para um quarto, o quarto dos santos, velado por um modesto oratório de onde cálices altos e finos desprendiam o odor nauseante de flores carnudas e deterioradas. Havia ali, a um canto, um monte regular de amêndoas cheirosas, caroços secos de cacau que esperavam pela ensacagem. Sem sequer tirar as esporas, sem sequer aliviar-me do paletó, apenas desapertando a gravata e abrindo o colarinho, estirei-me, tranquilizei-me, dormi.

O hábito de acordar cedo, ou talvez os gritos dos galos, que pareciam arrebentar os peitos dentro do quarto, acordou-me com o nascer do dia e, sem me despedir, arreado outra vez o cavalo que dormira preso a uma estaca, fui embora, voltei para casa. O domingo prometia calma, fluir de acontecimentos mansos, gestos medidos, hábitos corriqueiros. Meus dois irmãos, Justino e Romão Baptista, erravam pela casa, sem ter o que fazer, esquivos, silenciosos, matreiros na maneira como evitavam olhar-me de frente, fazer perguntas, rir ou sugerir um gole de cachaça tirada do barril. Até minha tia Clara, de natural conversadeira, parecia despeitada, embora fingisse ocupar-se a fundo do almoço – uma simples carne assada, uma farofa com torresmo, um prato grande de arroz. De tarde, espichei-me na rede, que gemia a qualquer oscilação nos tornos necessitados de azeite, e creio que dormi, ou fiquei num estado de vigilante torpor, até a hora da ceia frugal. Depois, me debrucei no alpendre, passeei pela varanda, senti os olhos luminosos das bestas do pasto em mim postos, fumei dois ou três cigarros que eu mesmo preparei, fui à sala onde se guardavam selas, cabrestos, esporas, caçambas e cilhas e, sem necessidade, inspecionei todo este material, do qual se desprendia um cheiro ainda penetrante de couro novo misturado com muitos suores de muitas jornadas e muitas cavalhadas. Assim, entretido, ou fingindo entretenimento para passar o tempo, pressenti mais do que ouvi cascos distantes de cavalos remotos a malhar outra vez a superfície da noite. Os cascos se tornaram audíveis e, com um rebenque na mão, alisando mecanicamente o cabo trançado, fustigando de leve as pernas com as tiras que terminavam em nós, vi, sem sair da sala, através das paredes, por cima do alpendre, ao longo das touceiras de capim ralo, os cavalos chegarem, os cavalos arfarem, os cavalos deterem-se. A cancela batera num estalo seco, os cascos ferrados arrancavam do chão fofo repercussões surdas de baques contra o coração da terra. Os cavalos pararam, ouvi a voz do pai da noiva dar as boas-noites.

– Boas noites – responderam meus irmãos.
– Boas noites a todos – disse a voz da noiva.

– Boas noites – repetiram meus irmãos.

Nesse instante, ouvindo essas vozes, ouvindo a voz da noiva, fina e musical, senti na garganta formar-se o bolo de mal digerida emoção, uma coisa que subia, lenta e inexorável, do fundo da minha pessoa, do lodo das minhas entranhas, como um balde que traz do fundo de um poço abandonado a água esverdeada pelo limo e o sapo verde que nela quase se disfarça. Larguei o rebenque, entrei às pressas no corredor, corri para o fundo, girei a taramela da porta e recebi na cara, no peito, nas virilhas o bafo morno da noite. O bolo que me esmagava, sufocava, oprimia, desaguou nos olhos em fios grossos de lágrimas reprimidas e tão repentinas, na sua imprevista acidez, quanto uma chuva de verão. Encostado à parede, chorei aos arrancos numa fúria de estremecimentos e inutilidade. E só algum tempo depois, quando senti que minha presença era reclamada, sentida e estranhada, banhei os olhos em água fria, forcei uma naturalidade, um dar de ombros e uma esquivança que tinham no sorriso calmo um ponto de convergência. Assim distanciado, lavado e purificado, entrei no alpendre, cumprimentei a noiva e o pai da noiva que, sentados no banco comprido, divagavam sobre o tempo, a viagem, o casamento, detalhes da festa que só acabara alta madrugada. Conversamos provavelmente uma hora, descansados, até que a friagem da noite insinuasse seus primeiros toques fortuitos; ao longo dessa conversa, que não teve uma linha definida, mas foi marcada por interrupções, pigarros, pausas, olhares desencontrados, eu tentava esfarinhar um novo bolo que se formava, na indefinível fronteira onde termina a carne, o sangue e o nervo, e onde começa a alma. E tinha a impressão, quase a certeza, de que a minha luta era acompanhada por aquelas pessoas com um interesse maldoso. Afinal, depois de sacar do bolsinho da calça o relógio redondo e consultar os ponteiros que procuravam algarismos romanos, o pai da noiva, disfarçando um bocejo de quem dormira pouco e ansiava pela paz das cobertas, levantou-se e proclamou que já era tarde:

– A noiva está entregue – disse ele.

E com um boa-noite que abrangia o pequeno grupo, desceu a escada, montou a cavalo e saiu a passo tardo, puxando com a mão esquerda, enquanto a direita segurava a rédea, o solitário cavalo arreado com o cilhão agora vazio. Foi então que senti, pela segunda vez naquela noite, o bolo subir. Com um pedido de licença, que a noiva recebeu em silêncio, entrei no corredor, destramelei a porta dos fundos, que era a porta da cozinha, recebi no rosto frio e nas virilhas por onde escorria suor o sopro agora quase frio da noite no descampado. O bolo esfarelou-se à raiz dos olhos, como um fogo de artifício que se abre, no alto, em pétalas de luz.

Ignoro quanto tempo ali passei, arrimado à parede do oitão, até que aquele veio subterrâneo, do qual eu jamais suspeitara, se exaurisse, a última gota chupada pela pele oleosa em torno das pálpebras. O fato é que, quando entrei de novo em casa, iam adiantados os preparativos para a noite de sono. Meus irmãos já se haviam recolhido aos seus quartos; apenas uma lamparina de globo enfumaçado ardia na varanda, criando ao seu redor, na escuridão circunjacente, um halo de luz semelhante ao de um farol fixo que assinala no ermo a solidão de uma alma ou o convívio aconchegante de criaturas humanas. Fumei ali um cigarro, e, como ele me deixasse a garganta seca, fui à cozinha beber um caneco de água. Na volta, a porta que se abria no corredor revelava a alcova em toda a sua bem composta nudez: um armário, uma mesa com gavetas encimada por um espelho oval, e no centro, destacando-se como um esquife, não fosse a brancura dos lençóis, a larga cama de dossel. Ao pé da cama, bem do lado, um cobertor cor-de-rosa, e na cabeceira dois travesseiros gêmeos. Sentada à beira da cama, e vestida como chegara, a noiva esperava, esperava-me.

— Está tudo preparado — disse tia Clara. — Vou fechar a porta da frente.
— Deixe que eu fecho.
— Então, boa noite.
— Boa noite.

Entrei na alcova, fechei a porta. A noiva levantou os olhos, séria, sem a sombra de um sorriso. Sobre o bocal da lamparina passavam mariposas, voejavam mosquitos, zuniam os besouros da estação. Apaguei a lamparina com um sopro, contornei a cama de casal e me deitei ao comprido, vestido como estava, depois de sacudir os chinelos. O bolo desaparecera, em seu lugar ficara um vazio, um terreno áspero e nu onde não brotavam sentimentos, gestos, palavras, carícias, atenções. Quietamente, a noiva se despiu com a calculada lentidão de quem vai mergulhar em água sôfrega. Com artes esquivas conseguiu tirar o sutiã sem tirar a leve combinação que lhe aderia à pele. Deitou-se, então, ao meu lado.

— Pode acabar de me despir — lembrou, com um sorriso triste, mas em que havia um tom de petulante desafio malicioso. — As moças esperam muito por esse instante. E os homens gostam.

E mais não disse, nem eu. Cavalgamos de novo, dentro de uma noite que era apenas nossa, iluminada pelo milagre de cheias luas repetidas. E depois, recolhidas as selas, e bridas, e rédeas, e cilhas e esporas, soltos os nossos cavalos, eu e a minha virgem, ambos maculados, vimos nascer de olhos abertos outro dia de um tempo que era futuro e deixava de ser passado.

(*Noites vivas*, 1972)

O BUSTO DO FANTASMA

O fantasma que apareceu lá em casa, ao contrário do fantasma de James Thurber, não cometeu estripulias nem teve caráter transitório. Instalou-se para ficar e, desde o primeiro dia, manifestou, pela impassibilidade do rosto, que ali estava cumprindo penitência ou em busca de algo. Difícil desalojá-lo. Realmente, muitas tentativas se fizeram, experimentaram-se todos os recursos; imaginação não nos faltava, inveterados leitores de romances em fascículos que um vendedor ambulante fornecia quinzenalmente. Mas o fantasma resistiu a tudo e a todos. De nada adiantou, por exemplo, substituir uma telha de vidro na cumeeira, por onde, segundo asseverava minha mãe, ele entrava à meia-noite; e as rezas de Nunila, minha tia, tão eficazes para sarar mordeduras de cobra e espantar mau-olhado, provaram sua absoluta e total ineficácia. O fantasma zombou, no seu modo sério, do mastruço, do alecrim e de outras ervas recolhidas no campo, ao entardecer, quando a campanha movida contra ele pela família inteira atingira o ponto culminante, o ponto do desespero.

Houve quem recuasse no tempo e pressentisse no pio estrídulo de uma ave agourenta – que não chegou a ser vista, sequer identificada – o anúncio da visita próxima e duradoura do fantasma. O que não é para admirar:

naquela altura, com ele dentro de casa, invisível durante o dia, bustificado depois das doze badaladas, as explicações choviam, tentava-se tudo, numa escala que partia do lógico e enveredava pelo absurdo. Como o pio da ave agoureira sempre precede acontecimentos tristes, acabamos todos por admitir o mau presságio. No seu voo súbito sobre a casa, norte para sul, aquela ave deixara sinal de desgraça.

A ave foi ouvida numa tarde em que meu pai e seu ex-tutor, Chico de Luanda, cochilavam no alpendre, abordando temas vagos e aparentemente desconexos, que, aliás, não tinham pressa de concluir. Já então os olhos dos morcegos, sensíveis ao desfalecimento da claridade, estremeciam; dentro em pouco eles estariam chiando na copa do jenipapeiro, nos frutos maduros que tombariam ao alvorecer. A conversa entre os dois, meu pai e o visitante, pendia num silêncio prolongado de propósito para acentuar o peso da última observação proferida não se sabe por quem, e os ruídos da casa se haviam aquietado, num repentino poço de silêncio, quando alguma coisa penugenta cruzou o ar, sobre o alpendre, por cima da cumeeira – e soltou um pio medonho que por muito tempo fendeu a tarde, como uma quilha que deixa sulco.

– Ai – gemeu Chico de Luanda.
– Ai – gemeu meu pai.

Chico de Luanda, que era supersticioso, levantou-se e não conseguiu encontrar as pernas. Suas articulações pareciam de geleia. Meu pai deixou-se ficar na espreguiçadeira, estatelado, de boca aberta.

– Você ouviu? – perguntou Chico de Luanda.

Uma pergunta inútil, mas inteiramente desculpável, porque o espírito dos dois não estava bem equilibrado.

– Ouvi, sim. Foi um pio infernal.
– Talvez um pombo do inferno – sugeriu Chico de Luanda. – Não conheço ave nenhuma que pie desse modo, assim tão alto e fino.

— Nem eu — confessou meu pai, que era caçador nas horas vagas, um caçador que tinha pena de caça e pretendia, no fundo, era matar o tempo, mas se gabava de conhecer aves, pássaros, galinholas e passarinhos, perdizes e arapongas, anuns e xexéus. A conversa ficou nisso — ou quase nisso. Interrogados discretamente a princípio, para não espalharem temores vãos, os outros habitantes da casa confirmaram o pio, a que não deram importância maior. Naturalmente, dentro de casa o pio lhes chegara amortecido. Lá fora, no alpendre que divisava o descampado, fora terrível, "um guincho de endoidecer", conforme dissera Chico de Luanda.

Se o objetivo do pio da ave agoureira era transmitir um alerta, falhou. Passado o primeiro estremecimento, meu pai voltou às suas ocupações rotineiras, e Chico de Luanda, apenas uma visita rápida, também se esqueceu do episódio, que de qualquer forma não lhe dizia respeito. Os dias correram, a vida prosseguiu no mesmo ritmo, marcada pelo relógio grande, de badalo, da sala de visitas. Quando algum de nós se esquecia de lhe dar corda, o que era frequente, podia-se acertá-lo mais ou menos certo pela passagem das marinetes. A vida era mansa, quase boa, na casa velha que tinha uma capoeira atrás e um pasto na frente, em declive.

A casa era grande; vista de longe, do fundo do pasto, embaixo, para quem chegava, parecia quadrada, não fosse a despensa que avançava em forma de telheiro, numa aparência, ela só, de caixão de defunto. Subia-se ao alpendre por uma escada lateral, de poucos degraus de tábuas carunchosas que no verão estalavam e no inverno arrancavam sons ocos. O primeiro degrau era um enorme cepo de vinhático. Depois do alpendre, com duas janelas e uma porta, vinha a sala de visitas, vasta, de teto alto, adornada com uma escrivaninha de jacarandá que tinha tampos e fechos de prata, e, ao lado, o relógio de pêndulo que malhava, assustador, o silêncio das tardes e noites modorrentas. Uma porta abria-se à esquerda para um quarto onde eu dormia numa cama de couro de zebu e cuja janela dava para o já mencionado jenipapeiro. A janela era alta, porque a frente do casarão se apoiava em firmes e grossos esteios que iam diminuindo à medida que subia o declive, de forma que na frente da casa havia um porão ótimo para galinhas chocarem, botar ovos e se revolverem na poeira. Guardavam-se ali velhas tábuas, ferramentas decrépitas, as vespas faziam casas e voejavam endoidecidas nos dias de verão intenso. À direita da sala começava um corredor não muito longo, mas escuro, e bem no meio dele desembocava um quarto comprido e úmido, que ia dar a uma janela minha vizinha e menos alta. Era o quarto do fantasma. O corredor findava numa ampla e já térrea sala de jantar, com outro quarto de dormir ao lado do quarto do fantasma, como ficou chamado. Comíamos numa mesa nua, orlada por dois bancos compridos, de madeira. Num dos cantos, junto à parede da cozinha, uma talha. A cozinha, à esquerda, possuía um fogão alto, sobre estacas; defronte, um pilão onde a negra Ana moía café torrado numa folha de flandres, de beiradas. A cozinha dava para a despensa, com armários, e abria para o terreiro. Uma pedra roliça servia de batente. Além do terreiro, um descampado que descia até o brejo. As árvores rareavam até se transformar em liquens, trepadeiras, samambaias ou algo parecido, que nunca fui bom em botânica.

A casa do finado José, agora a casa do meu pai. Mas nela o que interessa mesmo é o quarto úmido onde o fantasma boiava. O quarto começava por uma arca de cedro, pesadíssima, a um canto da parede, onde meu pai guardava instrumentos de carpintaria: serrote, serrotão, pua, trado, enxó, nível, escala, machada, fio de prumo, facões e coisas de vária serventia. Perto da janela ficava a cama, uma dessas camas antigas, de cabeceira alta. Embaixo da cama, o urinol. Em cima, uma telha de vidro por onde se divisava a madrugada, e que coava o sol quando o dia esquentava. Eu quase ia esquecendo, logo à entrada, um crucifixo de madeira, mostrando um Jesus agoniado, de rosto contraído pela dor, o Crucificado mais sombrio que já vi. Parecia real, o sangue quase escorria das feridas abertas nas mãos e nos joelhos pelos cravos. E a coroa de espinhos era metálica, penetrava fundo no couro cabeludo.

Meu pai, asmático, acordava muitas vezes durante a noite, sobretudo no inverno, para fumar cigarros de folhas de estramônio. Chiava, ofegante, recostado em travesseiros, enquanto minha mãe, já habituada, ferrava no sono, ao seu lado, ou, se despertada ante uma tosse mais renitente, murmurava queixas indistintas. Uns dez dias depois do prenúncio da ave agoureira, meu pai acordou numa de suas crises, respirando como um fole; tateou a mesinha ao lado, à procura da caixa de fósforos, riscou um palito e acendeu a lamparina de querosene. À fraca luz da chama, depois de tirar a primeira baforada do estramônio e acomodar melhor as camadas dentro do peito, divisou, então, um vulto.

Não era bem um vulto – disse ele, no dia seguinte, calmo. Era um busto, apenas um busto a sobrenadar a escuridão do quarto. Sobrenadar, não. O busto pairava entre o chão e o teto como se fora uma neblina suspensa na manhã que mal se inicia. A metade de um homem, do tórax para cima. Claro que meu pai só chegou a formar imagem completa nos dias subsequentes, porque, naquela noite, percebida a névoa de contorno humano, apagou logo a lamparina, achegou-se à minha mãe e se esqueceu até de tossir. Dormiu mal, acordou de olhos remelentos e lacrimejantes, olhos encovados em bolsas flácidas.

A novidade não custou a se espalhar, primeiro entre os de casa. Começaram especulações de toda sorte, palpites partiam de um e de outro, todos intrigados, é claro.

– Será o finado José ainda penando no lugar em que morreu?

Digo logo que esse finado José, meu avô, morrera não exatamente ali, mas a uns quinhentos metros, atrás da cancela. Voltava da feira, montado em cavalo esquipador, com uma barrica de aguardente no arção da sela, quando caiu do animal, que era árdego e lhe desferiu uma série de coices na cabeça, tronco e membros. Mas, de qualquer forma, que são quinhentos metros, meio quilômetro apenas, para uma alma que se pode deslocar sem o menor esforço, que entra e sai através de portas e janelas fechadas, que ultrapassa paredes? Esse o argumento de minha tia Nunila – e não foi contestado.

– Só pode ser o finado José.

– Talvez não seja. Justo é muito impressionado, pensou que viu alguma coisa – aparteou minha mãe, pessoa prática e teimosa para quem as coisas deste mundo já constituíam tormentos mais do que suficientes.

A dúvida permaneceu, só veio a ser desfeita quando meu pai, vencidos os temores iniciais, aventurou olhadelas para a coisa enevoada, primeiro furtivas, suspendendo rápido a ponta do cobertor, depois mais ousadas, e, por fim, cara a cara. O retrato do fantasma foi composto, ou recomposto aos pedaços. O problema da barba, por exemplo: comprovou-se que era cerrada, mas não alta; uma barba que tomava ou fechava quase o rosto todo, confundindo-se com as costeletas, estas mais bastas e branqueadas; uma excelente e austera barba à antiga, dessas que impunham respeito, rendiam consideração, valiam mais que assinatura em letra promissória. A testa era estreita, o cabelo crescia logo em longos fios luxuriantes. Provavelmente, o defunto era avesso ao barbeiro, só aparava as madeixas em última instância – e morrera bem necessitado de tesoura. Se era um fantasma vingativo, essa dúvida não tardou a ser aplacada. Porque o vulto, ou o busto, não se movia, não avançava pelo quarto, não franzia o sobrolho, não vincava a testa, não enrugava o canto da boca, não piscava os olhos, não fazia trejeitos zombeteiros. O rosto do fantasma não demonstrava amuo, queixa, recriminação, nem tentava qualquer aviso, qualquer comunicação com os terrestres que ali ressonavam na paz do quarto comprido e escuro como breu. Limitava-se a ficar suspenso, olhando. Meu pai logo reconheceu o seu pai. Era, com efeito, o finado José. Por que voltara? Que desejava transmitir-lhe? Estaria pagando penitência? Nas madrugadas de crise asmática, fumando os cigarros de estramônio com filtro de algodão, meu pai vasculhava a memória, em busca de faltas. Nada encontrava digno de punição extraterrena. Ficara com a fazenda, é verdade, mas comprando a parte dos irmãos Romão Baptista e Justino. Não lhe arquejara o defunto, em vida, pouco antes de morrer, que confiava nele?

Travavam, o busto no meio do quarto e o busto na cama, um monólogo pouco esclarecedor. Nas noites em que minha mãe estava ausente, em visita a parentes ou amigos na cidade, meu pai achava até reconfortante a presença do vulto na casa enorme e vazia. O fantasma inspirava-lhe coragem contra possíveis assaltantes. Adquiriu até o hábito de, nos seus monólogos, dirigir-lhe a palavra, pedir conselhos, como fazia em vida ao finado José.

– Faço bem, meu pai?

E tinha até a impressão de que o busto curvava de leve a cabeça, em vago aceno afirmativo.

Esse fantasma nem sombrio nem alegre, nem pacífico nem perseguidor, acabou sendo o pretexto há longo tempo buscado por minha mãe para mudar de vida, instalar-se na cidade, "viver como gente", como ela dizia em momentos de rabugice maior. Uma noite, meu pai dialogava com o vulto e, como se habituara a pensar em voz alta, despertou-a.

– Estou pensando em mandar o Surdo fazer nova estufa.

...
— O senhor acha que a safra deste ano vai ser boa?
...
— É isso mesmo, o cacau temporão promete. E o tempo está propício, parece que teremos chuvas de aguaceiro.
...
— Se os birros vingarem todos, ou quase todos, vou colher aí umas duas mil arrobas. Precisarei de estufa.

Minha mãe apurou os ouvidos, soergueu-se na cama e perguntou, zombeteira:

— Deu pra falar sozinho, homem? Já é caduquice?

— Não — respondeu meu pai, distraído. — Estava conversando com o finado José.

— Com o finado... O quê?

Meu pai calou-se, tentou soprar a lamparina, mas, antes disso, os olhos de minha mãe deram com o que não deviam dar: com o busto suspenso na escuridão esgarçada. O berro varou a noite, como um punhal de lâmina aguçada, e ela se meteu sob o cobertor, convulsa e conturbada. A casa acordou toda, batidas à porta não tardaram, ninguém dormiu mais. No dia seguinte, começou de verdade a luta contra o fantasma. As primeiras providências couberam, como eu já disse no início, à minha tia Nunila, mas, infeliz ou felizmente, ela só sabia cuidar de seres deste mundo, que benzia com raminhos de alecrim e nos quais aplicava mastruço.

Os ramos de alecrim colocados no assoalho de tábuas de putumuju, no lugar do busto, murcharam com os dias — e o busto continuou a aparecer depois da meia-noite, com a mesma expressão severa, mas resignada. Nunila tentou então as rezas. A mais forte, ensinada por uma curandeira que conhecera em Sergipe antes de emigrar para o sul, perguntava num dos seus mais expressivos quartetos:

61

> *Espírito das trevas,*
> *O que buscas?*
> *Acaso pescas*
> *Em águas turvas?*

O fantasma não deu resposta, nem em prosa nem em verso. Continuou a se mostrar todas as noites, teimoso, no mesmo lugar, com o mesmo olhar, a mesma barba, os mesmos olhos fixos como verrumas, mas que não doíam, não trespassavam ninguém. Exceto, é claro, minha mãe, que, depois da aventura daquela noite, se transferiu para o quarto ao lado, onde sepultava os terrores num sono de chumbo, ajudada por magnífico jantar. Claro que esta situação, camas separadas, quartos separados, não podia durar muito. "Não sou inglês", berrou meu pai, uma noite, sem mais preâmbulos, perdida a compostura. Queria dizer "não sou americano", mas detestava os ingleses, por que não sei. Minha mãe se recusou terminantemente a voltar à alcova, e ele, para não dar demonstração de fraqueza perante a família, também não quis renunciar à cama de dossel. Passaram dias emburrados, usando filhos e parentes como tabela para se dizerem apenas o essencial. Esses diálogos indiretos podiam ser assim resumidos:

– Pensando bem, é apenas um busto.

– Mas é um busto de pessoa morta.

– Tudo na vida depende do modo de ver – filosofou meu pai. – Por que não imagina que embaixo do busto há um pedestal?

– Isso é faz de conta, é carochinha.

– Aliás, o quarto é grande e nu, um busto ali no meio até que enfeita...

As soluções começaram a germinar na cabeça de meu pai. Pensou, a princípio, em colocar um espelho em frente do busto; o finado José poderia espantar-se e desaparecer para sempre. Provavelmente, os cabelos teriam crescido depois da morte. Não dizem os entendidos que, parado o coração, as unhas continuam a crescer no lodo da terra? Pensou em substituir a telha de vidro por uma telha comum, de barro. Pensou em ficar de atalaia, uma noite, no telhado, no sítio por onde se supunha que o fantasma entrasse – mas temia os resfriados, abominava correntes de ar.

Afinal, numa de suas viagens semanais à cidade, voltou com um busto de gesso, algo parecido com o do fantasma – e colocou-o no mesmo lugar onde o outro boiava.

– Pronto – anunciou ele à minha mãe. – Agora você pode dormir tranquila.

Minha mãe, desejosa de demonstrar boa vontade, retornou à alcova, à cama de dossel. Inutilmente, porque não pregou olho. Era um remexer-se incessante, um coçar-se, um inquietar-se, um cuidado excessivo para que os pés não sobrassem do cobertor, ficassem expostos a puxões.

– Não posso – dizia ela, pedindo-lhe para acender a lamparina. – Sei que por cima do busto que você comprou está o outro.

O busto era de gesso; objeto inútil, acabou dentro da arca de cedro. E minha mãe, cada vez mais assombrada, lançou o ultimato: a casa ou ela, o fantasma ou ela. Arrumou a mala e partiu, disposta a uma longa temporada na cidade. Meu pai coçou a cabeça, fingiu alheamento, mas, à noite, puxando fumaça do seu estramônio, estirou o beiço para o busto, como a perguntar:

– E agora?

A ideia mais razoável para resolver a situação incômoda partiu de Joãozinho Feitosa, que só vestia terno preto, tinha fala macia e andava descalço. Calça e paletó pretos, sempre, e um chapéu de feltro de tira preta, que ele quebrava na frente; adquiria com isso um ar gaiato, de bravata e de audácia, que em absoluto se coadunava à sua

63

pessoa triste. Vendo-o passar nas estradas e tirar o chapéu para o cumprimento, eu pensava: *Vai a algum velório*. Esse Joãozinho Feitosa, que diziam um primo distanciado de minha mãe, servia de mote a brincadeiras de meu pai. Nos momentos em que Justo estava de bom humor, o que lhe acontecia raro, porque os negócios nem sempre corriam bem, ou a sua sovinice nunca se dava por satisfeita, parodiava a letra de *Scrivimi*:

> *Tu me deste uma rosa*
> *Ó Joãozinho Feitosa...*

Minha mãe respondia às risadas com muxoxos vexados que, às vezes, de tão soturnos, estancavam o riso, detinham a relembrança do seu namoro antigo com o primo macambúzio. Se é que houvera mesmo namoro. Nas visitas do primo pobre tratava-o com cerimônia, punha-o a distância. Joãozinho aparecia sempre bem barbeado, com a pele azulada no queixo e até o meio das bochechas, mas entre os dedos dos pés percebia-se a lama seca dos caminhos.

Pois foi esse Joãozinho Feitosa quem sugeriu afinal a ideia que, se não solucionou o problema do fantasma, deu pelo menos um rumo mais decente à nossa vida, de acordo com o figurino da civilização defendido por minha mãe em momentos de zanga, angústia e desespero: a mudança para a cidade. Com os olhos compridos pousados no dedão do pé direito, que ele mexia como a traçar sinais misteriosos nas tábuas do alpendre, Joãozinho avançou em voz tímida:

– Conheço um rezador de primeira ordem.

– Quem, Joãozinho?

– Tomé de Arapiraca.

Não era bem um rezador; era, segundo eu já ouvira falar, um pai de santo que recebia o espírito de um caboclo adivinhador e versejador. Meu pai, que só acreditava

na natureza como princípio e fim de todas as filosofias e crenças ("Deixe que a natureza resolve" era sua frase favorita), enfraqueceu o entusiasmo recém-desperto, mas, como perdera dois sacos de cacau seco tirados noite velha por baixo do zinco da barcaça, sem que o cachorro latisse contra o ladrão sutil, viu aí a esperança de reaver o que era seu, quem sabe? Quanto ao fantasma, ele pouco estava ligando, habituara-se ao busto enevoado – mas se o exorcismo de Tomé de Arapiraca o devolvesse às profundas do céu ou do purgatório, devolvendo a ele, Justo, a mulher e a paz, tanto melhor.
– Quanto o homem cobra, Joãozinho?
– Nada, não aceita dez-réis. Você tem de levar apenas uma garrafa de aguardente, que é o que ele sempre pede. E, às vezes, charutos ordinários, grossos, do tipo escora-carroça.
Meu pai resolveu ir, por desfastio. Não tinha o que fazer, estava-se no paradeiro – tempo terrível, de verão, entre a última safra e a vindoura, quando o dinheiro era curto e as cismas mais longas. Joãozinho nos conduziu, certa manhã, ao terreiro. Filho mais velho, admitiram-me na comitiva, a princípio com relutância, depois com leve condescendência – a mesma relutância e a mesma condescendência com que às vezes falavam de mulheres, longe dos ouvidos de minha mãe e a distância razoável dos meus. E assim, eles na frente, eu um pouco atrás, a distância respeitosa, desembocamos no terreiro de Tomé de Arapiraca, que estava varrido e seco, e onde algumas pessoas fumavam, caídas de cócoras, numa posição que durou muito e me provocou angústia. Até que o rezador apareceu, de olhar estremunhado. Ou estivera dormindo ou em transe.
Não vou descrever tudo o que Tomé de Arapiraca fez e falou; a parte importante é a dos versos. Digo, porém, que invocado o espírito adivinhador e formado o círculo de assistentes, o homem entrou em convulsões, e nestas,

braços, pernas e ventre tiveram muito trabalho. Temi que ele fosse se desconjuntar; sem dúvida aquilo exigia muito preparo físico, que eu jamais poderia associar à carne seca com farinha e rapadura, prato único no cardápio dos pobres. Recebido o espírito, que se ajustou no seu corpo com uns espasmos derradeiros e umas torções de quem tenta encaixar a carne em roupa apertada, Tomé de Arapiraca, sujeito ainda moço, denunciou quem desencaminhara certa moça ultimamente muito falada na Baixa Grande. E antes de responder à primeira consulta transmitida em voz baixa por Joãozinho Feitosa (o furto do cacau tinha prioridade), deu três voltas completas pelo círculo de assistentes, com a garrafa de aguardente destampada sobre a cabeça e a dançar. Não caiu uma só gota.

Depois que o sol se deita,
O mal caminha do leste.
A morte a mão lhe enfeita,
Com o que tira, se veste.

— Um ladrão profissional, sem dúvida — cochichou meu pai no ouvido de Joãozinho Feitosa. — Com o que tira, se veste.

— E mora onde nasce o sol — lembrou Joãozinho. — Isso mesmo, no leste.

Conclusões fáceis para quem, como meu pai, matava charadas novíssimas com o auxílio do dicionário prático e ilustrado de Jayme de Séguier, distração predileta nos domingos, quando não havia visitas. Charadas bem mais difíceis do que os versos do caboclo adivinhador ele já matara, como, por exemplo, uma que lhe fora proposta em mesa do bar de Carneiro, na cidade, enquanto disputavam pôquer de dados chocalhados num copo de couro, para ver quem pagaria a rodada de cerveja. *No meio da sociedade a honra cambaleia.* Uma e duas. *Ébrio.* E aquela outra, um primor de composição: *Rente ao túmulo de Jesus, chorava Madalena sem coragem e com temor.* Uma e duas. *Respeito.* Chegara até a matar, depois de semanas de duro labor, uma péssima charada que haviam dedicado a um sujeito chamado Edgar, vendeiro que usava um toco de lápis grosso atrás da orelha cabeluda e passara tardes debruçado no balcão, sobre folhas de papel almaço, tentando em vão decifrá-la. *O homem tem garbo de ser homem.* Uma e uma. Edgar. Ed, afinal de contas, não é nome de ninguém, e o recurso de tirar *gar* de garbo era burrice de charadista inepto.

Mas o leste era vasto e razoavelmente habitado: coronéis e suas famílias, administradores, agregados, lobisomens. Quem seria o ladrão? Ladrão, ladravaz. O cérebro de meu pai trabalhava. Caminha, portanto não tem cavalo. Caminha do leste. Gente pobre ou remediada. Furta para se vestir, está claro. Se tem terra, ela não dá colheita. Estéril. Sáfara. Árida. Ou talvez não desse colheita porque o homem não plantava. O homem seria um preguiçoso de nascença, conhecia muitos assim. Habituara-se sem dúvida a furtar e a roubar, as coisas lhe chegavam fáceis, o de-comer não faltava; então, por que se esfalfar? *A morte a mão lhe enfeita.*

Verso obscuro. A morte enfeitando uma mão?

Só se fosse vela, a vela que enfiam na mão do defunto. Mas não, o homem estava bem vivo, furtara-lhe o cacau com arte, nem sequer despertara o cão. É bem verdade que Vesúvio estava velho, de ouvidos moucos. *Eu tive um cão, chamava-se Veludo...* Lá estava meu pai outra vez a divagar. Gozado como uma palavra puxa outra; os pensamentos surgem atrelados, a reboque. A morte a mão...

– Matei!

Naquele justo instante, Tomé de Arapiraca soltava um dos seus maiores pinotes, sempre com a garrafa de aguardente equilibrada no alto da cabeça, como se ali pregada com visgo de jaca. Joãozinho Feitosa, que tinha os olhos ferrados em Tomé, nas cabriolas de Tomé, estremeceu:

— O quê?
— Matei, Joãozinho, matei. Quem é que mora no leste, não trabalha, tem uma filharada para sustentar e vive por aí, caminhando ao léu, com uma espingarda na mão?
— Petronílio.
— Exato. Petronílio.
— Pois se foi ele, homem, e tudo indica que foi, perca a esperança. Ninguém nunca descobriu. Se desconfia, ele dá mesmo o que falar, mas provar é o diabo. Acabou-se.

Tomé de Arapiraca deu outra volta no terreiro, a garrafa presa no cocuruto, sem derramar uma única gota: Os olhos rolaram, brancos, na direção de meu pai. Pareciam vidros foscos, ou contas espetadas em bruxas de pano para acalentar meninas pobres.

— Agora — anunciou Tomé —, vou responder à sua segunda pergunta.

Os lábios grossos abriram-se como feridas vermelhas e inchadas em volta do charuto grosso. Tomé de Arapiraca se concentrou, levantou os braços, invocou o espírito das musas caboclas.

No livro está a resposta
À penitência do vulto.
Ninguém volta porque gosta,
Mas para achar o oculto.

Era o problema do fantasma. Ainda ébrio pela descoberta do ladrão — descoberta inútil, mas que intelectualmente daria os seus dividendos na família e na roda de amigos —, meu pai teve o cuidado de anotar o enigma numa caderneta que sempre trazia no bolso traseiro da calça, para quando lhe tomavam dinheiro emprestado fora de casa, ou um trabalhador pedia um adiantamento no meio da semana, longe do livro-caixa que ele herdara do finado José. No caminho de volta, releu os versos, as mãos tremeram, os olhos cresceram.

– Isto está me cheirando a botijão de ouro, Joãozinho.

Joãozinho Feitosa concordou: onde havia fantasma, havia botija de moedas antigas, enterradas bem fundo. Ou ocultas de outra forma, talvez em paredes, entre caibros e vigas, debaixo do assoalho. Não tocara nisso antes para não provocar inquietação e mal-estar na família. O finado José fora um sovina de marca maior; ao sentir as primeiras pontadas da velhice, talvez uma voz interior lhe houvesse soprado: "Esconde o que é teu para não teres de repartir com os filhos. Precisarás do que amealhaste quando perderes as forças. Sabes como são os filhos: crescem, se desapegam, o pai se transforma num estranho para eles. Tu mesmo conheces casos de pais corridos porta afora."

Nesse ponto tive de correr atrás deles, porque meu pai, se não corria propriamente, trotava, e Joãozinho Feitosa teve de fechar o paletó negro de abas desfraldadas ao vento. Paramos apenas no alpendre o tempo necessário para recobrar o fôlego. Na respiração ofegante de meu pai, não ouvi o chiado característico do asmático. As camadas estavam perfeitamente superpostas dentro do peito.

No livro está a resposta...

E meu pai atirou-se à estante, que era modesta, como convém a um homem trabalhador; quem pega no pesado não tem tempo para esses luxos. Romance é coisa pra moças, mesmo assim as que se comprazem no ócio, indiferentes às rendas e bordados, honestas prendas que rareiam hoje em dia. Mas uma leiturazinha pra encher um domingo, um bom enredo à maneira de Pérez Escrich não fazem mal a ninguém. Atiçam a imaginação, um homem também precisa de uma pitada de sonho pra temperar esta vida.

Meu pai começou a busca por um livro que passara de mão em mão na família e todos acharam genial, mas muito triste, muito pesaroso: *A toutinegra do moinho*. Sacudiu-o, folheou-o e nada encontrou. Releu o título. Depois foi a vez de Eugène Sue e Victor Hugo. *O diamante maldito*, enredo policial muito do seu agrado, nada lhe revelou também. Por fim, numa brochura já sem capa, intitulada *Olhos fascinadores*, seu coração quase parou. Lá estava um pedaço de papel. Meu pai desdobrou-o com lentidão. O sangue lhe subira ao rosto. Lembrava-se de uma estória que lhe tinham contado, de um sujeito que sofria do coração e acertara na sorte grande. A família, para não matá-lo com o choque, começou com rodeios: "Imagine se você um dia comprasse um bilhete de loteria...". E foi assim, num crescendo, até soltar a revelação final e o felizardo soltar o último alento.

Mas o papel continha apenas um soneto parnasiano, da lavra de meu pai, pecado cometido na juventude, quando ele namorava uma moça gorda que veio a casar depois com um comerciante. Orgulhoso, e para que não pairassem dúvidas quanto à autoria, meu pai escrevera antes de sua assinatura, embaixo: "Do próprio punho.". E datara. O soneto cantava os tormentos marítimos de Ulisses:

> *Da vasta noite a estrela peregrina*
> *Banha a galera de níveos lavores;*
> *Dos golpes de remo os leves rumores*
> *Ferem o silêncio ermo da piscina.*

(Piscina era o Mediterrâneo: licença poética e necessidade de rima.)

> *Eis que, rompendo a paz d'hora divina,*
> *Suavíssimo e doce canto se alteia.*
> *Das glaucas ondas ergue-se u'a sereia*
> *Esplendorosa, nua, serpentina.*

Treme Ulisses sentindo-se arrastado;
A tentadora, mui perto, ao costado,
Quer atraí-lo c'o encanto e sedução.

Resiste o herói grego; e em grave apelo
Convence a marinhagem a prendê-lo
Ao pé do mastro, fugindo à tentação.

Não era hora de sonetos, mas meu pai, apesar de homem prático também um esteta, releu-o, empostando a voz, para deleite meu e de Joãozinho Feitosa. Que rimas, hein? Ricas, sonoras. E pode contar as sílabas nos dedos, tudo certinho, medido. Aqui não tem pé quebrado.

– Tem ideia, tem vigor. Até parece que estou vendo a cena – concordou Joãozinho Feitosa, com um princípio de baba num dos cantos da boca.

Passada a euforia dos dois quartetos e dois tercetos sem fecho de ouro, mas de lavor clássico, meu pai voltou à caça ao tesouro. Não havia criptograma a decifrar, como no caso dos dançarinos de Conan Doyle, nem fio a ser esticado por entre a órbita de uma caveira, como no escaravelho de Poe. Havia apenas um livro a procurar. E ele virou e mexeu, sacudiu e folheou fascículos, brochuras, almanaques, uma coleção inteira de *Chácaras e quintaes*, sob o olhar expectante de Joãozinho Feitosa, que não perdia um movimento seu. Esgotada a biblioteca familiar, caiu em desânimo, procurou uma cadeira.

– Acho que Tomé de Arapiraca se enganou desta vez.
– Procurou bem?
– Já olhei tudo.

Os olhos de meu pai erraram, pesarosos, pela sala, fixaram-se na pêndula que ia e vinha, deram com pitangas maduras além da janela aberta, retrocederam e pousaram com desgosto na escrivaninha de tampos e fechos de prata, bem precisada de uma limpeza. O pó se acumulava nas beiras, a negra Ana ia levar um carão. Se por fora

era o que se via, imagine-se por dentro... Provavelmente as traças se banqueteavam, comiam algarismos, contas amareleciam sob uma camada de bolor e poeira. O livro--caixa...
— O livro-caixa! — berrou, pondo-se de pé num salto de menino novo.
— Eu não dizia? — animou-se Joãozinho Feitosa.
Examinado às pressas, o livro-caixa revelou numa de suas mais antigas anotações, antes de o meu pai começar a escriturá-lo, uma entrada de cinco contos de réis, na coluna do haver, mas que não fora registrada; a partir daí, não aparecia mais em nenhum balanço. Os cinco contos, fruto talvez de alguma venda, de uma herança ou de um jogo feliz, haviam desaparecido. Ora, moedas de ouro não se dissolvem no ar, e o defunto era muito cuidadoso nas suas anotações.
— Escondeu — disse Joãozinho Feitosa, na sua fala mansa e irretorquível. — Pensava viver muito tempo ainda, mas quem esconde com fome, o rato vem e come.
Na sua alegria doida, meu pai deixou passar em branco a alusão, que, aliás, não fora proferida de propósito, para ferir. Interessava-lhe apenas a conclusão, clara, meridiana, ardente como a luz do sol: havia dinheiro naquela casa, um monte de moedas que valiam hoje uma fortuna. O ouro explicava a presença do busto fantasmal na escuridão do quarto. O danado do meu avô era mesmo apegado ao dinheiro, sim senhor. Mas onde? Descontados os objetos novos, os trastes introduzidos por meu pai depois do casamento, após a morte do finado José, restava a casa inteira, um casarão. Onde?
Essa pergunta ele ainda fazia depois de várias noites de sono difícil e de consultas inúteis ao fantasma. Pensou em sessão espírita, mas isso demandaria tempo e dinheiro, e, depois, o finado talvez não quisesse entrar em pormenores. Pensou em arrancar do quarto as tábuas de putumuju, derrubar as paredes — mas a casa era muito

velha, podia vir abaixo. Minha mãe é que tinha razão: Virgílio cantara os prazeres do campo, a satisfação das lavouras, mas, naquele tempo, o mundo era outro. Meu pai procurou as palavras exatas. Bucólico. Contemplativo. Jograis e menestréis percorriam os caminhos, carruagens rolavam, espadachins disputavam o amor fervoroso de castas donzelas.

Não, isso foi depois. O meio sorriso de Mona Lisa podia ser enigmático, mas para ele era demonstração de safadeza da mulher. E a *Maja Desnuda*, que inocência em todo o corpo exposto... Lá estava ele outra vez a divagar. E deitado sobre ou sob um monte de ouro, fumando o seu estramônio. A valorização do ouro... *Sol lucet omnibus*, ensinava o dicionário de Jayme de Séguier, na parte das citações latinas. *Amor omnia vincit*. Quem veio em seu auxílio, afinal, foi o mano Justino, através de uma frase de sentido obscuro, quando recolhera numa festa, com as mãos, um frango que resvalara da travessa:

— Levou-os que trouxe!

— Danou-se, danado está — soprou-lhe o seu outro irmão, Romão Baptista, que sempre tivera queda para o maldito.

Meu pai examinaria caibros, vigas, cumeeiras, esteios, adobes, o diabo. Os meninos precisavam de escola decente na cidade, aquilo não era vida. Chico de Luanda, seu antigo tutor, aprovaria a resolução:

— Isto mesmo, homem, sua família merece o melhor. Acima de tudo, a família, que é a célula-mater da sociedade.

A casa era grande, desceu aos poucos à superfície da terra. O Surdo, o mesmo que a levantara, veio derrubá-la e começou pelos fundos, a parte mais baixa, onde seria possível pular-se do telhado sobre um barranco. As telhas, outrora gosmentas e cor de barro novo, estavam agora encardidas; empilhadas, arrimadas umas às outras, cobriram vasta extensão do terreno que descia suavemente para o brejo; os caibros e vigas, ainda rijos, foram amontoados numa clareira do bosque, depois que meu pai os examinou de ponta a ponta e neles bateu com um martelo em busca de sons ocos; as paredes desceram a golpes de marreta, os adobes sanearam uma parte do brejo, esfarinhados; as tábuas do assoalho, de um putumuju precioso, ainda amarelado apesar do tempo, ele guardou num galpão construído especialmente para esse fim; chegou, por fim, a vez dos esteios – e os de baixo, que sustentavam o alpendre, a sala de visitas, o quarto de cama de couro de zebu e o quarto do fantasma, revelaram, ao serem balançados e arrastados à força de cordas e de braços, apenas buracos. No lugar da casa restou um terreno seco, batido e quase branco, onde a chuva só entrava de enxurrada; visto de baixo, para quem chegava, parecia campo de pouso. A madeira que lá ficou deve estar hoje apodrecida, de mistura com a terra, as ervas daninhas que não tardaram a crescer e a lama de muitas chuvas.

Perdemos o tesouro, que esse não foi mesmo encontrado, mas em compensação mudamos para a cidade, adquirimos hábitos compatíveis com o grau de civilização a que aludia minha mãe; por muito tempo, ela deixou de soltar muxoxos rezingueiros, mesmo quando falavam brincando em Joãozinho Feitosa – mas os muxoxos voltariam, anos depois, quando se enamorou de uma casa na beira da praia. Meu pai tornou-se muito hábil no pôquer e se esqueceu das charadas. E eu entrei no tiro de guerra, bem defronte à casa de umas primas que me admiravam o buço nascente. E o fantasma? Mudou-se também. Ainda pairou enevoado, alguns dias, no mesmo lugar, mas depois se desapegou das suas moedas de ouro, ou então foi por elas atraído até a casa de um vizinho, o Petronílio. Não falta quem veja na prosperidade súbita e suspeita de Petronílio, traduzida num grande armazém de secos e molhados na cidade, e casa própria numa rua das melhores, a descoberta do botijão. Preocupado com paredes, caibros e assoalhos, meu pai esqueceu-se de escavar o porão. Quando um de nós o recrimina, fingindo seriedade, ele levanta os ombros até o queixo magro, como a dizer: "Danou-se, danado está" – filosofia que, com o peso da velhice, vai substituindo aquela outra, aquela que manda deixar, porque a natureza resolve.

(*Noites vivas*, 1972)

TURCO

Devia ter uns dois meses, se tanto. Malhado: manchas pretas sobre o pelo branco. O primeiro dono, homem de roça, com o barro dos caminhos ainda grudado entre os dedos dos pés descalços, tentara vendê-lo desde o fim da rua. E, ainda esperançado, atingira o meio da ladeira, onde o olhar cobiçoso da mulher sentada em cadeira de palhinha o fez parar, chegar-se, oferecer.

– Dou por quinhentos mil-réis, dona.

Turco estava cansado. Ainda não comera aquele dia. Molemente mudou de colo, sentiu um cheiro diferente entrar-lhe pelo focinho. Mãos menos calosas, com uma finura de seda nas palmas, correram pelo dorso, e, apesar de certa tontura, causada pela posição encolhida junto ao peito do homem, pela fome e pelo sol, gostou do aconchego que lhe eriçava o pelo. Lambeu a mão, aquela mão estranha, e bateu com o rabo. A mão da mulher parecia a língua da mãe de Turco, lavando-o quando ele, logo depois de nascido, mal se aguentava nas pernas.

– Parece pé-duro.

– Pois é meio de raça, dona. A mãe cruzou com um policial. Vai ser bicho bom de guarda.

– Ele não é bonito?

Chamado a opinar, o dono da casa estendeu o beiço em gesto de pouco-caso. Para ele, Turco não passaria jamais de um cão sem estirpe, um vira-latas, um vagabundo condenado a ser corrido a pedradas. Pensava, talvez, em certos transtornos caseiros que a criação do importuno causaria. Mais um litro de leite por dia. Carne de açougue. Fubá. Despesas.

Turco ensaiou uns passos tímidos no seu novo ambiente. Farejou os cantos, olhou as pessoas, recebeu mimos de palavras, que não engordam ninguém, sentou-se apoiado nos quartos e nas patas dianteiras. Ficou olhando, à espera, com olhos vidrados de cão suplicante.

Alguém pôs no chão da cozinha um objeto circular que ele já associara, na sua curta experiência canina, à ideia de comida. Turco foi-se chegando com algum alvoroço, avistou o líquido branco, correu, caiu, deu três pulos até a beira da bacia de flandres. A língua rosada ia sorvendo em golpes de lâmina o leite que escorria dos dentes miúdos e pingava no chão. Lambeu o fundo, lambeu os salpicos no chão, farejou o linóleo e ergueu os olhos cobiçosos, num apelo de quem quer mais.

Tão bom quanto comer e correr atrás de menino, pela casa e pela calçada, era dormir. Deitava-se quase enrodilhado, com o focinho entre as patas, em lugar fofo e cercado de grades de madeira. Com pouco tempo, a cama de Turco se transformava em lugar quente, ele talvez tivesse lembrança de um braseiro onde dormia perto, depois que perdera a mãe. Recuando mais nas lembranças, é possível que recordasse a quentura da barriga da mãe, o roçar das tetas. Dormia embalado por tais sensações antigas, felizes, e pela satisfação das sensações novas, a comida na hora certa, a força que o fazia crescer, latir grosso, farejar cada vez melhor, morder e catar pulgas entre ganidos de desespero.

— Precisamos botar um nome nele.
— Ora, deixe-me ver. Vesúvio.
— Vesúvio foi um cão que eu tive há muito tempo. Não se lembra? Morreu na estrada, embaixo do ônibus, quando viemos pra cidade.

– Pujante.
– Lá vem você de novo. Pujante morreu de sarna, só pele e osso. Lá na fazenda.
– Ah, já sei. Vulcão.
– Mas que falta de ideia. Vulcão. Você só lembra os nomes dos nossos cães mortos. Vulcão foi aquele peludinho, desconfiado, mimoso, que demos à velha Joana. Dormia na cama da velha, era tratado como filho.
– Então invente você mesma.
– Turco.
– Turco?
– Ele não se parece com um turco? Olhe só: curto, grosso, pesado. Tem jeito de turco. O turco mascate.

Turco ia crescendo. Ruim mesmo só quando chegou um hóspede permanente que passou a disputar o berço longo em que dormia. "Mas, Elisa, você deixa este cachorro dormir no seu berço?" Turco era acordado aos tapas, tocado para fora a pontapés. Espreguiçava-se, encolhia as orelhas, murchava a cauda, procurava refúgio na sala, embaixo do sofá. Ruim mesmo era em noite de relâmpago e trovão, quando ele, tangido para a varanda, recebendo friagem, acossado pela chuva de açoite, sentia medo, arranhava a porta com as unhas, gania. Ou quando, no São João, soltavam bombas, estalos, busca-pés. Turco saía do seu canto, ocultava-se calado nos quartos, debaixo das camas, de onde era arrastado à força para o suplício.

– Este não paga a comida. Cachorro mais medroso nunca se viu.
– Ora, ele ainda está novo.
– Quem é bom mostra cedo as qualidades.

Meses depois, Turco fez sua primeira viagem com os novos donos. Entrou em casa menor que andava sobre rodas. Sentado no banco traseiro do jipe, apertado entre pessoas e pacotes, arfava com a língua estendida entre os dentes, via o mato passar, sentia os solavancos. Acostumou-se logo.

Os odores eram muitos, uma mistura de gente e bicho, vento solto e verdura, frutos maduros e capim seco, tantos caminhos, tanta coisa a farejar. Latiu, lambeu rostos, sacudiu a cauda em golpes bruscos de rebenque, apoiou as patas da frente na abertura de lona, parecia querer saltar, correr, vadiar no cerrado. Teve de ser agarrado, admoestado, contido à base de tapas e safanões.

A viagem não demorou muito. Depois do asfalto, o jipe enveredou por uma estrada vicinal, de terra, antiga rodagem desprezada pela nova rede rodoviária. O jipe entrava nos buracos com o mesmo balanço de um barco em mar alto. Chiavam as molas, os amortecedores falhavam. "Basta", brincou alguém, cutucado nas coxas e nádegas pelos solavancos, "eu confesso tudo." Desfilavam pastagens, bois e burros de carga a pastar, casas de fazenda, lentas, monótonas, quase sempre feias.

O jipe ficou parado à sombra vertical de uma casa de trabalhador à margem da estrada. Retiraram coisas, passaram pela cancela, abriram uma casa maior, de chão de tijolo e cozinha sem piso, que cheirava a mofo. Alguns morcegos voaram. Ratos atropelaram-se para a despensa, em sua rápida cavalgada. As mulheres tomaram providências para uma permanência que prometia durar: varreram o chão, acenderam o fogo no fogão alto, puseram lençóis e travesseiros nas camas.

Turco não sabia, naqueles primeiros instantes de reconhecimento, o que farejar primeiro. Correu a esmo pelo pasto, entrou em moitas de capim, espantou xexéus que passavam em voo baixo na direção do jenipapeiro, perseguiu galinhas espantadiças, mijou no oitão, embarafustou pela casa para cheirar os cantos, enredar-se em teias de aranha, sentir o odor forte dos ratos. Ativo, inquieto, orelhas em pé, fungando, coçando-se, latindo na sua alegria besta e novidadeira.

E assim correram seus primeiros dias, uma exploração que sempre alargava o círculo, chegava ao ribeirão quase seco no fundo do pasto, invadia a capoeira de uma antiga pastagem, cruzava a fronteira entre o capim e as plantações, tomava o rumo das casas dos trabalhadores, onde ele entrava sem cerimônia, à procura de restos, mas encontrando cinzas mortas. Muito ativo, exercitava uma ferocidade de que ninguém o julgara capaz até então. Ao mais leve rumor de cascos no caminho, corria para o terreiro, divisava o cavaleiro e sua montaria, perseguia-os com latidos quase cavos até a cancela, na iminência de levar coices e rebencadas. Turco avantajava-se. Sólido, espesso, alto, reto e determinado, curto e compacto, músculos poderosos que pareciam azeitados por uma impaciência desastrosa. Cabeça grande, dentes afiados, focinho pesquisador, olhos interrogativos, língua voraz. E uma fome persistente, insatisfeita. Uma fome que vinha de longe, que reunia necessidades de muitos cães, uma fome atribuída aos de sua espécie, mas nele cultivada com o ardor de suas patas andejas, o fino olfato de um focinho demolidor, os gritos de entranhas despovoadas.

Turco comia agora na gamela. Compravam bofe de boi, assavam no espeto, cortavam-no em pedaços que eram dissimulados no pirão de fubá. Uma respeitável gamela. A comida era posta a um canto, perto do pires rachado com o bolo de arroz para o gato, onde se viam fiapos de carne, resíduos de molho, manchas de clara de ovo. Turco chegava primeiro, exumava os nacos de bofe, que eram abocanhados sem mastigação, devorava o fubá, aos arrancos. Enquanto isso, o gato se aproximava no seu passo ronceiro, cheirava o bolo com ares fidalgos, entediava-se. O focinho do gato ia e vinha sobre o bolo, em busca de um ângulo melhor por onde começar. Cheirava o bolo, babava-o, recuava, entortava a cabeça, às vezes se punha a miar. Os fios da barba chegavam-se de novo ao alimento, o fastio aparente mostrava-se na maneira arredia: com mordida de leve, de superfície, selecionava bocados. A essa altura, Turco, com a barriga mais baixa, ensaiava o cerco. Tentava-o a comida do gato, aquele bolo ainda inteiriço. Enervava-o, decerto, a demora, as evasivas do gato não lhe cabiam no entendimento instintivo. Julgava-se com direito a refeição extra, bastaria chegar com rapidez e engolir. Mas sempre calculava mal a manobra. Por mais distraído que parecesse, o gato de súbito lépido acertava-lhe um tapa na cara. Com o tempo, Turco aprendeu a evitar essa agressão, embora não desistisse de namorar o bolo alheio. Nem tudo é guerra declarada na convivência forçada de cães e gatos, preservadas, naturalmente, suas características básicas.

A mulher impacientava-se com as galinhas. Umas, inclinadas à colaboração, faziam os ninhos perto do poleiro, e, assim que deitavam o primeiro ovo, o ninho era trasladado para dentro de casa, a um canto da despensa, onde a poedeira passava a desobrigar-se. Outras, a maioria, imitavam aves frequentadoras de capão de mato: o ninho era tecido em lugares ocultos, disfarçados, seguir a galinha à hora em que o ovo pesava-lhe no sobrecu era tarefa de paciência e arte, manha e dissimulação, trabalho típico de quem não tinha o que fazer. Nisso de descobrir ovos no mato, Turco era mais habilidoso. Não deixava sequer o indez. Regalava-se com as suas gemadas matutinas, casca e tudo.

Dos ovos deitados no pasto, ele passou aos ovos postos em casa. Necessário abrigar as galinhas, fechar a porta, para que elas, quando chocas, tivessem o que chocar. As patas não davam problema: disciplinados, aceitavam sugestões para os seus ninhos. A mulher conseguiu deitar duas, que renderam criação razoável, uns patinhos cor de gema de ovo, tentações móveis no seu passo desengonçado. As patas saíam com os filhotes, no rumo do ribeirão, e na contagem de volta sempre faltava um.

– Comedor de ovo. Peste.
– Comedor de pato.
– Até parece que este cão não come em casa.

– Bicho desgraçado.

E a mulher apanhava o relho dependurado de um prego na sala, triscava os dedos no chamado gentil. Turco, de cauda erguida e modos ariscos, era agarrado pelo pescoço, conduzido a muque até o alpendre onde ciscavam os patinhos. Encarado com sua futura vítima, tornava-se lânguido, arredio, forcejava por escapar. Humilde, encolhido, cara de nojo, todo ele constituía naquele momento uma negativa formal, uma declaração cabisbaixa e contrafeita de inocência ou arrependimento.

O patinho lhe era esfregado no focinho. Uma, várias vezes. Turco sequer abria os dentes, o faro teimava em não fazer o reconhecimento, as patas recuavam no chão de terra dura, procurando firmeza para escapar. Esforços vãos: a mulher tinha-o seguro, e bem seguro, o pedaço de couro que lhe pendia da mão prometia dores próximas.

– Conheceu, canalha?
– Isto aqui é um pato.
– Pato não se come.
– Cão bem-comportado não devora patinhos.
– Quer acabar com as minhas aves, desgraçado?
– Olhe que eu lhe quebro no relho, lhe dou uma surra de deixar estirado.

Uma última esfregação do patinho nos beiços de Turco e, em seguida, a sola descia-lhe no lombo, em lapadas vigorosas, brandidas com a raiva de muitos dias. Afinal, o braço da mulher cansava-se, o esforço de conter o animal pesava-lhe nas costas e nos braços, Turco safava-se com um arranco mais vigoroso, ia ocultar em algum canto ou moita, com muitos grunhidos espacejados, a desdita do dia. Lambia o lombo maltratado, rebolava-se na poeira, contrafeito, esquivo, distante. O cerco à casa fazia-se por etapas, rabo murcho quase tocando o chão, orelhas caídas, um ar de profunda comiseração canina.

Turco foi trocado por um cão menor, da cidade. Troca desvantajosa. O que chegou era peludo, de longas orelhas arriadas, barriga perto do chão, pernas curtas. Não enchia a ausência de Turco, mas pelo menos as galinhas e os patos andavam em paz, os ovos eram postos e chocados no mato, quando não apodreciam ou a raposa comia as poedeiras. O cão ladrava fino, um bibelô, enfeite bom para se colocar sobre almofadas, faltava apenas uma fita no pescoço pra ficar igual aos cães de porcelana que certas donas de casa ainda compram ou os homens costumam tirar nos estandes de tiro ao alvo.

A falta que Turco fazia. Lembrança de sua ferocidade exibicionista, no encalço dos cavalos, rente aos cascos, atento ao bater da cancela, hábil na perseguição às galinhas; Turco surrado e arrependido, terrível inimigo de patos tenros, apreciador de ovos frescos, um monstro diante de uma gamela cheia de bofe e fubá.

A falta que a casa, a vida na outra casa lhe fazia. Lembranças, sobretudo, da amplidão: capim, árvores, aves, terra molhada de chuva, terra escrespada no hálito fumegante do verão. Amarrado a um mamoeiro, no fundo do quintal, ouvindo o barulho da rua, os gritos dos moleques nos piques, Turco gania, uivava. Comia pouco, só para não morrer de fome. A pele do corpo roliço enrugou-se, as costelas apareciam. Grevista descarado, cão treteiro. Animal jeitoso. Quadrúpede inteligente. A troca foi desfeita, Turco fez sua terceira viagem, reintegrou-se depressa à vida velha, e, como para compensar os dias perdidos, saudades e desgostos, levantou uma raposa que rondava quase todas as noites o poleiro. A raposa acuada foi morta a tiro de espingarda, Turco pisou sobre o corpo quente, soltou um rosnado do mais profundo do peito.

— Turquinho bom de caça.
— Eu não disse que ele tinha qualidades?
— Dou o dito pelo não dito.

As qualidades de Turco floresceriam; em breve, em novas facetas: bom para tanger, apartar o gado. Punha-se a latir, no fim da tarde, quando o vaqueiro tangia as reses; punha-se a correr, sólido e arremetido, em breves e longos circunlóquios, cercando mãe e cria, estabelecendo diferenças de situação e de casta, afunilando novilhos e vacas na porteira do curral.

– O cão sabe coisas de pastoreio.
– Eu não lhe disse?
– Tem qualidades, sim senhor.

Diante do quê, acharam um desperdício Turco permanecer em casa o dia inteiro. Faro tão apurado requeria trabalho, ocupação miúda. Artes tão sutis pediam mato, pé de vento, cheiro de caititu ou arroto de perdiz. Turco passou a ir para o eito com os trabalhadores. Enquanto eles brandiam a foice, na limpa, e colhiam cacau, cutucando os troncos com os podões afiados, Turco fazia em volta o reconhecimento. Cheirava oco de pau podre, pesquisava moitas impenetráveis, bebia em pequenos regatos ocultos pela folhagem, sentia o odor de tangerinas podres, caídas rente ao tronco, subia até o espinhaço de colinas e perscrutava do alto os baixios que ondulavam, verdes, repetidos, repetição.

Turco e a sua quase solidão no ermo. Samambaias, espinhos, cobras enrodilhadas, caxinguelês se punham a correr de ramo em ramo, de tronco em tronco, papa-méis alongados e resvaladiços como enguias, sariguês mortos, hirtos, nas armadilhas armadas em lugares úmidos. O cheiro adocicado de jaca, o cheiro amarelo, penetrante e ácido de cajá. Chuva. Boa proteção em tarde de chuva era o tronco do pau-d'alho. Sol a pino criando entre a folhagem espessa uma aura de luz. Turco mijando, Turco roçando em árvores, quantas árvores, o umbigo faminto.

Uma tarde, na quebrada do sol, Turco acuou um ouriço-cacheiro. Os homens, por mais perto que estivessem, não lhe impediram a investida final de cachorro inexperiente em caçadas. O ouriço-cacheiro fechou-se como uma bola, transformando-se em oferta de espinhos

aguçados, onde o focinho de Turco, inflexível e afoito, fincou-se. Os espinhos quebraram-se, o focinho recuou, em uivos de dor, espetado, sanguinolento.
 Turco não deixou tirar os espinhos.
 – Dentro de carne viva, eles vivem, dona.
 – Estão vivos.
 – Estão crescendo.
 – Crescem e encorpam, endoidecem o animal.
 – Turco, Turco, aqui, Turco.
 Turco percebia que lhe queriam arrancar os espinhos vivos, sumia, gastava os dias nos seus monólogos, entre o mato, esfregando na terra, nas folhas, nas ervas, a súbita barba agreste, intonsa. O focinho flechado. O focinho inchado, descarnado, supurando. O cão espetado em parte sensível, mártir de sua força, o santo martírio de sua intrepidez. E a baba que, grossa e visguenta, semelhante ao visgo de jaca, escapava da boca, por entre os dentes dianteiros, talvez um sintoma de loucura, sinal de raiva.
 – Endoideceu.
 – O veneno dos espinhos.
 – Também, este cão nunca foi vacinado.
 – Adiantava não. O ouriço-cacheiro cravou fundo.
 – Agora só tem um jeito mesmo: matar.
 – Não. Nunca. Experimente tirar.
 – Você não viu que ele não deixa, mulher? Quer que me morda, que eu morra?
 O revólver Taurus atrás das costas, uma bala pronta para o tiro, outra aguardando vez, se necessário, Turco, na sua alegria constrangida, acompanhando os passos cautelosos, admirando-se de tanta cautela. O rabo batendo no chão em movimentos convulsos. As orelhas de repente caindo, murchas, o pelo eriçando-se no pescoço. Turco de pé, na vigília, uma força densa, angustiada, pronta para o bote. Turco desconfiado, espreitando modos que não lhe pareciam habituais, um passo à retaguarda,

um rosnado, um latido. Turco se pondo a salvo, protegido pela distância, agora uma sombra entre árvores, em pleno bosque, um simples cão em fuga, o cão tangido, o animal escorraçado.

Adeus, Turco.

Onde quer que aparecesse, o cão danado. O portador da raiva, o animal cravejado por espinhos que lhe ferviam o sangue, o veneno transformado em baba raivosa, a índole boa reduzida a acessos constantes de má índole. O demônio em figura de cão. O tentador. De repente, nos caminhos.

– Arreda, endemoniado.

Pedradas. O facão nu, riscando o ar. A espingarda que, trançada nas costas, pela correia, saltava para a mão, horizontal, engatilhada.

Turco de repente desembocando nos terreiros.

– Acudam, gente.

Turco na sua definitiva solidão, no mato. Um longo uivo. A tarde quieta estilhaçada pelo uivo que parecia partir a superfície lisa da brisa, do crepúsculo.

– É ele.

– Deve estar perto.

– Deve estar magro de tanta fome.

– Bobagem. Cão feroz sempre tem recursos.

– Isso mesmo. Capim. Sariguês mortos nas armadilhas, nem me lembrava.

– E ratos, homem. Ratos de campo, brancos, gordos. Não se esqueça.

Turco subindo aos montes, divisando o azul embaixo. Uma silhueta que se via de longe, dos alpendres das casas.

– Lá está ele.

– Vivo. Danado. Infeliz. Doido pra fincar os dentes num de nós.

– Será que ninguém consegue matar esse cachorro?

– O dia dele há de chegar.

Turco deitado sobre folhas secas, ouvindo estralejarem as folhas secas. Turco dormindo em capões de mato, assustando arapongas e perdizes. Turco mijando, mijando sempre. Uma ardência suprema nas virilhas, a queimadura no focinho em carne viva. Casas ao longe. Sinais de fogão aceso, pedaços de bofe enegrecendo o amarelo do fubá, um osso, certamente um osso ainda morno, com restos de carne e tutano dentro. Crianças, aves, uma raposa esperta, bois e vacas de passo lerdo, carnes balouçantes. Patos. Ovos perdidos no matagal, era só farejar o odor penugento de galinhas poedeiras.

Turco. Turco. Tuurco. Turcão. Turquinho. Turquesa. Turco. Tuuurco. Tuuuurcooo.

(Noites vivas, 1972)

MASSACRE NO KM 13

— **F**alam muito mal do coronel Rafael. Não é bem assim. Exageram a ruindade do homem.

Donga, chapéu sobre o joelho, acompanha atento minha delicada operação de picar fumo na palma calejada com uma faquinha que, uma vez, um seleiro me deu de presente.

— O velho Rafael... – prossigo.

E não vou adiante, porque a cancela bate com estrondo e um sujeito se encaminha ligeiro para o alpendre da casa. Ainda de longe, tira o chapéu. Um chapéu roto e amassado, com um buraco na copa.

— Estou falando com o sr. Quirino?

— É comigo mesmo.

— Pois eu sou Ciríaco.

Não diz Ciríaco; diz Ciriáco. Homem de algumas letras, que aprendi com minha mãe, em casa, e mais tarde na escola primária da famosa dona Sancha, finjo não perceber a pronúncia errada.

— Vá se chegando, Ciríaco.

— Com sua licença, sr. Quirino.

Sobe os degraus da escada de madeira, entra e para no meio do alpendre. Cumprimenta Donga, cuja mão direita bate com os dedos abertos na superfície do banco, perto da coronha da arma encostada à parede. Desconfiado, esse Donga.

— O que me traz aqui, sr. Quirino, é coisa de uma queixa.

Acabo de picar fumo e, com a mão livre, puxo do bolso do peito da camisa o caderninho de mortalhas. Separo uma.

— Não me diga que os porcos invadiram outra vez sua plantação.

— Não senhor. É assunto mais gravoso. Abusaram de minha mulher.

Isso, em absoluto, me surpreende. É a terceira reclamação que recebo dos nossos agregados. Ciríaco não chega a ser um deles. Tem um pequeno sítio, uma posse em terras do coronel Rafael, e já anda colhendo umas arrobas de cacau.

— Do Carmo?

— A própria.

— E quando aconteceu?

— Duas horas atrás. Ela vinha da casa da comadre, com uns panos pra costurar.

Sei quem foi, não preciso perguntar. Mas noto a curiosidade de Donga, sertanejo forasteiro, ignorante dos malfeitos desta nossa zona. Então, eu encomprido a conversa com Ciríaco.

— Em que lugar?

— No km 13, sr. Quirino.

É sempre o maldito km 13.

— Foram os garimpeiros?

— Pois foram eles.

Aliso bem a mortalha com a faquinha, que o meu amigo seleiro chamava quicé, faço um rego e começo a espalhar o fumo picado. Donga deixou de brincar com a mão perto da coronha do rifle.

— Conhece garimpeiros, Donga? — pergunto.

— Vi muitos no sertão, sr. Quirino. Com peneiras, nos riachos, faiscando diamantes.

— Não, Donga. Garimpeiro, aqui nestas terras do cacau, é outra coisa. Não é, Ciríaco?

Ciríaco balança a cabeça, me dando razão.

– Garimpeiro, nestas bandas, é o trabalhador de estrada de rodagem. Picareta, pá, carro de mão com roda e caçamba de ferro. Depois, o caterpílar passa e aplaina.

– Vi uma turma quando vinha pra cá, a pé – disse Donga. – Pararam de trabalhar e, escorados nas ferramentas, me olharam muito. Acho que foi por causa do rifle.

– Sim – digo, molhando a ponta do cigarro na saliva grossa, pra ficar bem grudado nos beiços. – Um rifle como esse aí chama muita atenção.

– E com este chapéu de couro com estrelas e abas dobradas pra cima, nem se fala – disse Donga.

Tiro a primeira baforada, longa. É chegado o instante de interrogar Ciríaco, embora eu já saiba de antemão o que se passou, os pormenores são sempre os mesmos.

– Conte, Ciríaco, não faça cerimônia.

– Como eu ia dizendo, Do Carmo trazia uns panos que eram pra roupa nova dos meninos. Vinha pelo meio da estrada. De repente, ao sair daquela curva antes do km 13, avistou os garimpeiros e, medrosa, de olhos baixos, como convém a mulher casada, começou a caminhar pela valeta. Mesmo assim, um garimpeiro puxou-a pelo braço. Ela se soltou com um safanão. Adiante, outro arrodeou Do Carmo pela cintura. Aí foi mais difícil ela se livrar.

– E depois? – perguntou Donga.

– Deram uma geral nela, sim senhor.

– O quê?

– Uma geral – eu explico a Donga – é uma porção de homens se servindo de uma só mulher. Botando em todos os buracos. E rindo do choro da infeliz.

– Isso mesmo – diz Ciríaco.

– Arre, que diabo – diz Donga.

– Está muito ferida? – pergunto.

– Nem pode andar direito, sr. Quirino. Toda doída, ralada, inchada por dentro. Se trancou na camarinha com vergonha de mim.

— Foi ela mesma que lhe contou?
— Sim senhor. Pelo vão da porta.

Agora Donga, o forasteiro, também começa a enrolar um cigarro, só que o dele é de palha de milho. Pede emprestada a minha faquinha, a quicé. Eu começo a imaginar, coçando o queixo. Ciríaco se encosta no beiral do alpendre.

— A gente falava mesmo do quê? — indago, distraído nas minhas cismas. — Ah, do velho Rafael. Dizem que o coronel roubou muita propriedade por aqui. Que soltava o gado na fazenda dos outros e acabava comprando a fazenda por qualquer Nosso Senhor lhe pague. E que, encontrando resistência, mandava tocaiar o teimoso. O povo exagera muito.

Ciríaco esfrega um pé no outro: deve ter frieira. Também, quem manda andar descalço? Ora vejam, estou me preocupando com uma bobagem, esquecendo o que os garimpeiros do km 13 fizeram com a mulher dele, mulher de respeito.

— Joana, ô Joana! — grito pra dentro de casa.

Joana chega pensando que quero café em caneca pra três.

— O café fica pra mais tarde, Joana. Agora mande um portador chamar os meninos.

— Aconteceu alguma coisa, Quirino? — ela pergunta.

— Ora se aconteceu, mulher. Mas a festa agora é que vai começar.

Os meninos chegam e se acocoram no alpendre. Os que não usam camisa de manga curta, arregaçam a manga no cotovelo. O pedaço de braço que fica exposto parece marreta de derrubar boi pelo cangote.

— Meus senhores, vamos ter serviço, e pra já — anuncio.

— Morte matada? — pergunta Militão.

— Morte matada — eu confirmo.

Militão se levanta, pega a chave com Joana e vai abrir a despensa onde guardo arreios, estribos, esporas, caçambas, cabrestos, mantas, coxinilhos, ferramentas diversas, caixas de balas e os rifles pendurados na parede, azeitados. Rifles de repetição, chamadas por aqui papo-amarelo, que é por causa da madeira amarelada na parte de baixo. Donga, com o cigarro quase preparado, observa com fingida indiferença a distribuição de armas. Segurando os rifles, os meninos se acocoram outra vez.

– Estão carregados – eu digo. – Militão, dê mais dez balas a cada um.

– E vosmecê aí, carece de munição? – pergunta Militão a Donga.

– Vou só olhar – diz Donga.

– Como é, cansado da viagem? – pergunto.

– Um pouco – diz Donga, mostrando no sorriso uns dentes pretos, comidos pelo tártaro. – Mas ainda não fechei contrato.

– Está bem. Descanse por ora. Na próxima você mostra o seu valor.

Coronel Rafael mandou buscar Donga nos fundos do sertão por ser jagunço de fama, fiel, tiro e queda. Donga acaba de chegar. Sim, ele tem razão, não é justo se meter em briga que nem viu como foi que principiou.

Me levanto e encaro os meninos. Um deles solta pro chão de tábuas um cuspo grosso, pegajoso, cor de tabaco. Masca fumo.

– Os garimpeiros do km 13, além de derrubar os cacaueiros do velho Rafael pra estrada de rodagem passar, agarram as mulheres que pegam desprevenidas no mato. A última foi Do Carmo, que vocês conhecem, casada na igreja com o nosso posseiro Ciríaco, aqui presente.

Os meninos olham pra Ciríaco, que está de vista baixa, o chapéu mole pendendo na mão.

– Ofenderam muito, a infeliz caiu de cama – acrescento.

O menino que masca fumo se prepara pra botar outro naco no canto da boca e solta uma risada. Os outros continuam sérios, mas sei que estão querendo rir também. Ciríaco não levanta a vista.

— Militão, você toma a frente. Vão ao km 13. Não precisa ir todo mundo. Provoquem os garimpeiros e tragam eles, aos poucos, pra'qui, assim como quem não quer nada, pra bem perto da casa. E procurem chegar antes.

Os meninos empunham os rifles e atravessam a pastagem. Donga põe a mão espalmada no rosto, acima dos olhos, e olha o dia.

— O sol está amornando — diz.

— É verdade, calculo aí por umas quatro da tarde.

Donga só agora me devolve a faquinha, que enfio no cinto.

— Joana, o café.

Enquanto bebemos café nas canecas azuis, de esmalte já meio descascado, confesso a Donga:

— Comigo, pelo menos, o velho Rafael agiu sempre direito. Eu é que tive culpa. Não vê que fui um louco? Sustentava duas raparigas, com casa montada e tudo, elas andavam nos trinques, só pensavam em luxar. Ia muito à Bahia. De vez em quando, dava banho em meu cavalo com champanhe francês, na vila de Tabocas. Por mais que se tenha roça boa de cacau, um dia a casa cai. É como lhe digo. Rafael me socorreu com boas intenções, não estava de olho, como disseram, em minhas fazendas.

Ouvimos gritos. Um dos meninos passa por baixo da cerca, torcendo-se como cobra de espinha quebrada.

Donga atira fora o resto do cigarro.

— Vou subir o morro — diz.

— Aí atrás da casa?

— Sim. Depois apareço quando tudo serenar.

Leva o rifle. Entro, mando Joana e o resto do pessoal fechar portas e janelas, passar a tranca de ferro transversal. Aberta fica apenas a porta da cozinha. Afugento um burro lerdo, o Passarinho, que gosta de coçar o pelo na quina de pedra. As mulheres se recolhem. Bebo uma caneca d'água, porque a garganta está pelando, e retiro um por um os chumaços de estopa que tapam as vigias.

Não sei se o nome está certo. Viajei de navio, anos atrás, mais precisamente no *Itacaré*, que depois afundou na entrada da barra de Ilhéus, e os marujos chamavam vigias aqueles buracos redondos nos camarotes, pelos quais a gente, mareado, via o marzão subir e descer. Uns três anos antes de colar grau de Bacharel em Ciências e Letras, na Bahia, meu filho mais velho, hoje com renome de doutor e vadiando no Rio, me trouxe uma brochura, um desses casos de amor e morte, coisas de capa e espada. Aparecia um castelo, e as muralhas tinham seteiras de onde os fidalgos disparavam em cima dos inimigos. Foi um pouco depois, porém, ao visitar uns compadres em Cachoeira, a Heroica, que tive a ideia. Corri numa praça, acho que a da Aclamação, onde tem um chafariz do século passado, um sobrado antigo, enorme, quem sabe se não pertenceu a descendentes do fidalgo lusitano Paulo Dias Adorno, fundador da cidade e construtor da Igreja de Nossa Senhora da Ajuda? Pois o que mais me impressionou no casarão, além de uma escrivaninha com fundo falso, onde o patriarca guardava patacas e patacões, foi na parte de cima, subindo uma escada de rija madeira, os buracos na parede grossa de fortaleza. Não eram redondos, como os do navio, mas quem olhasse por eles via quem passava na praça embaixo e ninguém na praça enxergava o vivente atrás do tal buraco... Enfiados nos buracos da fortaleza do fidalgo, os arcabuzes devem ter cuspido muito fogo. Mandei fazer igual aqui em casa, o pedreiro até que caprichou.

Bem, tudo pronto. Só se ouve mesmo o cacarejar de galinhas ciscando na poeira e o ronco agoniado dos porcos. Um xexéu passa voando por cima da casa, com certeza vai pousar no jenipapeiro. Berros. O capim alto além da cerca estala, como se gente ou bicho partisse os talos cheios de sumo verde. Tenho ouvido fino, apurado, ouço os calcanhares dos meninos, duros como cascos de cavalo, reboarem no chão.

Eles entram pela porta da cozinha, botando a alma pela boca.

— Não falta ninguém? — pergunto.

— Severino levou um tombo feio, deve estar escondido numa moita, ou então sangrando.

Fecho a porta, deixo a tranca cair, corro a tramela pra reforçar ainda mais. Os meninos enfiam o cano dos rifles nos buracos e fecham um olho. Parados, aprumados como cobra que vai dar o bote, esperam. Eu me sento num tamborete de três pernas, começo a enrolar um cigarro com o fumo de rolo, nem úmido nem seco, que comprei em Ferradas, um fumo que é um manjar das almas. Sei que Donga, em cima do morro, escondido, espia tudo.

— Agora — diz Militão.

Os garimpeiros devem estar bem perto, espalhados. Nem têm rifles. Devem trazer pedras, paus, picaretas, pás, uma que outra faca, talvez facão de mato.

— Atirem — diz Militão.

Cada um no seu. Os meninos recuam por causa do coice da coronha no ombro. Um cheiro de enxofre começa a encher a casa, a fumaça me arde nos olhos.

— Atirem — diz Militão.

Outra salva. Um pipocar bonito de se ouvir. Parece até foguetes soltos de uma só vez, em festa de padroeiro, foguetes que sobem firmes, com três bombas fracas e a última, mais poderosa, como se fosse uma resposta solitária.

Não vejo nada. Um cavalo relincha e dispara. Militão e os meninos saem dos buracos. Os canos dos rifles ainda fumegam, um fiozinho trêmulo, restos de queimada.

— Serviço feito, sr. Quirino — diz Militão.

— Então, homem, é contar os defuntos.

Mando destrancar a casa, a fumaça escapa pelas portas e janelas. O sol está querendo se pôr, que é pra alumiar o outro lado do mundo. Tarde branda, um carinho de brisa morna, morna.

Na pastagem, perto dos oitões da casa, corpos estendidos. Uns não bolem mais. Uns dois ou três gemem, seguram uma perna, apertam a barriga. Donga desce do morro com o rifle atravessado no ombro como quem carrega uma estaca.

– Três feridos – diz, e me olha.

– Pois é, Donga – digo, retomando nossa conversa. – Uma ocasião, fiquei encalacrado, devendo os cabelos da cabeça. Apelei pro velho Rafael, meu vizinho, e ele me emprestou dinheiro contra hipoteca lavrada em cartório, com testemunha, estampilha e tudo. Venceu o prazo e eu não pude pagar, não tinha mesmo com quê. Fui ao velho, historiei meus apertos e ele, botando a mão no meu ombro, com muita compreensão, falou: "Olhe, Quirino, não se aperreie, a época é mesmo ruim. Vou lhe dar mais seis meses, você naturalmente paga os juros.". Agora, eu indago: Rafael é tão feio quanto pintam por aí?

Militão me pergunta:

– O que a gente faz com os feridos?

Donga me olha, me vê coçar uma orelha.

– Ainda duram muito? – digo.

– Quem sabe? – diz Militão.

– Não sou de ver ninguém sofrendo – respondo.

– Então a gente liquida eles? – diz Militão.

– É o jeito.

Ciríaco, que eu havia esquecido por completo, aparece. Se escondeu com certeza atrás da casa, nas moitas de capim-manteiga. Amassa ainda mais o chapéu furado na mão.

– Sr. Quirino, eu lhe peço uma mercê.

– Diga, Ciríaco.

– Eu queria muito capar os miseráveis.

Penso. É um pedido justo, por causa de Do Carmo.

– Está certo, Ciríaco. Tome a faca.

Ciríaco pega a quicé, passa a lâmina na calça, como se a calça de brim grosso fosse pedra de amolar, e se dirige para um garimpeiro.

– Deixa que eu seguro as mãos dele – diz Militão.
E, com as mãos possantes, finca os punhos do moribundo na terra. Joana se acerca e fica olhando interessada. O menino que masca fumo, passando o naco de uma bochecha pra outra, arreia a calça do garimpeiro.
– O segundo prazo venceu também e eu de mãos limpas, sem um tostão furado. A safra foi toda comida em luxos das raparigas e outras maluqueiras. O coronel, então, ficou com a fazenda. Estava na hipoteca – eu relembro.
Mas Donga não parece ouvir. Ciríaco sopesa os culhões do garimpeiro e mira, com a quicé, o rego, isto é, aquele cordãozinho de carne rosada entre os dois ovos.
– Meu Padim Ciço – grita o garimpeiro.
– Acho que este aí é do Ceará – diz Donga.
O sangue espirra, escuro. Joana solta uma risada nervosa. Não sei por que as mu1heres gostam de ver capar boi, capar cachorro, capar frango, essas coisas.
O outro garimpeiro tenta rastejar, deixando um fio grosso de sangue. Donga se chega, calmo, e planta o pé na cara dele, esmaga o nariz rombudo.
Ciríaco perdeu o juízo.
– Vamos amarrar no moirão – diz.
– Ora essa, e pra quê? – pergunto.
– Com sua licença, sr. Quirino, tem aí uma novilha que precisa ser aleitada.
– Não atinei ainda, Ciríaco.
– Olhe só a calça dele, sr. Quirino.
Pois não é que o garimpeiro está de rola dura, espetando a calça, formando um chapéu de sol? Agora eu compreendo a intenção de Ciríaco.
– Está certo.
Enquanto amarram o cabra, procuro Donga.
– Com a minha segunda fazenda aconteceu quase o mesmo. Só que, dessa vez, tive de aguentar os estudos e

as extravagâncias de meu filho mais velho, que tirei do eito pra ser doutor com anel no dedo e diploma na parede. Uma despesa desgramada. Como vosmecê talvez saiba, ciência custa dinheiro. Por isso esses doutores advogados e doutores médicos cobram mundos e fundos. Com toda a razão.

Baixam a calça do garimpeiro. Joana tapa a boca com a mão, espantada.

– Que homem mais desmarcado, Virgem.

Rimos. Alguém traz a novilha, que cheira os bagos e a rola do garimpeiro e depois abocanha aquele úbere tesudo.

– Daqui a pouco – diz Donga – só sai sangue.

O garimpeiro urra. Parece porco entrando na faca.

– Muito bem, meninos. Acabou? – pergunto.

– Falta um só – diz Ciríaco.

– Depressa, então. Vai anoitecer.

O menino que masca fumo, depois de cochichar com Ciríaco, vai ao armazém e volta com uma marreta e um cepo de jaqueira ainda verde. O garimpeiro se pega com todos os santos, pede pela minha mãe, pela luz que me alumia, pela felicidade de meus filhos. Eu tenho nada com isso? Falei com Ciríaco, dei carta branca a ele, por causa de Do Carmo, que nem pode andar, esfolada por dentro e por fora. Puxam a calça do garimpeiro, sujeitam o homem, põem os bagos em cima do cepo e afastam a rola.

– Vi capar muito garrote assim, no sertão – diz Donga.

Ciríaco levanta a marreta.

– Esfarelou – diz Joana.

Por hoje chega. Os meninos ficam por ali, conversando, atentos e cansados como carniceiros que acabam de esquartejar uma rês. Pego Donga por um braço e caminhamos pra casa. Os xexéus, com grandes manchas amarelas nas penas, fazem no jenipapeiro uma algazarra parecida com a de periquitos.

— O velho Rafael não quis que eu ficasse na miséria — digo. — Coração grande. Me chamou: "Quirino, vosmecê perdeu tudo, está sem eira nem beira, com um pé adiante e outro atrás." Confirmei: "Azares do destino, coronel. Deus dá e o diabo leva." O velho riu, coçou a barba. "Quer ser meu gerente?" Duvidei do que ouvia: "Ora, coronel." E ele, me olhando firme: "Meu gerente-geral?" Foi assim, não acredite em todas as desgraças que dizem do velho.

Donga encosta o rifle na parede do alpendre.

— Afinal, quando começo?

— Já está empregado, homem.

Só agora Joana vem vindo.

— Joana, ô Joana, Donga fica pra janta. Asse aquela jabá cheirosa, ouviu?

(*Massacre no km 13*, 1980)

ALMOÇO NO "PAGLIA E FIENO"

— Onde vamos almoçar?

Ela fez a pergunta sem olhar para ele, as mãos no volante, fazendo-o rodar à direita e à esquerda para compensar a folga na direção.

— Onde você quiser.

Era sempre assim. Estavam naquela fase, ou naquele dia, ou naquele instante em que nada parece valer a pena. Tanto faz. Comiam habitualmente em alguns restaurantes da Zona Sul, desses que impõem o *couvert* e onde os pratos mais caros andam por volta de cem cruzeiros, mas nem por isso, com uma sobremesa de morangos, simples sobremesa predileta dele, ou um pedaço de torta Saint Honoré, preferência dela, a conta saía por menos de setecentos, com sorte seiscentos e cinquenta cruzeiros. Depois de semanas, cansavam-se. Vinha a tentação de experimentar outros lugares, no Calçadão e em Ipanema, talvez no final do Leblon. Decepções quase sempre. Descobertas raras. Ele tinha nostalgia de comidas caseiras. Ela era tentada pelos pratos refinados, pelos molhos de nomes franceses.

Aquele "onde você quiser" encerrava crítica. Velada, pois ele passava por um senhor distinto, um cavalheiro, um quarentão com cara de mexicano rico. Ela o acusava de machismo. Sem dúvida brincando, porém com esperança de ser levada a sério, dizia às amigas: "Fulano é um tremendo machão." E, diante de tais investidas oblíquas contra um suposto autoritarismo, ele se encolhia, soltava as rédeas, concedia-lhe a iniciativa. Da escolha do restaurante onde iam almoçar no sábado, pelo menos. Dia de chuva, asfalto molhado, água rumorejando nas sarjetas, a Pedra da Gávea encoberta por um lençol de névoa que mal se mexia.

Tudo úmido, pegajoso, uma sensação de náusea, um desejo de recolhimento, de aconchego. Vontade de dormir talvez um dia inteiro, uma semana, como aquele personagem de Robert Penn Warren em *All The King's Men*. O Grande Sono. Depois de muitas hesitações, de um debate travado a sério, como se decidissem a sorte do casal, como se resolvessem de repente se separar ou de novo se amarem com redobrado ardor, elegeram o Paglia e Fieno. O problema era encontrar logo o restaurante, eles que, morando por tanto tempo na Zona Sul, próspero casal de meia-idade e da tradicional classe média brasileira ("classe média média", ele fazia questão de definir direito), tinham da Zona Sul, especialmente de Ipanema, vaga noção geográfica. Ele jurou que o Paglia e Fieno ficava numa esquina da praça Nossa Senhora da Paz, para os lados da Lagoa. Ela, que beirava os quarenta e pensava na menopausa, embora ainda tivesse os seios quase firmes, sobretudo um pouco antes e um pouco depois do mênstruo, jurou que não, que ele se enganava.

Preciso dirigir este automóvel, pensou ele, enquanto acendia mais um cigarro. Como se pensasse: Preciso dirigir esta nossa vida. A minha vida. Não depender nunca, não me aprisionar.

Afinal, ela tinha razão. Às vezes tinha. Encontraram o Paglia e Fieno na primeira entrada que dava mão à esquerda da rua Ataulfo de Paiva, na direção de quem segue do Leblon para o emaranhado de Copacabana.

Rua Montenegro, isso mesmo, a rua da juventude dourada da Zona Sul. Ele havia lido isso, outrora, em algum lugar. Ou ouvira dizer. Ela estacionou o carro na calçada (manobrava bem nos espaços apertados) e ocuparam uma mesa nos fundos, rente à parede.

Foi enquanto estudavam os pratos – ela com aquela concentrada atenção de quem espera puxar do cardápio um coelho gordo pelas orelhas diáfanas – que a família bem instalada na vida, sem dúvida com um carro Chevette do ano cor gelo, um apartamento em andar alto e uma viagem anual à Europa, com o indispensável depósito prévio entregue sem muito esforço ao Governo, apoderou-se ruidosamente da mesa ao lado. Trazia os dois rebentos, dois meninos louros, em fase de dentição, barulhentos e sadios e soberbos. Então ela, que gostava de criança a distância, jamais admitindo, Deus me defenda, a ideia de gerá-las em seu próprio ventre agora um tanto abaulado (falava em voltar às aulas de ginástica, mas tinha propensão ao comodismo ou à preguiça), passou a olhar os meninos e, de tanto olhar, atraiu a curiosidade dos meninos e dos orgulhosos pais, e um dos meninos, o mais simpático, abriu-lhe um sorriso, como uma flor abre, de súbito, as pétalas ao primeiro estremecimento de sua precária maturidade.

– São lindos – ela disse, mais para o marido, ou mais para si mesma, para um pensamento recôndito, do que para o casal estranho e jovem e descontraído da mesa vizinha.

– Não imagina o trabalho que tenho – queixou-se a mãe, muito ligeira e zelosa, enquanto tentava, por todos os jeitos e modos, apelos e ameaças, conter os filhos que trocavam de lugar, empunhavam garfos e facas à guisa de espadas ou lanças, exigiam refrigerantes, queriam ir ao toalete fazer pipi.

Não, pensou ele, que era um homem cansado, ou pelo menos entediado, desejando paz e esquecimento nos fins de semana. Não. Um diálogo agora, sobre problemas domésticos, incluindo naturalmente o copioso tema da educação dos filhos, das alegrias e tormentos que causam, seria desastroso. Quero beber em paz o meu drinque, comer o espaguete que pedi com molho de... Já não lembrava. E se o molho de nome esquisito fosse de galinha? Detestava galinha, repelia pratos de aves. Traumas de infância. Bebeu aos poucos, calado, concentrado, sua caipirinha, saudoso do gosto da cachaça, sentindo a aguardente descer suave e cálida pela garganta. Todos os caminhos dão na venda, dizia um personagem de Graciliano Ramos. De onde mesmo? Acho que de *S. Bernardo*. O casal era dado a leituras. Na última viagem aos Estados Unidos, *from coast to coast*, tinham comprado livros e, no Dupont Plaza Hotel, em Washington, decidido pela separação imediata, mal retornassem. Ele se abasteceu de autores conhecidos, Dreiser e Bret Harte e Sherwood Anderson, entre outros, porque preferia reler a desbravar universos novos menos épicos, e ela comprou o que havia de mais recente na literatura feminista de língua inglesa, em especial aquela doce, lúcida, penetrante Kate Millet.

Começaram a comer seus pratos de massa. Ela gostava de *fettuccini* e pensava, talvez, na cunhada que, na Itália há dois anos, devia estar gorda, de pele lisa e esticada. Na mesa ao lado, os meninos louros reclamavam canudos para sorver os refrigerantes, furtavam comida um do outro, lambuzavam-se. Os pais resolveram deixá-los à vontade, mostrando nos rostos, por baixo da solicitude e do orgulho, um travo de resignação. Tão jovens e com dois filhos endiabrados, ela pensava na outra mesa, entre uma e outra garfada. Há que ter coragem. Calado, ele examinava de vez em quando os frequentadores, que eram poucos no Paglia e Fieno daquele sábado, em geral gente de *jeans*, camisa de mangas compridas enroladas abaixo do cotovelo, em displicentes nós, os rapazes barbudos (havia alguns de barba loura que ela, frequentadora de galerias de arte e museus estrangeiros, classificaria de flamengos) e as moças com os três primeiros botões das blusas abertos, para exibir o rego, às vezes superficial, dos seios, e de cabelos encaracolados. Sem premeditação, haviam escolhido um dos redutos da juventude *dernier cri* da Zona Sul, no coração mesmo de Ipanema, a sedutora Ipanema. Um casal de meia-idade, ele sentindo-se mais para velho do que para moço ("estou na antevéspera da velhice", costumava dizer) e pensando, com secreto amargor, na palavra *provecto*.

Ainda bem que, à sua frente, na mesa junto à porta, sentavam-se duas senhoras. Prestou-lhes pouca atenção. Viu apenas os descoloridos cabelos da mulher de costas, cabelos cor de palha. Devia ser baixa ou de estatura mediana e cultivar alguns quilos de celulite. A outra, de frente, mais falante e agressiva, tinha uma cara comprida, talvez cavalar, e olhos inquietos que pareciam arder e piscar como luzes intermitentes.

Agora, depois de haver comido o *fettuccini* e saboreado sua torta, ela fumava, mesmo antes de chegar o cafezinho. E tinha os olhos perdidos, postos em lugar nenhum, embora aparentemente fixos em algum ponto à frente, na entrada do restaurante que mostrava as duas mulheres enleadas e um pedaço de calçada fustigado pela chuva. Uma lufada de vento e de frio entrava de quando em quando, a distribuir bofetadas gentis. Os meninos não a interessavam mais. O casal jovem e, pelo visto, ardoroso, perdera o encanto, reduzido a fisionomias, gestos vagos de pessoas desconhecidas e comuns, dessas que procuram restaurantes nos sábados e domingos, sobretudo nos dias de chuva, para espantar o tédio e dar folga à empregada. Veio o café. Mais um sinal para que acendessem novos cigarros e se olhassem de maneira muito casual, e trocassem palavras e comentários banais, desses que logo se esquecem, e matassem o tempo, ali um diante do outro, sem ter muito o que dizer, à espera do momento de sair, entrar no carro, voltar ao apartamento. Onde ela, deitada na cama larga, de florido lençol por ele comprado num supermercado ("Você gosta de governar a casa", ela dizia sempre, martelando a mesma queixa. "Eu me sinto aqui um hóspede." Às vezes qualificava o hóspede: "de luxo"), olharia o teto, cravaria no teto os olhos de verruma, perfurantes, e, quando cansada de mirar o teto e de coçar a cabeça e de pensar em tantas coisas, se levantaria para abrir uma revista ao acaso, olhar ilustrações, folhear um livro, fazer uma discagem direta a distância. E onde ele, com o cobertor puxado até o pescoço, ou o meio do peito, dormiria ou fingiria dormir, como se devolvido, na umidade gotejante da tarde, ao quente útero da vida em gestação. Mas ela, desperta e lúcida e veemente, à espreita, prelibando sempre a possibilidade de uma descoberta, de uma mágica. Que não viria certamente dele, um ex-mágico, seu antigo guru, a quem ouvira, no começo do seu caso de amor, com respeito, até mesmo com certa veneração.

Enquanto não chegasse aquele instante, e antes daquele instante o instante de pagar a conta e afastar as cadeiras e se levantarem e enfrentar a chuva até o carro, que ela haveria de dirigir com os braços estendidos, ereta no assento, as mãos diligentes girando o volante à direita e à esquerda, como um piloto de Fórmula 1, o olhar dela boiava, plácido e no entanto firme, até a porta, até além da porta. Ainda chovia. A chuva ameaçava engrossar. E estavam sem guarda-chuva, que ele, homem prático e passado pela vida, se recusava a carregar, porque perdia todos, esquecia-os em ônibus, táxis e restaurantes, em escritórios e outros lugares. E deixara no apartamento de três dormitórios, dependências completas e lavabo, numa encosta da Lagoa, a grossa capa de gola de pelo sintético que havia comprado para enfrentar, numa de suas viagens, o cortante frio de Frankfurt. E ela, aquela mulher ora frenética ora calma, tão indiferente a detalhes de vida prática, também largara no guarda-roupa a capa de couro que a mãe lhe trouxera de presente do Barrio Gótico de Barcelona. Mas tudo tem um fim, o que foi bom e o que é mau acabam. Chega o momento de se fazer um gesto, como uma despedida, até mesmo para convocar o alheio garçom e pedir a nota, que será paga com um dos muitos artifícios desta nossa por enquanto ainda incipiente mas promissora sociedade de consumo: o cartão de crédito. E afastar as cadeiras e sair por entre mesas, com um jeito de quem se esgueira, sob os olhares às vezes pesados de cúmplices anônimos, como acontece em restaurantes e outros lugares públicos, principalmente aos sábados e domingos, chuvosos sábados e tediosos domingos. Como faziam agora, nesse exato instante, ela na dianteira, ele ainda atrás, rente à mesa, procurando deixar, em papel-moeda, a gorjeta certa. E assim, atrasado, não viu logo que a mulher, sua mulher, da qual concordara em se afastar para todo o sempre no Dupont Plaza Hotel, e com quem trocara pesados insultos num modesto e desconfortante hotel de Chicago, quando procurava rastrear ali a fugidia presença de Theodore Dreiser e de Sister Carrie, e com quem, por vingança, se recusara a trepar num caro e álgido hotel mexicano na Zona Rosa, pensando com satisfação que seria melhor comer um prato de *frijoles*, não viu logo que sua mulher (aquela encarniçada companheira e ainda assim uma lacrimosa moçoila de Delly e Ardel) fora detida, na calçada embaixo do toldo, sob pingos de chuva, por outra mulher. Distraído (que dificuldade a sua em reconhecer rostos, recordar nomes, prestar, em suma, atenção às pequenas coisas da vida, às vezes as que mais contam), não percebeu que era a mesma mulher. Sim, a mesma, aquela que, pouco antes, de frente, ostentava um rosto comprido, cavalar, uma pele pálida, olhos farejadores e um jeito, como dizer?, esquivo, oblíquo, para não dizer dissimulado (mas isso, meu Deus, é lembrança de Machado de Assis).

A mesma mulher que, sentada diante da outra, a que ficara de costas e tinha enxovalhados cabelos cor de palha, conversava com veemência, gesticulava, impunha-se, enquanto os olhos catavam imagens no restaurante. Conversavam agora as duas, alheias aos respingos de chuva, aquela mulher e sua mulher. Talvez conhecidas que se encontram por acaso e se reconhecem? Ou simples frases amáveis, sem sentido, trocadas por pessoas desconhecidas em busca de fugaz calor humano?

Mais tarde ela lhe contaria, com aquele ar de espanto que lhe era peculiar, com aquela inocência ultrajada, como se pretendesse passar pela vida sem meter a mão na merda, ou sem ser arrastada à merda por terceiros ou por um conjunto de circunstâncias desfavoráveis. Começaria mais ou menos assim, a exemplo de todos os seus relatos de acontecimentos que julgava à margem da norma central da humanidade:

– Me aconteceu uma coisa bizarra.

Ela gostava da palavra *bizarro*. Ou melhor, de se sentir bizarra ("Minha bizarrice", costumava dizer, como preâmbulo a divagações).

– O que foi?

– Aquela mulher com quem eu conversava.

– Acaso uma velha amiga?

– Antes assim. Pois eu ia saindo, enquanto você procurava lá no fundo pagar a conta, e ela se levantou e me segurou pelo braço e disse: "Já vai?" E como eu ficasse perplexa, acrescentou: "Ainda é cedo, conversemos um pouco."

Pois sua mulher falava assim, narrava assim, com um toque literário. Na mocidade, enquanto outras sonhavam com o casamento e mediam as possibilidades dos rapazes de seu círculo de relações, ela lia Rilke, sentia-se porta-estandarte e gostava muito quando os amigos do colégio, então leitores de romances russos, chamavam-na de Natasha Filípovna, aquela mulher mista de orgulho e humildade, a consumir-se sempre na fogueira de seus arrebatamentos e no lodaçal de suas vilanias.

– Fiquei sem saber, eu juro, fiquei sem saber o que responder. Foi aí que ela viu você se aproximar e, então, baixando a voz, me perguntou: "Seu marido?"

– E que aconteceu em seguida? – ele perguntou, enfadado.

Não aconteceu nada, ou pelo menos ela não quis contar então, ou então fora apenas perplexidade, o incidente não passando de um equívoco incapaz de gerar e consolidar consequências. O automóvel foi retirado da calçada com a perícia habitual, ele cumpriu seu papel de dar vinte cruzeiros ao suposto guardador, que sequer agradeceu, e ela dirigiu com aquela concentração de quem nasceu para liderar campanhas santas, uma Santa Joana d'Arc, mas se refere, com frequência, à fragilidade feminina, ah, que tremenda mulher dependente com alma de viquingue. De volta ao apartamento onde se sentia hóspede de luxo, embora nada fizesse para dirigir a casa, sem qualquer vocação para dona de casa e sem o desejo de comandar arranjos domésticos, ou sem vontade de assumir um dia, de fato, a condição de mulher de alguém, ela se deitou e fitou o teto.

Ele dorme, pensou. Com que rapidez ele adormece. Parece viver para os sonos pesados das tardes de sábado e de domingo. Ele é o meu homem. E como pensa em foder. O meu porco, o meu canalha.

E ficou olhando o homem, ou melhor, a forma que, embaixo do cobertor de lã, porque o dia continuava chuvoso e frio e úmido, ressonava pacificada. Homens. Dividir a vida com um homem, cuidar de um homem (porque há mulheres que ainda fazem isso), apagar-se um pouco para que um homem ganhe dinheiro, brilhe. Uma noite, recordou, no início da nossa relação, ele conseguiu me fazer gozar muito. Tive um orgasmo violento, gritei. E depois, com as lágrimas escorrendo pelo rosto, manchando a pintura, eu prometi lavar as meias dele, prometi passar a roupa dele a ferro e disse: eu sou a sua puta.

Ela pensava. Ele dormia. Ou velava?

Para algumas mulheres, ela pensou, o orgasmo é a busca do Santo Graal, como diz aquele horóscopo realista de um tal Igor Petrovsky, que comprei outro dia na banca de jornais.

Eu, Lady Godiva.

Eu, a vestal em busca do templo perdido. Eu. Eu. Eu.

Animus et anima.

Eu fui adolescente e os peitos cresciam como caroços ásperos e as axilas coçavam e as virilhas pareciam consumidas por azuladas labaredas de álcool. Um vizinho pegou na minha bunda. Corri e não tive mais coragem de olhar aquele homem. Um dia, uma amiga íntima, a quem eu fazia confidências e que também me contava segredos, deu-me um beijo na boca. Homens. Já vivi com três....

Mas eis que o telefone toca, abafado, na sala distante de janelas fechadas e felpudo carpete, entre dois vasos de samambaias, ali mesmo onde ela o largou, intrigada, da primeira vez. Quando a voz forte, masculina, à qual o dono procurava imprimir um laivo de ternura, perguntou, como quem reparte um segredo:

– Beatriz?

E declinou, depois, todo o seu nome, como um aluno aplicado das banidas classes de Latim declinava: *rosa, rosae, rosae, rosam, rosa, rosa.*

– Quem fala?

– Não me reconhece pela voz? Pois sou a mulher do Paglia e Fieno, aquela que abordou você, heroica, debaixo da chuva.

– Como sabe o meu nome?

– Ah, queridinha, é um segredo nosso. Nosso, isto é, dos corações solitários caçadores.

– Parece que você andou lendo Carson McCullers.

— Adivinhou.
— Vamos, diga como me descobriu aqui, com meu nome certo e tudo.
— Elementar, minha querida Beatriz. Anotei a placa do seu carro, telefonei para um amigo no Detran, obtive nome, endereço, telefone.

O mesmo número que aquela mulher, de rosto um tanto cavalar iluminado agora por uma luz interior, por um fogo que ardia como febre embaixo da pele, discava agora, de algum recanto da Zona Sul do Rio de Janeiro, talvez sentada entre dois almofadões, num desses milhares de apartamentos que escondem e que expõem e que expelem tantas vidas. E que ela atende. Basta-lhe erguer o receptor para ouvir a mesma voz, o mesmo sussurro lovecraftiano na penumbra da sala, no fim da tarde de sábado, o marido dormindo, árvores pingando, céu plúmbeo dos queixosos poemas de Ovídio em terra estrangeira.

— Você vem?

Ainda está de calça e blusa, resta-lhe enfiar as botas de cano curto. Banhou-se longamente pela manhã, já perto do meio-dia, com um sabonete de sândalo que ainda guarda na sua pele ambarina o leve odor de madeira cortada. A calcinha e o sutiã estão em ordem, quase novos, trocou-os também aquele dia, talvez estejam apenas impregnados de um quase indistinto e no entanto erótico cheiro de suor. Com as mãos ela afofa o cabelo, passa a polpa do dedo indicador nos lábios cheios e descaídos como uma ferida recém-aberta de onde o sangue já se esvaiu. E nas axilas sombreadas de pelos escanhoados ela ainda parece sentir, ah, ela ainda sente ou pressente o resíduo da água-de-colônia com perfume de limão verde.

— Você vem, Beatriz?

Basta, pois, um gesto, aquele mecanismo secreto, aquela voz de comando que não se sabe bem como se forma ou se deforma e que impele as criaturas. Um passo e ela sairá do quarto onde o marido parece petrificado e onde se ouve a chuva, agora mais grossa, tamborilar na folha de zinco que protege externamente o condicionador de ar. E ela estará então no corredor, e se olhará no espelho oval da parede, assim de relance, para certificar-se de que está bem, e entrará na sala, verá o telefone mudo, o porta-voz de suas ânsias de pirataria. E poderá, quem sabe, abrir a porta, bater de leve a porta, chamar o elevador, receber na capa de couro, que sem dúvida não esquecerá de pôr, a pancada oblíqua de uma chuva outonal. Olhará, de baixo, da aleia pavimentada com pedras portuguesas, a janela atrás da qual o marido vive o Grande Sono.

– Beatriz, você vem?

(*Massacre no km 13*, 1980)

O OUTONO DO NOSSO VERÃO

Vimos o verão despedir-se. Acordamos com o escandaloso rumor do ar açoitado pelos pulmões do mar aberto. Foi aqui mesmo, neste Hotel Marlin, só que agora estou sozinho, e o verão mal começou, e a rua embaixo da minha janela, da janela do meu quarto, está cheia de gente jovem. Boliche, *snack bar*, a casa de sucos, o parque de diversões com roda-gigante, os automóveis, as buzinas e as motos com o cano de descarga aberto. Se você aqui estivesse, com certeza iria queixar-se. "Assim não nos deixam dormir", diria você. E olharia sem comentários, sisudamente, as moças de *short* cortado rente às nádegas, as ninfetas de seios quase descobertos.

Esta rua vai dar à praia. Por aqui, dois vultos solitários, fomos olhar o mar e vimos que o mar, nas últimas agonias do verão, havia adquirido uma pesada tonalidade de cobre, e as árvores – eram amendoeiras? – estremeciam já na ânsia de soltar as folhas. Agora o mar está azul e verde. Verde nas vagas que cavalgam a praia. Azul mais à distância, onde pescam três ou quatro gaivotas em voos certeiros.

Vou ver o mar. O vento sopra com cheiro de maresia. Ainda ontem, em pleno dia de verão, mergulhei e trouxe na boca, do fundo de alvacenta areia, um gosto de sal.

"Ruas sem placas, completa falta de sinalização de trânsito", você observou. Também agora tive dificuldade em descobrir a rua do hotel. Mas afinal, guardado o carro num estacionamento, subo a escada do hotel, deste hotel, e descubro que foi o mesmo. Hoje ele está cheio, nem uma mesa vazia no salão. Naquela outra vez éramos os únicos hóspedes. Quem sabe não estou no mesmo quarto? Quem sabe deitado na mesma cama, a acender um cigarro com gestos vagarosos? Da rua embaixo sobe um ruído de fúria. O verão incha, amadurece na pele cor de cobre dessa gente estupidamente jovem.

Passei há pouco por todas aquelas pequenas localidades do braço de mar. E sabe que sem querer eu parei pra tomar café, um ralo café servido em copo, no mesmo bar de beira de estrada? Encostei o carro, entrei e pedi café. E vi então que o dono era o mesmo mulato de camisa aberta ao peito, mostrando um escapulário. Lembrei então que havíamos parado ali e que você estava distraída e que apoiou o queixo na mão esquerda enquanto sorvia o café em curtos goles. Ninguém nos observava. Desta vez tenho a companhia de um menino.

– Não converse com ele, senhor. É doido – alguém aconselha.

– O que você faz na vida? – pergunto ao menino sujo.

– De manhã vou pra escola e de tarde trabalho – ele me diz.

– Então você não chega a ser muito doido – concluo.

Mas não adianta: alguém chama o menino de Pinel.

– Quer que eu leve as garrafas de água mineral para o carro? – me pergunta Pinel.

Dou dinheiro a Pinel e parto sem perguntar ao mulato dono do bar que história é aquela do galo do vizinho, um galo que canta a noite inteira, sem intervalos, no quintal. Agora me arrependo. Pessoas e galos assim determinados, assim programados, não se exibem à toa.

113

O gerente do hotel é o português do fim do nosso verão e do começo do nosso outono. Me pergunta se estou sozinho. Preciso de toalhas para estender na praia, e ele cobra um preço alto pelo aluguel de duas. Culpa do verão. Sim, estou sozinho. O senhor também aluga mulher? Mulher aqui é o que não falta, ele me diria. Basta sair à rua. Depende só do senhor. Exato, depende de mim. O diabo é que estou sempre querendo a mulher que não tenho, a mulher que não vejo – ou a outra, a que perdi.

No quarto, neste mesmo quarto, eu acompanhava com interesse os movimentos seus. Daqui a pouco, eu pensava, ela resolve se preparar pra dormir. Vai ao banheiro, tranca-se, ouço o rumor de água corrente, ela volta com um lenço atado no cabelo, a camisola rosa--shocking, cheirando a água-de-colônia. Na estrada, perlongando a lagoa que rumorejava de manso nas raízes dos chorões, eu lhe havia perguntado se estava em fase perigosa.

– Você se lembra quando tive o incômodo? – ela perguntou.

Nunca se lembrava direito, tinha de recorrer ao meu auxílio. E nos entregávamos, então, a um cálculo complicado de datas e aproximações, conseguindo quase sempre estabelecer o dia certo, somando oito dias depois e oito dias antes do mênstruo, e incluindo algum atraso ou avanço, que ela não era regular, vivia sujeita a depressões. Naquela noite estava fora de perigo, era uma mulher que podia se entregar ao amor, os seios soltos embaixo da camisola, a camisola fina desenhando a auréola e o bico dos seios, ambos arroxeados. E enquanto eu esperava que ela se preparasse para aquele instante, aquela noite no fim do último verão, eu pensava debruçado na janela, fumando um cigarro, que dentro em pouco alguma cigarra no cio haveria de chiar atrás da nossa vidraça, e as mariposas, se deixássemos aberta a janela, dançariam em torno das lâmpadas a primeira sarabanda do outono. Pois o vento se espalhava num sopro surdo de contrabaixo, as mulheres começavam a recolher aos guarda-roupas os seus trajes leves e pensavam na malha e na lã para o momento em que a quentura, o último impulso túrgido lhes fugisse do corpo.

Vimos o verão se despedir. Vimos as águas encresparem, canoas forçarem as cordas e caranguejos avistados fora de suas locas retrocederem ao convívio do lodo. O mundo tornava-se cor de sépia e o mar soltava longos bramidos.

Saio da janela depois de esmagar o cigarro no peitoril. Saio da janela para encontrar você deitada de bruços, talvez a dormir. Para tomar uma dose de uísque no quarto vazio. Para sentir, no meio do quarto (a olhar você deitada sem a camisola e sem o lenço na cabeça, deitada com a roupa com que viajou), pontadas de frio. Para sentir neste quarto vazio o aperto do verão, o pegajoso abraço suado do verão.

A mão no seu ombro, sacudindo-a de leve, eu acordo você.

– Não vai se preparar? – pergunto.
– Estou com muito sono – você resmunga.
– Não vai trocar de roupa, enfiar a camisola?
– Mais tarde.

E você me informa, sentada na cama e com ar desafiante, que sente dores no baixo-ventre. Devem ser os ovários. Você repete que está com problemas hormonais, que o seu sexo se fecha e se encolhe, que certas mulheres ficam assim, se sentem assim quando se aproximam dos quarenta anos. E a essa menção da meia-idade, eu penso em Brigitte Bardot. Ela está agora mesmo numa dessas praias, imagino. Esses mesmos ventos enfunam seus cabelos, crispam-lhe o rosto agora corado e lhe segredam que findou a temporada de sol, que os nossos mares e ilhas vão absorver névoas patéticas iguais às dos mares nórdicos. Elisa Martinelli, outra gringa que andou por aqui, já bateu em retirada. Talvez Brigitte Bardot (quantos homens terá tido?; quero dizer, homens *oficiais*) esteja a arrumar as malas. Chegou nervosa, esticada e tensa, cheia de arestas, quem sabe se queixando de dores, com distúrbios internos de misteriosa origem, e eis que agora voltará arredondada, doce e calma. Engordou, sim. Esqueceu Vadim. Provavelmente, nós a veremos retornar no próximo verão, com um ar apagado e apático, para de novo renovar-se e se desfolhar.

E nós, a quem este verão, o último verão deveria tornar lépidos e enxutos como um couro ao sol? Nós vamos hibernar?

– Mais tarde, quando?
– Talvez no meio da noite.
– Meu bem... – eu começo a dizer.

Mas você se deita outra vez de bruços, sem trocar de roupa, e estende um braço e apaga a luz do abajur. Eu digo qualquer coisa. Você resmunga alguma coisa, a voz abafada pelo travesseiro. Apuro os ouvidos, você repete:

– Vá pegar uma puta.

As minhas renovadas esperanças eu as deitei ao vento no fim daquele verão, como as amendoeiras largam agora, no começo deste verão, os seus frutos. Um deles, por sinal, caiu hoje bem no alto da minha cabeça, num recanto sombreado junto ao mar. Senti-me agredido e retrocedi numa ridícula tentativa de armar defesa. Em cima, a árvore estava quieta. A amêndoa jaz aos meus pés. Sei que é a primeira desta árvore. A carne pálida, aberta pelo bico de passarinhos, palpita ainda no esforço das fortes quenturas.

Na casa de saúde, o cirurgião mostrou um pedaço do meu estômago dentro de um frasco, uma carne diáfana e lacerada. Espero que meus canais internos, livres da úlcera que se abria e fechava qual flor caprichosa, permitam agora o livre fluxo de minhas podridões. A junção teria sido benfeita? Enquanto você fuma na sacada, a olhar os edifícios, a enfermeira risonha resolve me banhar. Ampara-me até o banheiro, sustentando com uma mão o aparelho que me injeta soro na veia do braço. A enfermeira me banha com uma esponja ensopada. Nu, tento pensar em geleiras, uma neve de cinquenta centímetros de espessura cobrindo as ruas de Boston, as focas arrastando-se com o seu andar sacudido no gelo eterno do polo. Inutilmente. A enfermeira passa-me a esponja. "Agora termine de se esfregar", diz em voz séria e melindrada. Na sacada, você observa o bairro adormecido, a rua de raros transeuntes. Talvez coce a cabeça, você que tanto gosta de coçar a cabeça e ficar de olhar perdido, ora no teto, deitada no sofá do nosso apartamento, ora no espaço, fitando a verdejante encosta do Jardim Botânico. E você dorme de bruços, mas antes de dormir anda muito pelo apartamento, aqui mesmo no Hotel Marlin você percorreu – ah, quantas vezes? – o espaço da porta à janela, acendeu alguns cigarros, filosofou e citou Sartre.

O verão chegava ao fim, as árvores se cobriam de flores tão amareladas quanto as que vimos em Sprendlingen, da janela do hotel em que o Governo alemão nos hospedou. Estivesse o verão no começo, como agora, e certamente você andaria de calcinha e sutiã, ou somente de calcinha, e se sentaria para folhear revistas, e abriria as páginas de um livro, e entraria no banheiro, e afinal se deitaria de bruços, esmagando os seios no lençol, muito fatigada, pois não, e sem qualquer apetite, e eu teria de fumar mais meia dúzia de cigarros, talvez com sorte o sono chegasse às duas, às três da manhã, ao seu lado ou, de preferência, no sofá da sala, ou na cama de solteiro do outro quarto, se estivéssemos no Jardim Botânico, ao pé da encosta verde, ou aqui, no sofá incômodo deste quarto de hotel.

"Vá pegar uma puta", diz você. E eu sei que, embora deitada, com a roupa da viagem no corpo, uma calça de brim azul e uma blusa apertada, você não dorme, apenas pensa, talvez pense nos seus quarenta anos, talvez pense que me odeia e isso não lhe parece bom, talvez pense nos seus quarenta anos, Brigitte Bardot faria o mesmo em Búzios com o seu namorado brasileiro? Eu inicio um inaudível discurso: "Não é que eu queira transformar você, minha mulher, em mulher-objeto...". Pronto, estou sempre a me desculpar, a me mexer com todo o cuidado na loja apinhada para não quebrar a louça. Sim, bem sei que você não dorme, que, embora tenha o rosto afundado no travesseiro mole, você me segue em pensamento com os olhos, me ouve enfiar a calça, pentear o cabelo, calçar os sapatos, pôr a jaqueta de couro e sair.

Nestas cidadezinhas todos dormem cedo. A última sessão do cinema empoeirado, onde só passam filme de faroeste ou de *kung fu*, acaba às nove. Nos salões dos hotéis, casais apáticos acompanham a telenovela, enquanto outros, em salas menos propícias ao recolhimento, jogam canastra ou disputam partidas de dama e gamão. Raros pedestres. De vez em quando, os faróis de um automóvel varrem a rua de luzes fracas. Cada esquina é uma sombra; cada árvore perfilada, um marco penumbroso. Em bares do tipo lanchonete, retardatários bebem cerveja, pedem refrigerantes, mastigam sanduíches mistos, de queijo e mortadela. Aonde ir, o que fazer, a quem encontrar, a quem recorrer? Em quem despejar, em suma, sob a forma de um líquido viscoso, essa agonia que me queima? Ah, se eu morasse aqui, com esse jeito tenso e contraído que adquiri, eu enlouqueceria. A salvação da família brasileira está nas pequenas cidades do interior. Quanto menor a cidade, menos sujeita ao fenômeno, já detectado por psicólogos e outros, da desagregação familiar. Sim, aqui nesta cidadezinha à beira-mar, tão exposta aos ventos que deixam em seus edifícios manchas de maresia, todos devem ser casados, todos chegam a casa cedo, vestem pijamas ou camisolas, jantam e se sentam diante do televisor; e depois, com um bocejo de desgovernar o queixo, convoca-se a mulher para a cama. Bendita existência. Aqui não há lugar nem vez para putas. Pergunto a um motorista de táxi, eles sabem de tudo, uma pena não estarem registrados na Embratur. O homem me indica um bairro, uma casa determinada. Estaciono perto. Ninguém na rua. Casas fechadas. Silêncio. A tal casa não difere em nada das demais. Será mesmo? E se eu bater na porta de uma família, for atendido por uma senhora de robe florido e papelotes na cabeça, ou por um senhor meio gordo e meio calvo, com cara de sono?

Nesse ínterim, talvez você tenha adormecido afinal. Acordará com um pressentimento no meio da noite, em plena madrugada, quando a luz que penetra pela abertura da janela já se torna densa e leitosa como uma coalhada. É o que você chama "a hora do lobo", decerto inspirada em Bergman. Estou proibido de tomar álcool, o médico foi severo: "Nem cerveja.". Preciso descobrir um bar aberto, um bar pequeno e sórdido em alguma ruela, e tomar um pileque de Malzbier, tomar um porre de Malzbier.

O casaco de couro ficou no apartamento de São Conrado porque estou agora entregue ao mais aceso do verão neste braço de mar. O quarto deste hotel – você se lembra? – é espartano, e quando aqui viemos ter, naquele fim de verão e começo de outono, eu trouxe livros que não abri porque nada me diriam, frios eles estavam como telhas enfileiradas contra a parede, no tampo da mesa de fórmica. O verão dissipava o resto de suas ardências e ardentias, e nós, calados, não sabíamos o que fazer com os derradeiros estremecimentos da estação estival, aqueles mesmos que, numa praia do Espírito Santo, permitiam à nossa então primeira-dama o uso de um *short* quase audacioso; mas depois ela disfarçou a graça do talhe gaúcho, de teiniaguá, num grosso casaco cor de laranja. Me lembro do meu casaco por associação de ideias. Comprei-o em San Francisco, você passou a mão longa pelo couro macio, de antílope, e disse brincando, então você demonstrava bom humor, que eu já estava preparado para enfrentar os desfiladeiros do Klondike, em busca de ouro. Pouco adiante, uma ou duas noites, no hotel antes de dormir, antes de prender o cabelo para dormir, você descobriu que estava menstruada e me pediu que descesse à rua, que encontrasse, por favor, por favor, *if you please*, um *drugstore* aberto. E eu desci e estreei o casaco. O frio não era tanto. *Modess* é uma palavra mágica em qualquer lugar, em qualquer língua, com ela preenchemos as nossas lacunas e estancamos sangramentos alheios. E eu lhe entreguei o pacote e muito sério lhe disse: "Não podemos brigar. Jamais poderemos nos separar.". Você naturalmente perguntou por quê. "Ora, quem compraria o seu Modess?" Tivemos pelo menos três brigas feias: a primeira, num elegante hotel de Washington, a segunda, num modesto hotel de Chicago, onde a mulher da portaria, cheia de suspeitas e má vontade, nos julgava mexicanos incapazes de pagar a diária de doze dólares; a outra, na Alumni House de uma universidade do Mississípi. Sem contar aquela noite em que saí sozinho pelo Vieux Carré para assistir, bebendo *toddies*, um espetáculo de contorcionistas nuas num palco giratório, as moças ao alcance da mão.

– A partir de agora – você me disse – teremos oito dias. Oito dias menos os três do incômodo.

– E para quê? – eu retruquei.

Acho até que disse em inglês: *What for?* E você ficou a me olhar, e eu pensei, não sei por quê, na sra. Blake, a esposa do grande poeta dos livros proféticos, aquela que tinha como guardião de sua rosa um espinho de proporções incomuns, e que preferia seu erotismo ao erotismo de Blake, e que exclamava para o poeta, quando sentia aproximar-se o incômodo: "O Gigante Branco está irrompendo!". Por isso talvez o poeta tenha cantado os sexos unidos por um casamento sagrado, Hermes e Afrodite sem misturas num só corpo, ou em alma única.

Vi (vimos) o verão despedir-se neste braço de mar. Vejo o verão acender-se agora em tonalidades rubras de labareda. Outono e inverno me atormentam. Agora é o verão, este verão que me fere de morte. Uma multidão enche a rua embaixo. Eu queria ler coisas tolas, narrações em que aparecessem castas donzelas e cavalheiros ágeis no manejo de espadas e floretes, mas me sinto agudamente lúcido, me sinto chamejar, há um processo autofágico em minhas entranhas. Me sinto maduro até a ponta dos dedos que tocam o cigarro neste deserto e impessoal quarto de hotel. Trouxe alguns livros, mas prefiro a lucidez que me corrói e me dilacera e me engrandece. Existe a barba por fazer, o cabelo por cortar, obrigações, ânsias, vômitos, uma rotina que me persegue dia e noite, noite e dia, diálogos difíceis que preciso travar com certas pessoas, comigo, diálogos que mal saberei conduzir.

Verão.
Outono.
Inverno.
As estações se precipitam nesta exata ordem.

(*Massacre no km 13*, 1980)

ALÉM DO MUNDO AZUL

> *Caminante, son tus huellas*
> *el camino, y nada más;*
> *caminante, no hay camino,*
> *se hace camino al andar.*
>
> António Machado

1

Mais tarde, anos depois, no silencioso e quase dormente casarão, ouvindo o tique-taque da pêndula, vendo a mesma cópia litografada de são Sebastião atado a uma árvore e crivado de setas, e escutando também a rede gemer nos armadores, na sala que era chamada dos santos porque tinha a um canto pequena capela em miniatura, a madrinha vinha ao seu encontro. A madrinha, agora bem mais velha, talvez perto dos oitenta. Encurvada, com os olhos a querer saltar das órbitas no esforço de levantar a vista para o seu menino que se fizera homem adulto.

Seu menino que ela não via há tanto tempo, que via cada vez menos, porque não ia mais à cidade e ele raramente aparecia na Baixa Grande – e que agora, para ver como tinha crescido, como se tornara homem-feito, se alto ou baixo, gordo ou magro, pálido ou corado, ela saía do quarto, arrimada ao bordão. Os olhos olhavam para cima, repuxados de baixo para cima.

A mesma saia. A mesma saia de chita.

Aquela saia, que de muito comprida fazia a barra tocar o chão, e quando andavam juntos, não propriamente lado a lado, mas ele adiante, correndo e esperando-a, escondendo-se atrás de troncos e saltando de chofre para o meio do caminho ("Assim você me mata do coração, moleque!"), o menino tinha a impressão de que a madrinha varria estradas, caminhos e veredas. Verdade: às vezes gravetos, ramos e folhas secos grudavam-se à saia e iam enchendo os panos estampados ao ponto de os enfunar, transformando a saia em vela intumescida de veleiro em mar picado. Navegavam muitas vezes, vezes sem conta, assim desenvoltos, assim à deriva, em fins de tardes calmosas, já próximos da enseada do crepúsculo. Ou em manhãs orvalhadas, quando a saia da madrinha recolhia orvalho do mato à beira do caminho e polvilhava-se de gotas translúcidas que logo se liquefaziam.

A mesma saia. Sim, ela está agora muito velha, não vai mais a lugar nenhum. Quando muito se senta no banco do alpendre e procura avistar com os olhos enevoados pela catarata os campos que se prolongam rasos até o começo da mata na encosta azulada. Para que trocar de roupa? Para que esses luxos de mandar comprar tantos metros de pano na cidade e encomendar roupa nova à modista? Se muito, ela tem duas saias com duas blusas combinando, todas elas com florzinhas estampadas, e aposto que um dos conjuntos fica guardado no baú de cedro, de onde sai apenas de quinze em quinze dias.

Alguma coisa (cadeias de ferro, cordas, cabrestos, fios de arame farpado?) o prende ao chão de lajotas gastas, varrido uma vez por dia com vassoura cortada no mato, lavado uma vez por mês ou quando anunciam visitas. Os pés no chão, pés de chumbo, ele no meio da sala, a madrinha se chegando, esticando os olhos, apertando os olhos.

— Está mesmo um homem.
— A bênção, madrinha.
— Deus lhe faça feliz.

Ficam se olhando. Os beiços da madrinha estão trêmulos, balbuciam palavras e frases que ela não diz, talvez sequer tenha articulado no pensamento. Ele tem consciência da barba no queixo, dos pelos acamados no baixo-ventre, quer cobrir tudo isso como rapaz ou moça que, colhido de surpresa, oculta logo suas vergonhas.

Sim, ele e a madrinha se olham porque não há o que dizer, ou porque há de sobra o que dizer e nenhum deles se aventura, ou porque se entendem na sua muda cumplicidade. Pois anos atrás não silenciavam assim, um defronte do outro, ou um ao lado do outro, durante minutos, ao longo de horas, até chegar a hora de dormir? Nessas ocasiões, sentados no patamar da escada ou sobre o batente da porta da frente, fitavam a escuridão. A noite já havia descido. O escuro véu amortalhava pessoas, animais, paisagens. A noite somente cortada por breves e fugazes relâmpagos, o tremeluzir de vaga-lumes; ou, a raros intervalos, os fachos dos faróis de um caminhão que dobrava a curva e passava à velocidade regular pela estrada nas terras da Baixa Grande.

Dali se levantavam com as primeiras pontadas de frio, pois não tinham agasalho. Cuidado com o sereno, dizia a madrinha. O sereno pode fazer mal, atacar o peito. E ambos tinham o peito fundo, uma característica de família. Ele gostava muito das contemplações, sentados no alto da escada, de dia, principalmente ao tombar da tarde, quando a temperatura se faz morna e as primeiras tropas da noite, que são as sombras vanguardeiras, arrefecem a claridade de um sol forte. Ele e a madrinha olhavam os longes. A distância os seduzia.

– Madrinha, por que a distância é azul?

Ela respondia que o azul estava em tudo, cercando a gente como água. Apenas a gente, por estar dentro, como num aquário, não percebia o azul. Esse azul somente se adensava e se condensava a distância. A nossa vista, imperfeita para o derredor, para o cerco íntimo do azul, torna-se perfeita, aguda, ferina, quando se trata de varar distâncias. O mundo se junta lá longe como as peças de uma composição harmoniosa.

E puseram nome naquele vasto painel de fundo azulado. Era o Mundo Azul. Apresentava em primeiro plano a Mata Atlântica, que se alongava da esquerda para a direita, varada aqui e ali por uma árvore mais alta, um jequitibá ou uma sapucaia; depois vinha o morro, com sua crista mais azulada que as bordas. E, além do morro, o azul tornava-se menos anilado, mais profundo, às vezes com umas tinturas de negro, na medida em que cavalgava encostas e montes e descia vales e rodeava outeiros e assentava qual pesada chuva imóvel nas saliências e reentrâncias da superfície da terra. Até aonde ia o azul ele não sabia dizer. O que continha esse azul também não podia responder. Apenas inquiria, indagava, a pergunta dirigida às vezes em voz alta e respondida pela madrinha com o bom-senso que agora reconhecia nas pessoas idosas.

– Pessoas. Terras. Lugares. Um dia você sai daqui, você penetra no azul e corre mundo.

E ele pensava, sem dizer nada, que seria de fato bom conhecer todos os mistérios escondidos, chegar ao próprio coração do Mundo Azul, pois a madrinha já não dissera que o azul a gente não vê de perto? Quanto mais se embrenhasse no Mundo Azul, mais o azul seria por ele escorraçado para regiões adiante. Igual a uma fantasmagoria que a gente persegue. Então já pressentia mais do que racionalizava a quebra das artes mágicas pela inteira percepção do conhecimento que ia adquirir como rapaz e como homem. A fatalidade de crescer.

Deus lhe faça feliz. Somente a bênção não mudara. A madrinha olha-o. Ele estaria melhor? Pior? Não, está mesmo é diferente. Comprido, desengonçado, não sabe se apoiar-se nesta perna, se na outra. A vontade é dizer adeus, ir embora. Mas se mal chegou? Tem de responder às perguntas sobre a saúde de todos de casa, a começar pela mãe e seu reumatismo conhecido; resumir os afazeres do seu pai; desvendar a vida das irmãs. E arrematar, por fim, com o seu adiantamento nos estudos. Restariam então a cidade, a rua, os vizinhos; o que ele pensa e ela sabe que pensa e perscruta e fustiga.

— Você agora quase nunca vem me ver.

Em voz calma, de simples verificação, despida de queixa. E com um risinho que descobre gengivas descoradas:

— Eu sei. As moças da cidade não deixam em paz rapaz bonito.

Antes, viam-se com muita frequência. A madrinha morava sozinha no alto de uma encosta que seria colina se a outra banda não estivesse invisível, ocupada pela capoeira. Uma casa de madeira e tijolos, frente alta, escada e batente largo, sala de visitas com um banco encostado à parede e uma rede de babados brancos, janela abrindo para o campo que se enovelava em íngremes descidas e repentinos patamares de grama verde; animais pastando, outra janela que se abria para o pomar, um quarto, um corredor, a sala com a mesa de comer e as prateleiras, adiante uma cozinha que se destacava da casa como prolongamento bastardo — um acréscimo de telhas e paredes e caibros. Ali, naquele teto sem forro, naqueles beirais que quase se aconchegavam no mato, rés à fímbria da capoeira, pendiam teias de picumã.

— Por que não casou, madrinha?

— Porque não quis. E olhe que apareceram interessados, entende? Alguns até bem-apessoados. Mas não prestavam.

Acendia o cachimbo, pitava perdida em cismas.

— Fiquei no barricão, como se diz. Moça passada, moça virgem. Estou quase velha, um caco.

Então eles se abraçavam, as palavras de queixoso quebranto eram o sinal para um amplexo apertado, a cabeça descansando no colo, as mãos da madrinha na sua cabeça, em idas e vindas, a quentura das polpas dos dedos no couro cabeludo. Somente depois ele iria saber direito o que lhes acontecia, já adulto, mais que homem-

-feito, o corpo da madrinha reduzido a ossos no chão humilde de Ferradas. Ela tinha um pedaço de plantação, coisa aí de cinco tarefas, e com a venda do cacau fizera aquela casa. Vida independente, mantimentos próprios, visitas semanais ao irmão – que morava perto, no fundo da pastagem – somente quando lhe apetecia vê-lo. Na casa do irmão dela, seu avô, ele agora visita a madrinha, tantos anos transcorridos. E ao vê-la na sua saia de chita e blusa parece que do mesmo pano, com as mesmas flores, ele revê a mesma imagem antiga: ela na casa, terras vizinhas, plantações vizinhas, sangue próximo. A mãe dele filha do irmão da madrinha. O colo que nem sempre a mãe lhe dava era na madrinha dádiva certa. E o tempo que a mãe repartia entre os filhos e o governo da casa durava na companhia da madrinha, como se entorpecido nos afagos e dengues da madrinha, como se hibernado na estação das chuvas para os dias compridos e quentes do verão, para as noites vertiginosas do estio.

– Madrinha, adivinhe o que eu vi antes de ontem.
– Não sei. O que foi?
– Um tamanduá.
– Onde, meu Deus?
– Na mata da grota, divisa com meu avô.
– Você foi lá sozinho?
– Ora se fui...
– Moleque danado. Está ficando tesudo.
– Eu ando por aí tudo, madrinha. Foi por isso que avistei o tamanduá.
– Era grande?
– Enorme. Tamanduá fêmea.
– Como sabe?
– Tinha peitos, madrinha. Bonitos peitos de mulher.
– Está bem. Agora vamos pra gamela. Está na hora de ensaboar menino porco.

Porque ele empurra o azul, tange as fronteiras do azul, rasga horizontes imediatos, como quem abre uma cortina para os reveladores espaços abertos. Tamanduás vistos em formigueiros, arroto de perdizes em capões de mato, traíras adormecidas ao sol em águas rasas forradas por folhas ferrugentas de ingazeira, teiús que o veem muito antes que ele sequer pense em avistar algum: cabeça e pescoço levantados, goela arfante, naquele exato segundo antes que ele dê mais um passo e o teiú dispare, estralando as folhas secas do chão qual fogo em taquaral. Ele no silêncio, no cu do silêncio, ele próprio o silêncio e quebrando sem querer o silêncio, o pesado silêncio que parece significar a respiração subitamente suspensa de um peito estertoroso. O silêncio que se vai despojando do azul quanto mais ele avança e devassa seus esconderijos e distende suas dobras e sente o cheiro ora doce ora apodrecido de suas rotundas intimidades. Assim falava, ou parecia-lhe (agora) dizer então essas mesmas palavras à madrinha, sentado na gamela, recebendo a água morna que ela lhe despeja das cuias sobre a cabeça. As mãos da madrinha, que apesar dos trabalhos caseiros não estão calosas, antes parecem mãos de moça vadia, descem ensaboadas pelo seu pescoço, eriçam os mamilos onde ele sente às vezes crescerem pedras, escorregam pelos flancos, entram na água.

– Você encontrou um tamanduá fêmea.
– Juro, madrinha, juro.
– Desse jeito você acaba encontrando a cunhã.
– O que é cunhã?
– Uma moça índia. Mora nos ribeirões, nas fontes, nos rios.
– Você já viu uma?
– Não. Ela só se mostra aos homens. Quando o sol descamba, a cunhã sai das águas, toda nua, senta numa pedra, se penteia, bota flor no cabelo pro primeiro homem que passar. Ele se engraça e então está perdido.
– Perdido, como?
– A cunhã arrasta ele pro perau.

A mão da madrinha esfrega-lhe os joelhos, demora nas coxas, segura a pendente trouxa de carne entre as pernas.

Na brecha de silêncio que agora se cava, ele ouve (quantas vezes ouvirá ao longo da vida, amanhã e amanhã?) o avô balançar-se na rede da sala dos santos. Os punhos da rede rangem forte nos armadores, confundem-se com o ranger passado e futuro de sua própria rede em vários lugares do Mundo Azul; de quando em quando, o avô arrasta no chão de lajota as alpercatas de couro cru, alpercatas que, quando ele anda, batem a sola tesa nos calcanhares que, de tão endurecidos pelas caminhadas vida afora, se assemelham a cascos de burro. Agora vive assim, o avô, a se balouçar na rede, a pigarrear, a formar na testa encardida uma fieira de rugas horizontais. Se não está na rede, como agora, está no banco da varanda, a cabeça descoberta, as mãos enfiadas embaixo das coxas, o olhar perdido além dos animais na pastagem, além de sucessivas pastagens vazias, além da mata onde um olho experimentado talvez distinga a silhueta de claraíbas e bicuíbas e paus-d'alho e vinháticos e putumujus e perobas. O avô ainda forte, quase mudo, abrindo a boca apenas para comer ou para uma risada repentina, entregue por completo à contemplação e por ela absorvido e nela fortalecido, os filhos criados e distantes, mas que ainda aparecem um a um, como se obedecendo a uma secreta agenda entre si, para pedir-lhe ou tomar-lhe dinheiro à força, sempre que ele acaba de vender cacau. Por enquanto um desses filhos ainda não chegara do Sul, sem aviso ou qualquer outro tipo de anúncio, para se associar aos outros e decretar-lhe impedimento legal e vender-lhe a propriedade. O que sobrou deu pra alugar uma casinha pro velho em Itabuna, arranjar mulher que dele cuidasse, o que não o impediu de cair da cama e quebrar a perna e morrer logo depois consumido de desgostos. A casa não tinha varanda, não ficava no alto de uma colina, de seu banco ele não avistava a paisagem verde, cinzenta ou encardida, conforme fizesse chuva, sol ou tempo encoberto. Aquela paisagem que ele, seu neto, atravessou em parte ao chegar de visita à madrinha, quando então sentiu que os campos estavam apequenados, que as árvores perderam o porte e a fronde, talvez porque em vez de vê-las do alto, ele ousara com elas ombrear no vale.

A mão da madrinha avança, toca-lhe o rosto, simplesmente um leve e débil roçar de dedos. Está nodosa, tem veias escuras. A madrinha quer tocar no seu menino, sentir o calor do seu moleque. A outra mão, quase sem calos apesar das penosas tarefas caseiras que incluíam rachar lenha quando ele não estava e lavar e bater roupa na fonte, parecida com mão de moça ociosa criada entre rendas e laços de fita, aquela mão sopesou a trouxa de carne, como quem pega e considera o tamanho e o peso de um fruto ainda verde. Na concha da mão mais morna que a água, a trouxa de carne estremeceu e quis inchar.

– Vejam só o que aconteceu! Não é que peguei uma piaba!

A mão da madrinha fechou-se mais.

– Apenas uma piaba. Mas se eu fizer umas puçangas, ela vira logo um jundiá gordo e tesudo.

À noite comeram taioba cozida com traíra e a madrinha queixou-se das espinhas que era obrigada a catar, porque sua vista já não estava tão boa pra perto, ela via melhor a distância. Lavaram os pratos, pousaram a candeia no patamar da escada, onde não havia vento, mas assim mesmo a luz se inclinava e tremia como se fosse pender e cair, e não simplesmente extinguir-se. Sentados lado a lado, fitaram a escuridão que não tardou a se espalhar, sôfrega e molhada como tinta espessa nos restos de claridade do que já não era dia. Os campos submergiam no poço de trevas. Era como se eles dois, somente os dois, habitassem o mundo. Se não olhassem à direita, para baixo, e vissem luz filtrar-se pelas frinchas das janelas da casa do avô, estariam de fato largados no mundo negro, a madrinha e ele, ouvindo a noite, sabendo que além da noite, depois de léguas e léguas de terreno e de águas, estaria o azul – e que o sol do dia seguinte lhes devolveria o azul concentrado ao longe e diluído, perto, na quase brancura neutra de um sol ardente.

Ia passar três dias com a madrinha. De manhã, apanhou água na fonte, no pote de barro que, seguro por uma mão no ombro, largava respingos no rosto e na camisa quando ele pisava em falso. Depois do almoço, rachou lenha, capinou um trecho da horta, bestou pela capoeira atrás da casa. Pensou ouvir o toré, mas talvez fosse lufada de vento afunilado nas moitas de taquaras, nos catolés, nos buris. Deitou-se de barriga pra cima à sombra de patiobas, por uma fresta de céu acompanhou a lenta evolução de nuvens que desfilavam como vapores saídos de bico de chaleira. O céu estava azulado em cima, de um azul diáfano, quase aguado, e na terra embaixo, sobre a terra dura e seca, uma população inteira e invisível de insetos mexia, zumbia, segredava e chiava, fervilhante e ruidosa, uma débil trilha sonora em que era gravado, afinal e com prioridade, o silêncio maior da capoeira, que de tão denso também se fazia audível. Bastava para isso que ele apurasse os ouvidos, prendesse a respiração. Ar parado, calmoso, remansoso e profundo de meio de tarde, com o sol já pendendo e, no entanto, ainda bem focado. Ar denso, quase pastoso, que somente se esgueirava quando fendido pela quilha do súbito vento brando, o mesmo que abana a longos intervalos os leques das palmeiras catolés.

O mundo, do mundo, para o mundo, no mundo, ó mundo grande e besta, mundo dentro de mundos. Enfiou um talo na boca, mordeu-o, desprendeu a casca ressequida. O corpo ardia, comichões no peito onde duas pedras germinavam, dores nos sovacos, pontadas no estômago, estocadas no baixo-ventre. Arrancou a calça curta que não passava do joelho, tirou também a camisa, esfregou a pele nua no chão, sentindo o contato sedoso de folhas verdes, o toque áspero de folhas secas, o calor elétrico que subia da terra e parecia entrar nas veias como líquido injetado. A pele da barriga e das virilhas começou a porejar suor e ele tinha a sensação de que aquele gotejamento brotava de ocultas e misteriosas secreções orgânicas.

De noite, sentado à porta da frente, no patamar que era também o último degrau da escada, junto da madrinha, sentiu-se mais apaziguado, na sutil dormência o prenúncio de sono próximo. A flor-da-noite, pensou, já estaria aberta na parede do oitão; suas bagas vermelhas ornamentavam as botoeiras da noite. Colheu um odor de alfavaca cheirosa que aproveitava a tonificante aragem noturna para intumescer ainda mais as folhas carnudas – ou talvez fosse um cheiro do condimento ainda no seu estômago ou registrado ainda pelo céu da boca. A madrinha se encostava nele para resguardá-lo da friagem. Vaga-lumes acendiam inopinados pontos de luz, mais breves e instantâneos que relâmpagos. Abafados sons próximos: de maduros, tombavam jenipapos e cajás.

A madrinha com a trouxa de carne na concha da mão, vendo-a retesar-se apesar da água agora menos morna, diz naquele dia, naquela vez, naquele fim de tarde no terreiro:

– Vou ajudar você a dar de comer a esta piaba.

E riu.

– Sim senhor, é preciso, meu moleque. Do contrário, ela não cresce depressa. E quanto mais depressa ela crescer, melhor. Você já não foi ao tanque no jardim público da cidade, não viu que muita gente joga pedaços de miolo de pão aos peixinhos?

E continua a falar do mesmo modo chocarreiro, os dois mais uma vez sozinhos, perdidos e exilados e isolados no mundo aquém do azul das serras. A mão afrouxa, a palma começa a golpear de leve os culhões recolhidos, pancadas mais de afago que de dor e, no entanto, mais voltadas para a dor.

– Eu sei de umas artes certeiras que de piabas fazem jundiás.

Deve saber. Nos fundos de casa, na horta que é também pomar, a madrinha tem um dendezeiro velho de mais de quatro anos, pois está de cacho e os cocos parecem ananás sem coroa. Deles sai o óleo das moquecas. As raízes do cipó-de-imbé servem para estancar o sangue que as mulheres soltam pelas pregas nos seus períodos lunares. O cocão de florzinhas brancas é bom para dores de estômago. A coirana receita-se contra hemorroidas. Com as folhas dos chapéus-de-couro que crescem no seu quintal, a madrinha faz gargarejos e prepara banhos contra inflamações de garganta e úlceras. A raiz da alfavaca-carpunha cura mordeduras de cobra. A alfavaca-cheirosa melhora gastrites e cólicas. Pimentas ardem muito mais se uma mulher mija de cócoras na pimenteira. Cravo-de-defunto é planta boa para o peito e contra insônia; cozidas ou em infuso, suas flores curam resfriados, bronquites e tosses; as raízes e sementes são laxativas. Alfavaca comum não presta somente para dar gosto à carne: é remédio certeiro contra tosse e defluxo.

2

Depois de roçar-lhe a cara com as pontas dos dedos agora engelhados, a madrinha convida-o a sentar-se num dos bancos compridos que ladeiam a mesa do avô. Os pés da madrinha mal tocam o chão, e as chinelas suspensas balançam e caem, e ela ri e esfrega um pé no outro e parece envergonhada. Nessa mesa os três comem suas refeições quase sem dizer palavra; ela, que agora, depois de velha, mora com o irmão, o irmão que agora se balança na rede e arrasta as sandálias no chão, e a rapariga que o irmão, para grande escândalo dos filhos, trouxera de Estância, Sergipe, já velho, com a desculpa de precisar da companhia de mulher pra acender o fogo, fazer cuscuz, trazer água e lenha e lavar-lhe os pés na gamela antes de se deitar – e porventura outras necessidades e afazeres ditados não somente pela rotina caseira. Nessa mesa eles se abancam e comem e falam pouco, mesmo porque não há o que dizer, todos se entendem no seu mutismo e na sua rabugice, criando-se entre eles um substancioso relacionamento sem palavras, fortalecido pelo encontro direto à mesa de tábuas de jacarandá, para a caneca de café preto, a coalhada e o beiju com leite do quebra-jejum e a carne assada com recheio de toucinho no almoço e no jantar, ou então o ensopado de costela de boi ou a carne charqueada frita com pirão de leite ou paçoca de banana-da-terra e pimenta.

– Você já escolheu o que vai ser?

A pergunta repentina pega-o de surpresa. O que vou ser? Ah, a madrinha quer saber que tipo de doutor eu serei.

Caçador. Não. Matar somente em defesa própria ou como alimento os animais de casco e os viventes de pena e escama. Andarilho. Uma mochila às costas ou um picuá, uma espingarda, os pés em alpargatas de couro cru semelhantes às do avô, guiando-se pelo romper do sol e pelo sol a prumo e pelo sol descambado, recebendo a chuva e deixando-se lavar, talvez um cão rente aos calcanhares. Os cacauais onde gosta de se deitar e estender os olhos pelo bate-folha, vendo em cima as copas solidárias formarem alfombra de verde-musgo ou de róseos brotos quebradiços e lânguidos; a capoeira; o mato; a mata; o campo raso e largo. Perdizes, brados de acauãs, nuvens de anuns que se levantam de uma moita, limas-da-pérsia quase ocultas pelo capinzal, o ronco da trovoada, a água fria no leito de pedras onde o ribeirão faz uma curva, todos os sanhaços, a palmeira com que se tece japá, as diversas espécies de bagre, os cocos secos perto dos catolés ou no alto de seus colos, as bagas silvestres, a raiz, a cana e o ovo. Água de certos sumidouros no côncavo da mão ou colhida em folhas de cacaueiro. Fumo de rolo com seduções de caapora, invocações para afastar Anhangá.

Anhangá enviou-lhe um de seus vassalos. Sem aviso, sem anúncio ou prenúncio, sem o trovão que precede o raio ou a fumaça que denuncia fogo ou o olhar que entremostra cobiça. O caminho estendia-se caprichoso nas ondulações do seu dorso, qual serpente preguiçosa, e o bosque de cacauais parecia mais calado, com o seu inaudível fragor ainda mais petrificado e o seu secreto frêmito ainda congelado. O menino corria. Corria pelo gosto de varar a tarde, pela sensação do vento a bater no peito e escalavrar-lhe a cara com a lâmina afiada. Corria com as fraldas da camisa soltas; não pensava por enquanto em domar o ímpeto da sua investida, e apesar disso estacou de chofre, embora sem colidir com nenhum obstáculo. Estacou e estancou. Parado, sem se mover, sem mexer um músculo, sentindo apenas as vagas de sangue espadanarem nas paredes arteriais, ele concentrado todo nos olhos para fascinado ver à sua frente, diante de sua cara, a um palmo de distância, a maior cobra de todas as que já avistara. Pardacenta e esbranquiçada, ela se equilibra em pé, com as faces escancaradas e a língua bifurcada semelhante a uma raiz adventícia. Equilibrava-se, não; parecia um marco retorcido de concreto no caminho, ou um cipó grosso cuja ponta toca o chão e parece ancorado em definitivo no fluxo descendente da tarde. Com as suas cores desmaiadas, ela se dissimula nos tons monótonos da vegetação – e até mesmo contra as folhas ferrugentas que atapetavam o solo. É uma jararacuçu, ele pensou. Uma jararacuçu de uns oito palmos, dessas que armam o bote sem aviso e são muito peçonhentas. Esta, então, é a pior de todas porque tem a ponta do rabo branco e se ela me picar agora, se fizer um movimento rápido e me picar, eu não consigo chegar em casa de madrinha para lhe pedir uma de suas puçangas. A cobra imobilizada na tarde sem vento, ele imobilizado em frente, a se olharem, pasmos, entre uma e outra cabeça um palmo de distância. Olham-se mais, parecem encantados. Até que ele sai do estupor e evita os olhinhos malignos e retrocede um passo, mais um, outro passo, uma pequena corrida de costas. A cobra não se move. Desvia-se e mais adiante reencontra o caminho. Olha para trás. O marco branco e pardo continua no mesmo lugar e na mesma postura. Visto de longe, por trás, parece uma bengala das de cabo recurvo. Não se benze, não rende graças a são Bento. Sente apenas alívio e vergonha e decide que a ninguém contará o episódio, porque ainda não sabe narrar como fazem os mais velhos, com efeitos dramáticos, e assim os mais velhos não lhe dariam o crédito devido. Melhor esquecer, pensa. Mas não esqueceu, jamais esqueceria ao longo de sua vida aquele ato que lhe parecia agora uma dádiva. Somente com a experiência dos anos e de jornadas pelo azul, que refluíam o azul para além do Mundo Azul, ele explicou a si mesmo aquele sentimento de alívio. Sim, o alívio de ter escapado à mortal armadilha tecida no ventre da solidão por Anhangá, que enviara a cobra para carrasco arrependido do menino corredor. Aquele perigo maior, a cobra, aquela manifestação de mal supremo, a cobra que se alteia para picar e matar, queria apenas dizer que ele fora escolhido para viver e sobreviver, brigar e amar e odiar e perdoar conforme a circunstância de seus orgasmos interiores; para durar muito, fertilizar mulheres, gerar filhos; para acumular sabedoria e amolecer o coração na prática da piedade e paciência e tolerância. Talvez porque os elementos e os seres espalhados no bosque de cacaueiros, dissimulados ou tão visíveis que ele não os pode então enxergar, nele identificassem o amigo, o companheiro, o aliado e o conspirador. Mais que isso: o crente, o peregrino que desde o seu amanhecer retorna cheio de reverência às fontes da vida – e se purifica e se apazigua.

Alho-porro é bom diurético, dizia a madrinha, que vertia água, de cócoras, arrepanhando a saia e a anágua até quase o meio da cintura, no oitão da casa ou na beira dos caminhos ou atrás de um tronco de árvore que mal a ocultava. Ela, que lhe pedia para catar folhas de erva--cidreira ou apanhar flores de sabugueiro ou lâminas de capim-santo ou folhas verde-escuras de laranjeiras para o chá sorvido antes de deitar, em goles lentos. Precisava acalmar os nervos. O chá era o último ritual da casa, servido em xícaras de louça fina com desenhos castanhos, de um fumegante bule de estanho. Madrinha se inclina para enfiar-lhe na boca bolachas de água e sal, bolachas de coco, biscoitos em forma de tubo, polvilhados com açúcar. Somente depois do chá é que vistoriam a casa, fecham portas e janelas e ajustam as trancas transversais, se beijam e vão para a cama. Só dormem juntos nas noites de frio: madrinha friorenta, sacudida por espasmos, agarra-se nele, sente-lhe a mão muito fria e entala esta mão entre as coxas que têm quentura de ninho. As coxas apertam-lhe a mão, os tremores causados pelo frio aumentam.

– Lavou a piaba? – ela pergunta às vezes, em meio aos preparativos para a travessia da noite.

– Lavei.

– Lavou mesmo?

– Lavei, madrinha.

– Quero ver.

Madrinha lhe desabotoa a calça, colhe a rola na mão, com o polegar e o indicador recua a dobra elástica.

– Menino sujo.

– Mas eu juro que lavei!

– Lavou por fora, moleque. Por dentro é sujeira só. Agora, venha cá.

Esquenta água, põe água aquecida na gamela. Ele aguarda em pé, de olhos fechados. Madrinha aproxima a gamela e, com uma caneca esmaltada de azul, começa a limpeza. A água bate na rola, e ele grita. Está pelando. A madrinha segura-o com firmeza.

– Limpeza é isso. E depois, é preciso ajudar a piaba a crescer. Mais tarde você me dá razão. Está vendo como inchou com água quente? Está quase um jundiá...

A noite envolve a casa em muralhas de escuridão. Quando ele apaga a candeia, pousando-a no tamborete ao lado da cama, passa a sentir o cheiro acre de querosene, pavio e fumaça, é como se houvesse tombado num poço sem fundo. Tem antes o cuidado de deixar a caixa de fósforos ao alcance da mão. Quase sempre o sono vem logo, é um deitar e um acordar, um anoitecer e um amanhecer, a sonolência e a amanhecência. Mas, de quando de quando, custa a dormir, rola na cama dura, acende o candeeiro, destranca a porta e sai para a pastagem, evitando pisar nas bostas de boi. Urina no capim, senta-se na escada, vê a madrugada borrifar de leite o negrume então em retirada. Ou simplesmente deitado, as mãos cruzadas sob a nuca, se deixa ficar, estar, ser, prosseguir. Dói-lhe o corpo por várias intumescências.

A voz da madrinha estremece-o da cabeça aos pés.
– Você não dorme?
– Perdi o sono.
– Eu também.

Conversam de cama para cama, através da parede.
– Estive pensando uma coisa, madrinha.
– O quê?
– Vou plantar roseiras no seu jardim.
– É bonito.
– Amanhã mesmo eu começo.

– É.
– Peço mudas ao meu avô, trago bulbos e sementes lá de casa.
– É.
– Você gosta?
– Gosto. Mas não é ocupação de homem.
– Por que não?
– Onde já se viu homenzinho taludo cuidar de flores?

Ou então, em vez da conversa dentro da noite, o abraço. O longo abraço na cama larga, o aconchego que termina em convulsões e deixa uma incompleta sensação de dor e ânsia. Lençol amarfanhado, os suspiros da madrinha, a insônia da madrinha que a faz levantar, tatear os fósforos, acender a candeia, andar pela casa, preparar um bule de chá de erva-cidreira.

As mudas de rosas brancas e vermelhas pegaram na terra afofada onde ele misturou estrume de boi. As dálias foram mais rápidas e, antes que as rosas abrissem, elas já mostravam o amarelo de açafrão e o vermelho vivo. O craveiro-do-campo cheirava por todas as suas flores roxas. As cravinas brancas competiam com as róseas, as escarlates, as castanho-escuro. Até que, afinal, as rosas cumpriram a promessa de emergir de seus pequenos botões e atrair insetos que zumbiam ao redor. Os beija-flores preferiam as carnudas flores semelhantes a funis e copos e taças propícios à penetração. Cultivou um canteiro de botões-de-ouro, outro de chapéus-de-couro de um pardo aveludado. E pendurou perto da taramela da porta dos fundos uma latada de onze-horas.

Madrinha, recostada à janela, segue-lhe os movimentos: os braços que arremessam a enxada, os pés que esfarelam torrões, o corpo dobrado no esforço de cortar com o tesourão, as mãos sujas de estrume que ele espalha nos pés das plantas para que cresçam mais e floresçam e seu perfume sufoque o cheiro forte de bosta de boi e de fezes de cavalos.

– Venha cá.
– Agora?
– Venha cá.

Arria-lhe a calça, rodeia-lhe os culhões com uma fina tira de couro, aperta-os numa trouxa única; a madrinha enraivecida puxa-o assim sujeito por toda a casa e, de vez em quando, num arranco, ameaça partir-lhe a carne comprimida. Por fim, o amarra nu a um portal.

– Já falei que homem macho não cultiva flores. Pois agora aguente aí. Pelo menos sua rola incha e cresce.

De onde está amarrado, ele ouve a madrinha roçar--se e gemer na quina da mesa.

3

Este velho relógio de parede trazido de Sergipe quando o avô demandou terras ao sul é o aparelho de som da casa. Bate os segundos com seca cadência de cutelo, desatarraxa a cascata das horas e, ao longo do dia e da noite, confirma ali a presença de vida. Só dão por sua existência quando a corda termina e se faz preciso alimentar-lhe o mecanismo. Então o avô sobe a um tamborete, abre a caixa e encaixa no orifício uma chave grande e escura cheia de arabescos. O relógio volta logo a cantar, o pêndulo à esquerda e à direita no seu balouço que tem alguma coisa de sinistro e de pressago, como se marcasse minutos e segundos antes da degola. Para que relógio assim tão grande, assim antigo, assim ruidoso naquelas vidas pantanosas, naquelas águas paradas embaixo do limo? De que serve o velho relógio com os grandes algarismos romanos, se para saber que hora é, sem a necessidade de contar minutos, espreitam da varanda a passagem do ônibus, a empoeirada marinete dos tabaréus?

Diante da madrinha, soletrando no rosto da madrinha todo um alfabeto de vincos e dobras e rugas, ele assina e atesta a passagem do tempo, o certeiro fluxo de horas, minutos e segundos, até que da fonte da vida reste somente o carunchoso leito. O avô deixou a rede; agora está ancorado no alpendre. De vez em quando, sai dos seus cismares para gritar uma ordem, chamar o capataz Neném, destacar um dos dias no bloco da folhinha que informa também a formação e transformação das luas. A folhinha está pendurada na parede, por cima da escrivaninha com tampos de prata que a falta de polimento escureceu. Mostra uma cena campestre, um rio cruzado por uma ponte em arco e, ao fundo, uma casa entre canteiros de flores. Embaixo, o exaustivo calendário dos meses e do ano. O avô e sua rapariga se esquecem de atualizar o calendário. Se alguém destacar uma folha; talvez apareça, em vez do número preto do dia do mês, um número em vermelho: o domingo, o feriado cívico ou a data religiosa. Então o avô saberia que precisa soltar foguetes, pensar nos destinos da República, acender uma vela, sugerir que a mulher vá colher flores frescas para o altar na sala dos santos. Mas eles se esquecem de observar a passagem dos dias, da mesma maneira que esquecem o relógio, como se o atropelo das horas viesse em surdos sussurros de um mundo morto. As pancadas do pêndulo tão fundamente gravadas no celuloide de suas vidas que o ouvido as registra sem provocar atentas surpresas. Apesar da corda que o faz trabalhar com espantosa regularidade, determinado e seco como afiado cutelo, o pêndulo sonoriza a casa-grande sem interferir na rotina de silêncio, embala a modorra em que as tardes, principalmente depois que o sol se abranda e prepara o anoitecer, se espreguiçam, cada vez mais lentas, mais pesadas. Um boi muge. Relincha um cavalo. Então, toda a cena imobilizada entra em movimento, como no cinema, e o que parecia retrato amarelado readquire cor e as pessoas se mexem e falam, e nesse cenário de chofre reanimado ouve-se nitidamente o bater do pêndulo e se percebe que o bloco da folhinha marca o dia certo, que estamos no quarto minguante e o santo do dia tem nome estrangeiro. O ônibus está atrasado. Ainda demora porque antes de entrar na curva costuma formar uma nuvem de poeira que o antecede e o denuncia – e não há sinais ainda de tempestade de pó. Se alguém quiser pegá-lo, não precisa correr. Basta descer a colina de grama em passo normal e, assim que a nuvem rodopiar na curva da estrada, abrir a cancela e esperar. Somente então verá que a nuvem principal já passou, verá que o ônibus amarelo parece tangê-la com a água quente de seu agoniado carburador.

A mesma saia. Não, a mesma saia apenas no tecido e na padronagem e no corte.

Em sua honra, a mesa nua recebe toalha rendada que saiu sem dúvida da arca porque recende a naftalina. Também se sente um cheiro de anil e de coradouro batido de sol. O avô sai da varanda e ocupa a cabeceira. Baixo e grosso, pele cor de cobre, barba branca que ressalta o tisnado do rosto como certas madeiras brancas, especialmente o oco das embaúbas, ressaltam nas queimadas. O avô mexe os beiços como se fosse falar, como se recitasse para dentro de si uma ladainha comprida. A terrina fumega com a sopa de verduras, eles comem com muito cuidado, a vista baixa, quase com receio de tocar o talher na borda do prato, no fundo do prato, e provocar tinidos indesejáveis. Eulália, a rapariga do velho, tem cara escura e franzida de múmia; seu olhar esquivo pousa nas pessoas como pássaro assustado que mal arrisca uma bicada e já levanta voo. Semblante triste, fala arrastada, talvez fosse mais expressiva se figura de cera representando o sofrimento de certas castas de mulheres. O avô trouxe-a de Estância, e ela conserva os hábitos, mais que os hábitos, os vícios de seus tempos de mulher--dama: economiza alimentos, guarda sobras, requenta carne assada com recheio de toucinho branco, que fica mais gostosa no passar dos dias, vende ovos de suas galinhas, vende o excesso de leite, entesoura dinheiro em lugar escondido. Sim, Eulália sabe que os filhos do velho não toleram sua presença ali. Sabe que assim que o velho fechar os olhos um deles lhe ordenará de dedo em riste: "Arrume a trouxa agora mesmo."

– Não quer mais salada? – ela pergunta.

– Já comi bastante.

– Ponha mais. São legumes frescos ali da horta. Estão melhores que a carne.

Ele se serve de alface, chuchu, repolho, quiabo e maxixe. E pensa – enquanto vê o avô comer em silêncio, com a cara pendida sobre o prato fundo – que Eulália ficaria melhor de preto. Um pano preto de luto, não dessa tintura preta que na sua densidade parece até festiva, mas o negro ralo e fraco dos panos com que os pobres se cobrem para se fazer enlutados. Assim enlutada, com o rosto pregueado de múmia mal conservada ou velhice precoce, Eulália poderia figurar num coro de mulheres de sua condição. Juntas, recitariam ao mesmo tempo, numa encosta nua e pedregosa fronteira ao mar: "Viver é sofrer, viver é sofrer, viver é sofrer." Eulália sonha com sua volta a Sergipe, onde decerto irá morar numa casa de ponta de rua, rua de casas iguais de paredes-meias, calçada de pedras desiguais ou simplesmente de chão, onde o sol arranca penosas claridades, casas escuras que lembram câmaras mortuárias.

Ouve-se ao longe a pesada respiração convulsa de um motor. O avô está cansado de saber que é o ônibus do meio-dia, mas ainda assim se ergue, vai à janela, encomprida os olhos:

– A marinete está atrasada hoje.

Somente agora eles associam o atraso às doze pancadas sonoras do relógio que ouviram sem perceber.

– Não ligue para os modos dele – diz Eulália. – Agora anda assim, distraído. Quase não fala.

— Sei.
— Se embalança na rede, dá corda no relógio, fica sentado o dia inteiro no alpendre, olhando os matos.
— Não fiscaliza mais as roças?
— Olhe, pra lhe ser franca, ele sai muito pouco. E ainda assim não demora. Diz que está tudo em ordem, que Neném zela por tudo.

O avô ignora que falam a seu respeito, levanta a vista e afasta o prato.

— Estou feito e satisfeito — diz, repetindo uma frase que julga engraçada.

Madrinha ainda come com o olhar perdido. O fogo desertou-lhe os olhos; restam neles chamas mortiças, luz baça de vela que ameaça expirar, às vezes o rápido traço luminoso de um vaga-lume que interrompe o brilho. Come com os dedos. É sua última mania. Sem olhar para os dedos, absorta, forma com as polpas bocados de alimentos, em forma de pãezinhos que leva à boca e mastiga. Talvez não mastigue mais, ele pensa. Se ainda tem dentes, serão poucos, nos cantos da boca. Acostumou-se já a deixar que os bolos de comida na boca sejam amolecidos pela saliva antes do seu esforço de engolir.

— Está um homem — diz a madrinha.

Parece retomar um diálogo interrompido, mas não se dirige a ninguém.

— Ora, vejam: está um homem.

Eulália olha-o e faz um sinal com o beiço, como quem cobra: "Não lhe avisei? Estes dois aí já caducaram."

O dicionário volumoso que o avô guarda em cima da escrivaninha deve conter pelo menos cinquenta mil vocábulos. Há quanto tempo não o consultam? Aberto, revela finos buracos de traças. Se ele abrir no M e procurar o significado de *morte*, verá que a palavra vem ilustrada pela repelente figura de um esqueleto em esvoaçantes vestes alvas e empunhando foice recurva. E saberá que rafa é o mesmo que fome e que rafado quer dizer faminto. Entre as palavras e locuções latinas que o dicionário registra, duas terão força para se esculpirem em sua memória: *amor omnia vincit*, e isso é de Virgílio, e será verdade? *Sol lucet omnibus*, e isso ele não sabe a quem atribuir – e será verdade também? Abriam o dicionário de tempos em tempos para batizar pessoas e cães, e com maior frequência para compor e tentar decifrar charadas novíssimas e casadas, e alguém precisa explicar direito a predileção por nomes bíblicos, como Raquel e Pedro e Moisés e Zacarias, que, salvo manifestação de uma religiosidade mais admitida que praticada, mais recôndita que presente em práticas e rituais, e que faz da Bíblia o Livro dos Livros, talvez denunciem alguns cristãos-novos no tronco da família a estas plagas transplantada. Mas para o menino que o folheia muitas vezes e que o lê com esforço e na maior parte das vezes percorre laboriosamente as páginas apenas para se deter nas gravuras, o dicionário é sobretudo um meio de transporte rápido e sedutor que o leva a Cádiz, ao Havre, ao Porto, a Marselha e a nevoentos portos do Báltico e a entrepostos holandeses e ingleses espalhados pelo Oriente e a ensolarados portos do Mediterrâneo, incluindo o Pireu; portos que nas estampas em preto e branco ressaltam barcos, mastros, armazéns, avenidas, catedrais e universidades, figuras que, no entanto, são diferentes, embora representem os mesmos objetos, como se desenhados de propósito por outra mão que utiliza outra perspectiva e pretende dar enfoque novo a uma cena igual, para que o observador perdido no tempo e deslocado no espaço veja também ali um azul denso de distância, de aventura e de apelo, tão forte nos movimentados portos de cidades austeras onde se concentra o saber, quanto em vilas e aldeias de Portugal. O Mundo Azul, como ele e a madrinha tinham batizado, e onde o viajante, logo ao chegar, veria o azul mais adiante, nas brumas do Mar do Norte, nas planícies da Sibéria e da China, no mistério ocluso do Mar Morto.

A casa cochila mal se inicia a tarde. O relógio canta como brinquedo pendurado em varal de berço. As sombras ainda estão distanciadas nas matas e nos brejos que a vista alcança; tardarão a encobrir o armazém à margem da estrada, criando à sua chegada, por cima da grama, até onde a luz desenha a projeção da casa-grande, um fresco refúgio de beira de fonte. Dali parecem-lhe vir sons compassados e compassivos de guitarra. Acaso uma moça trigueira com jeito e ares de cigana toca variações em torno de *Guárdame las vacas*? Ou uma transcrição de Domenico Scarlatti? Esfrega os olhos espetados pela claridade, a visão borra-se e os sons esmaecem, substituídos pelo rumorejar de uma brisa súbita em moita de taquaris.

O avô ainda não ocupou seu lugar no banco para fitar as lonjuras. A madrinha se recolheu ao quarto, cuja janela se abre em duas bandas para um canteiro de cravos e bogaris. O avô mexe e remexe nas gavetas da mesa da alcova onde todos sabem, especialmente seus filhos casados e distantes, que ele guarda montes de cédulas (algumas bem gastas, quase rotas) – dinheiro de antigas economias, dinheiro da venda da última colheita. Da alcova ele saiu um dia a correr, ameaçado pela pistola de um dos filhos que precisava com urgência de sete contos de réis; as alpercatas batiam nos calcanhares, estalavam as folhas secas que elas pisavam como cascos em fuga, o mato debruçado sobre o caminho retornava à posição primitiva, depois de aberto pelo corpo do velho em disparada. Chegou esbaforido à casa do vizinho, seu genro, a quem costumava ouvir em momentos difíceis que exigissem habilidade e cálculo. "Só faltava botar o coração pela boca", disse a mãe do menino.

4

A mãe resmunga pela casa: "Negra, faça isso. Negra, faça aquilo." Mandona, cobradora, fiscal infalível. A negra Ana acorda às vezes antes que as aves saltem do poleiro e rodeiem a casa em busca da ração de milho, vê se a talha tem água, acende o fogo soprando com as bochechas e atiçando o abano de palmeira, põe a chaleira no fogo, mistura massa para o cuscuz, frita ovos. Depois do quebra-jejum na mesa nua de tábuas encardidas, o pai se enfurna nas plantações, de onde o tiram após insistentes brados para o almoço, que pode ser bacalhau de barrica ou carne de sol.

– Negra preguiçosa! – a mãe resmunga.

A negra Ana emenda os trabalhos de cozinhar a primeira refeição com o preparo do almoço, depois lava os pratos, depois tem roupa para cuidar no coradouro, depois vem a sessão de costura e chega o momento de pensar na ceia.

– Negra atrevida! Está caindo de tanta preguiça, só trabalha debaixo de muito mando.

Nos intervalos de suas fiscalizações, a mãe lê, mexendo os beiços, como quem soletra, *A vinganga do judeu*, comovente romance de amor além-túmulo que tem uma personagem chamada Valéria, ou então devora os seus fascículos semanais de *A desventurada Margarida que o próprio pai desgraçou*, entregues por um mascate que abre o baú farto no alpendre e vende miudezas, a começar por agulhas e novelos de linha e a findar na literatura engraçada dos folhetos de feira e dos enredos lacrimosos em fascículos.

Menino por perto, ciscando como quem nada quer, sempre quer alguma coisa. Consente em levantar a vista, carrega no olhar:

– O que é?
– Vou sair.
– Pra onde?
– Pela roça.
– Pensei que fosse à casa de sua madrinha...
– Hoje não.
– E por quê?

147

— Já vi a madrinha na semana passada.
— Pois vá ver hoje também. Tenho recado a dar.

Muitos os caminhos que dali partem, do terreiro atrás da casa, em várias direções, descendo ou subindo ladeiras rumo aos pontos cardeais e colaterais. Um caminho é sempre uma expectativa: pousa-se o pé no seu traço, por mais apagado que este seja, e pergunta-se para onde vai, que paisagens e cenas e cenários promete, que gente e casas e arruados mostrará, que outros caminhos cruzará e o que nos espera do outro lado ou na outra ponta, se lá chegarmos. Um caminho é um mistério a desvendar. Até mesmo visto de cima, como ele os veria muitos anos depois, pela janelinha do avião, no Brasil Central e na Serra do Mar e em pradarias americanas, caminhos são cobras ondulantes, cheios de botes e negaças, de meandros e retas extensões, às vezes largos como estradas reais socadas pelas rodas e cascos e pés e tacões, outras vezes apagando-se no seu débil risco, quais rastros fugazes. Um caminho será sempre um convite; mais que isso: chamado, instigação. Caminhos e rios se parecem: existem para desafiar estados de repouso e indiferença, e significam, na sua contínua fluência, a certeza de que as rotas prosseguem para o desconhecido — e assim há de ser, amém.

Um desses caminhos, ele sabe, desemboca após jornada de uma légua em Rua de Palha; sai da curva orlada de cacaueiros e penetra de inopino no arruado, como se não houvesse sinais de mudança lenta da roça para a rua, como se a rua surgisse de repente como clareira em mata fechada. Já fez aquele caminho, já despertou com sua passagem pelo pó mal acamado ou pela lama visguenta os olhares interessados de moradores que chegam à porta de suas casas para o ver passar, chamados não se sabe por quem, ou se pelo alarido de cães, ou então se imobilizam, se surpreendidos à porta; empurrou cancelas, atravessou pastagens, passou por entre duas fileiras de arame farpado, desviou-se de tropas, penetrou em matas quase lacradas e em bosques espetados pelos raios oblíquos de sol; e viu no arruado mantas de carne seca e de carne de sol e toucinho estendidas em pranchas de madeira à entrada dos armazéns de secos e molhados, barracas com carne verde, casas cujos fundos instáveis entram quase nas águas escuras do rio, mulheres com perebas nas pernas, cães engatados na praça, sob pedradas de moleques nus, a farmácia e a cadeia e o salão de bilhar.

Outro dos caminhos que partem da casa, como se a casa fosse uma nascente e seus arredores uma bacia hidrográfica, não ultrapassa o morro próximo; depois de se desviar de uma fonte que se resume a uma coroa de água azulada ou a um abrolho, por causa das folhas secas que a entopem, o caminho morre em solo pedregoso, dali desvenda pastagens nos tombadores, mostra a casa de onde um homem devoto de São Pedro, por se chamar Pedro, solta uma vez por ano rojões violentíssimos cujas flechas e tabocas o menino encontra no dia seguinte espetadas no chão da encosta. E mais outro que indica em capoeiras só do menino conhecidas a cuieira que lhe dá o fruto para ser serrado ao meio e transformado em duas cuias. E aquele caminho que passa pelo pé de ubá, de onde um dia talvez ele tire madeira para arco e flechas, como faziam os índios antes de serem desapossados da terra.

Este que demanda a Baixa Grande desce transversalmente a uma ladeira coberta por folhas secas dos cacauais e se estende depois pelo vale, por vezes sinuoso, quase sempre determinado. As copas dos cacaueiros se fecham em cima, criam um vazio de túnel por onde embarafusta o vento. Solo seco nas partes mais altas, umidade que recende a frescor nas baixadas mais sensíveis, uma capoeira, um capão de mato e, de súbito, como se o caminho se prestasse apenas a isso, trilhado com aquela justa finalidade – a fonte na capoeira de mato ralo e arbustos. Aquele caminho prossegue, desemboca adiante nas pastagens do avô, e, no entanto, parece à mercê da fonte, seu tributário, como se ali desaguasse todo o seu volume de expectativas. Um dia desses, ele trará um facão do pai; com cuidado, antes da hora em que elas tomam banho, abrirá uma picada, sem ser visto, em seguida disfarça a picada e se entrincheira atrás de um tronco, na margem dos fundos da fonte. Mudo e silencioso na tocaia qual pataxó que aguarda a passagem da caça. E espera assim que as suas presas, as suas reses, as suas bestas bravias, as suas éguas, as suas ovelhas, as suas cunhãs gentis tirem a roupa, primeiro o vestido que será puxado pela cabeça, depois o sutiã que, afrouxado, faz os peitos pularem à frente e tremerem até obter o repouso de sua pulsante ereção, enfim a calçola que descobre o pequeno campo de pelos eriçados e emaranhados, uma vegetação rala a caminho do brejo, sem falar nas duas metades gêmeas da bunda retesa. As três donzelas ali, na intimidade de um isolado fim de tarde, nuas, se lavam e se ensaboam, vibrantes. As ninfas. As náiades transpostas das fontes de mármore da Antiguidade para os mananciais da Baixa Grande.

 A fonte emerge em primeiro plano, calmosa, redonda e límpida – mas com os corpos que se despem e as moças brancas que lhe povoam as margens, um pouco envergonhadas entre si, esta deitando uma palma ao peito florescente, outra aos vazios das virilhas, a água remansada passa de primeiro plano a fundo espelhante. As formas alvas são as primeiras figuras de cena, as que logo atraem o olhar, não apenas porque estão nuas e conscientes de sua nudez mas também porque se movem, se abrem à carícia morna da brisa como a uma língua sôfrega, se fecham a supostos arrepios, como leques em gesto estudado de damas altivas. A claridade do céu lhes chega através dos matos que se afunilam para filtrar os rigores do sol e banhá-las então de um lívido palor idêntico ao do relâmpago sem trovão, e reveste a nudez dos corpos com uma túnica transparente e nem por isso menos visível; uma túnica de tarde em ocaso que, antes da água envolver-lhes os corpos, já escorrega pela pele, do rosto à planta dos pés, e se espraia sem rumor e sem pressa, como bálsamo; depois, a água, menos fluida e mais aconchegante, se fecha sobre as formas lisas e redondas, ajusta-se a todas as reentrâncias com aquela capacidade que tem a água de penetrar logo, de encher vazios; as moças se levantam e a água escorre pesarosa de suas partes escusas, pesarosa e mais lenta, mais densa, talvez mais viscosa. Aos poucos a luz amortece, torna-se baça, qual vela que apenas dissipa trevas bem próximas, e, no entanto, arde para chegar mais longe; então os tons da aquarela mudam: em vez de corpos que recebem luz filtrada e reflexiva de finos vitrais, ele vê os corpos se mancharem de sombras de galhos, de movediças sombras de ramos que, na primeira agitação do entardecer, parecem fustigar as mulheres, tocar suas carnes e fendê-las com estocadas a esmo.

Mas isso foi depois, dias depois, quando ele resolveu abrir a insuspeitada trilha até a fonte e armar a tocaia, à espreita de suas ovelhas, de duas brancas bichanas. Agora pensa apenas na fonte e no reflexo da fonte e nas ninfas ou náiades que podem aparecer a qualquer momento. Agora ele reconhece outra vez a descoberta especial daquele caminho que, no entanto, em vez de findar ali, na fonte, satisfeito com o seu clímax, se encomprida monótono e banal até a casa do avô, até a casa da madrinha.

– Ah, o ingrato – diz a madrinha.

Ele não responde. De onde está, junto à janela da sala, seus olhos se dirigem ao âmago do azul longínquo.

– Não vem mais me ver... Uma semana inteira longe da madrinha querida...

A mão da madrinha bate-lhe no rosto: um gesto de carícia? Um tapa disfarçado?

— E só veio hoje porque a mãe mandou, tinha recado pra mim.

Outro tapa que ainda parece carícia.

— Mesmo assim, aposto que parou no caminho.

Puxa-o por um ombro, obriga-o a encará-la com firmeza, segura-lhe o queixo na palma da mão recurva em forma de garra.

— Um passarinho me disse que ele parou mesmo na fonte. Que ficou uma hora inteira espiando as moças, puxando conversa com as moças. Ah, o ingrato.

A outra mão arria-lhe a calça, segura a trouxa de carne. O laço de couro fino está pronto, rodeia-lhe os culhões, e aperta-os, a mulher o obriga a deitar no chão.

— Quieto, moleque. Não adianta gritar. Agora você me paga.

Um pedaço de sola aparece na mão direita da mulher, que começa a malhar a rola inchada.

— É melhor que água quente pra inchar piabas.

Sexta-feira não tarda, ele pensa. De noite eu corro o risco de virar cachorro doido, sair de casa aos uivos, querendo beber sangue. Sob os golpes ritmados da sola, a rola intumescida torna-se aos poucos dormente, um fio de sangue brota de um vaso no cabresto. Então ele livra um dos pés e atinge a madrinha no ventre. Ela cai de costas, consegue sentar-se e olha-o arquejante, sem dizer nada. A curta distância um do outro, no chão de tijolos da sala, eles se encaram, respiram pesadamente. Aquela mulher, a bruxa, a cobra grande. Se levanta por fim, enfia a calça perto da janela.

— Espere — diz a madrinha.

Ele avança para a porta.

— Espere — insiste a madrinha. — Tenho de responder ao bilhete de sua mãe.

Entra no quarto, abre a gaveta, volta com uma cédula de valor médio.

— Tome.

Ele continua parado junto à porta.

– É sua. Pode pegar.
A cédula é nova, das que estalam.
– Lembrança minha – ela continua. – Um presente. Você compra o que quiser, discos ou roupa.
Ele se vira e desce a escada.
– Espere – grita a madrinha.
Entra outra vez no quarto, volta com um maço de cédulas que não teve tempo de contar, que pegou a esmo no fundo da gaveta.
– Volte. Tome. É seu.
Ele dá-lhe as costas e desce o caminho pela pastagem que chega até a estrada abaixo, depois de se desdobrar em sucessivos patamares.
– Moleque!
Olha para trás, por cima do ombro.
– Pegue aqui. É todo seu.
Continua a andar. Não olha mais para trás. Não vê o vulto da mulher recortado no crepúsculo como silhueta forte, a mão ainda estendida, ainda apertando o maço de cédulas.

5

Também hoje é crepúsculo na casa do avô. Ou melhor, está prestes a anoitecer, a noite já prepara o seu agasalho como as aves que se dirigem ao poleiro e os ruminantes bois lentos rumo ao curral. O homem que a madrinha considerou "feito" tem a impressão de que o avô no banco do alpendre bebe o pôr do sol em goladas; alguns respingos de poente tingem-lhe a barba branca de penugem de algodão. A noite desce pantanosa e alagadiça, afoga os cacauais, se alastra pelos campos rasos de Baixa Grande.
Faz as despedidas. A visita terminara. Desce o caminho da pastagem, para e olha para trás: a noite já envol-

ve o telhado, não tarda a engolir paredes e alicerces. Os três vultos no alpendre – avô, madrinha, Eulália – parecem figuras de papelão na boca de cena de um impossível teatro perdido no tempo e armado em local ermo. Acena para eles. Não respondem, talvez porque não o vejam ou não lhe entendam o gesto de renovado adeus.

Agora ele ombreia com as árvores da baixada que o excedem de muitos metros, mas ainda assim estão fora de foco, diminuídas, apequenadas, de porte e fronde menos sobranceiros. A noite parece suspensa por um fio, prestes a tombar qual negro pano de fundo. De onde está, no meio da baixada, em busca do seu destino, o visitante olha outra vez para trás, e por breve momento tem a impressão de distinguir no negror que já cerca a casa do avô a densa tintura do Mundo Azul.

Amanhã (e amanhã, e depois, sempre amanhã), de mais longe, verá que o azul ali concentra de fato toda a sua intensidade.

(*O grito da perdiz*, 1983)

O GRITO DA PERDIZ

Son vol lourd et ronronnant...
Fernand Nathan

Antes de chegarem à barranca do Rio do Peixe, passaram por um pacífico rebanho de carneiros australianos. A erva farta e verde, bem tosada pelo gado, juntava-se aos carneiros para criar uma civilizada cena campestre de toque inglês.
— De quem é isto? — perguntou Pedro.
— O ovelhame? — disse Cazuza. — É de um graúdo aqui do Rio de Contas.
— Ele vende lã?
— Não sei. O que sei é que de vez em quando manda matar um pra comer assado. Gosta muito de *viúva* de carneiro.

O cão Esparro, mestiço de *pointer* com vira-latas, lançou ao rebanho um olhar remelento e fosco de cão que faz a sesta em alpendre ensombrado. Tinha traços de sua origem espanhola: orelhas caídas ao lado do focinho, cabeça grande, passo furtivo e espinhaço ondulante.

Cazuza ia à frente. O mato começou a se entrançar, a mostrar carrapichos e taquaris, vassourinhas e tiriricas que às vezes parecem sufocar o capim. O dia mal nascido ainda estava turvo; quatro e meia, cinco horas? Nenhum dos homens olhou o relógio de pulso. Andar de relógio no mato já era afronta; imagine-se então consultar o tempo no mostrador e não pelo cheiro do ar, pela posição do sol. Nos rumos da barranca, o capim brotava mais viçoso, mais fechado, em solo de areia irrigada. Saíram das moitas e destaparam o rio.

— Está mais magro — disse Pedro.
— Ora essa — disse Cazuza. — Estamos em agosto, homem. Em dezembro ou janeiro é que ele pega água grossa, das cabeceiras, nas trovoadas de verão. Bonito de ver. A correnteza traz nenúfares.
— O quê?
— Nenúfares.

Pedro riu. Cazuza coçou a testa — e riu também. Ia atribuir os nenúfares ao testemunho do dono daqueles campos, por nome Euclides Neto, quando o outro puxou-lhe a manga.

— Ali.
— Onde?
— Na outra margem.

Cazuza viu a moita ondular.

— Aposto que é capivara.
— Tem capivara aqui?
— Tem muitas. O homem não deixa matar, caça de pelo está proibida. Quer ver como as bichas andam gordas?

Atirou um pedaço de pau. O mato emudeceu e se imobilizou; em seguida, como se estivesse solto, como se uma força poderosa o carregasse no lombo, o mato estalou e se esticou todo, parecendo andar aos saltos, até que de dentro lampejou um animal comprido e robusto, de pelo arruivado, que logo se enfiou na água e sumiu, seguido por mais dois. O cão nem teve o trabalho de latir.

Pedro acendeu um cigarro.

— Daqui eu não errava — disse.
— Guarde sua pontaria para as perdizes — falou Cazuza.

Tiraram as botas e arregaçaram as calças para vadear o Rio do Peixe. Cazuza não se esqueceu de pensar que, perto de sua casa, onde o rio formava um poço com uma nesga de areia grossa e solta, Luzinete gostava de se banhar nua. Será que ela voltou pra cama? Preguiçosa, Luzinete demora em deixar a cama: nos dias de calma, quando se deita apenas com leve camisola branca, que lhe bate pelo meio das coxas, mostra os botões de rosa dos seios e a sombra do xibio. Luzinete acorda e fica minutos inteiros, às vezes até meia hora, ou uma hora, com os olhos no teto, nos caibros, como se batendo prego ou abrindo buraco com verruma; nos dias de frio, puxa a coberta até o queixo, se enrosca nas fofuras da cama larga, tem requebros de cabrocha. Geralmente quando ele acorda ao lado, Luzinete já está assim, de olhos abertos, e então ele pensa: Em que diabo essa mulher tanto pensa? Hoje, talvez por puro capricho, se levantou cedo, ainda com o escuro, se enfeitou e esquentou a feijoada. Assim que Pedro apareceu, a mesa estava posta, com toalha de linho e até mesmo um ramo de jacintos no centro. Que desperdício, mulher. Afinal de contas, Pedro é de casa, Pedro não é de cerimônia, come até prato feito, não é, Pedro? Luzinete sorriu. A forte luz amarela da candeia parecia aumentar a luminosidade do seu cabelo bem preto, solto e corrido como o de certas índias, envolvendo-o em poeira de ouro velho. Se ela voltou a dormir, o que é bem possível, agora está quentinha. Colar o corpo à pele quente de Luzinete e sentir aquela labareda passar para ele são os instantes preferidos de Cazuza.

Passaram o rio, calçaram as botas. O capim daquele lado crescia como em pastagem sem dono. Esparro não precisava farejar para saber que ali não havia perdizes; experiente, ensinado e vivido, poupava forças, continha o impulso da investida, trotando com fingida indiferença.

— Este aí não é besta – disse Cazuza. – Só entesa as orelhas e levanta o rabo em caso de necessidade.

— Se fosse cão fino, já estava de língua de fora.

— E eu lá quero uma desgrama dessas? Cachorro e mulher a gente conhece pelo dono.

Pedro quis responder. Quis ponderar que daí a pouco, com o sol subindo, Esparro ia sentir os efeitos do calor e da caçada; vendo um arbusto, aproveita logo a sombra rala, se deita e ofega como aquela locomotiva da Estrada de Ferro Ilhéus-Conquista, que, aliás, nunca chegou a Conquista. Mas se calou. O sol não demorava muito a nascer, pois a claridade leitosa se dissolvia em luz fina. Pedro tomou a dianteira. A coronha da espingarda à bandoleira batia-lhe no rim com o andar.

– Luzinete me pediu pra vir também – disse Cazuza.
– Ah, foi?
– Imagine só se eu ia deixar. Mulher fina e dengosa que nem ela se rala toda nos matos, se fere nos espinhos.

Pedro continuou a andar ligeiro.

– Sabe que a perdiz na Europa é mais fiel? – disse Cazuza.
– Como assim?
– A união às vezes dura anos. Elas acasalam na primavera. Os casais ficam juntos até o fim do outono, e aí migram.
– Aqui é diferente? – perguntou Pedro.
– Parece que a perdiz fêmea é muito mais safada – disse Cazuza. – Põe ovos nos ninhos de outros machos.
– É mesmo?
– Claro. A poligamia campeia lá entre elas.

Cazuza riu grosso.

– Você parece bem informado sobre perdizes – disse Pedro.
– Experiência – disse Cazuza. – É mais fácil entender de perdizes que entender de mulher.

Fez uma pausa, completou:

– Incluindo a mulher da gente.

O dia começava a sair da névoa leitosa como um pinto da casca de um ovo. Uma leve tintura amarela já se distinguia no ar. O dia indicava sol forte, sol esbraseado.

Atingiram o fim da pastagem, entraram no campo. A espingarda francesa de dois canos dançava na mão direita de Cazuza. O suor escorria pela testa e minava das axilas. Até o cão mostrava a língua rosada, em curtos ofegos. Um tiro quebrou o ermo, dilacerou o silêncio entre homens e cão. Pedro teve a impressão de que o estrondo ecoara dentro de seus ouvidos. Virou-se, zonzo, desatinado.

Cazuza estava estirado no chão, de barriga para baixo. Um dos pés parecia preso numa raiz. De um cano de espingarda escapava uma fumaça azulada, quase nega.

– Porra – disse Pedro. – Você quase me acertou.

– Foi sem querer, juro.

– Tenha mais cuidado com essa arma.

– Não está vendo? – disse Cazuza, se esforçando pra se levantar. – Tropecei, meti o pé na raiz, a espingarda disparou.

– Por que não faz como eu? Por que não carrega esta merda no ombro, à bandoleira?

– É isso mesmo – disse Cazuza. – Assim a gente evita acidentes.

O cão olhava-os quase sem piscar os olhos, do alto de um pequeno morro.

– Pedro – disse Cazuza.

– Que é?

– Me desculpe, Pedro. Eu não tive intenção. Juro que não tive mesmo.

– Está bem – disse Pedro.

Andaram uns três quilômetros até o coração do campo. Numa clareira, se sentaram para refrescar um pouco, beberam água. Em volta, para qualquer direção que olhassem, o mato ralo formado de moitas e de arbustos enfezados se estendia igual, monótono, até o horizonte, como um campo de cereais. O cão ergueu o focinho, colheu algum odor no vento brando, partiu aos saltos, descrevendo zigue-zagues. Parava, fungava junto ao chão, se enfiava por entre as moitas e os troncos finos.

– A caçada começou – disse Cazuza.

– Vamos lá então – disse Pedro.

Ajeitaram os embornais, correram atrás do cão.
— Essas perdizes são safadas mesmo — disse Cazuza. — Se escondem de um jeito que só um cão de faro fino pra descobrir. Muito sonsas, muito sagazes. Aposto que esta que o Esparro farejou já deve estar quieta, imóvel como pedra dentro do capim.
O cão avançava em passos medidos. A espinha curvava-se, o ventre quase roçava o chão de terra seca e espinhenta. Mais um pouco e o cão estaria colado às saliências e buracos, naquele seu laborioso rastejar. O avanço era corrupto: lembrava o movimento traiçoeiro de uma cobra que imobiliza a presa pelo medo que lhe inspira. Imobilizado agora junto à moita, com a cabeça tesa no umbral, o perdigueiro parecia um cão de louça ou então talhado em pedra ou quem sabe feito em forma de cimento — e Pedro teve a louca impressão de que de sua boca não tardaria a esguichar um jato d'água, como da boca de uma escultura. O cão não voltou a cabeça, não suplicou nem avisou com os olhos. Se deixou ficar, teso e reteso, empalhado, a cauda erguida qual fio grosso de arame que poderia gemer surdamente se dedilhado.
— Amoitou — disse Cazuza.
— É.
O mato agora não se mexia nem mesmo com o vento brando que espalha as primeiras doçuras do sol da manhã. A moita de capim no coração da macega parecia fazer parte de um cenário mudo e esquecido, ou servir de fundo ao cão inteiriçado, sobrepujando-o da mesma maneira que certos arabescos e ornatos barrocos se sobrepõem à figura do anjo roliço. Então, sem aviso, eles ouviram o arroto: uma mistura de pio ou assovio e bater de asas em voo desajeitado, tudo isso se mesclando para compor uma trovoada em miniatura, o ribombo que chega quase indistinto, amortecido pela distância em tardes e noites de iminente aguaceiro. Mas aquele arroto era próximo, quase em cima do focinho estático e estarrecido

do cão – e veio acompanhado, como o relâmpago sucede ou precede o trovão, de uma ave meio ferrugenta, meio amarelada, com listras dorsais pretas e quase sem cauda. No início, o voo pareceu não tomar direção, não seguir rumo certo, a perdiz se contentando em deixar a moita e o perigo do cão estatelado; voava mal, cabeça levantada e pescoço curvo para um lado; ao irromper da moita, no espaço aberto onde a esperavam os dois homens porque o cão já ficara para trás, mas agora, saindo do seu estudado estupor, a perdiz começou a endireitar o voo, querendo plainar e desaparecer adiante, onde voltaria a correr com mais segurança pelo chão.

Pedro esperava o arroto; sabia que o cão ia levantar a perdiz a partir do instante em que ele marchou reto e compenetrado e parou esculpido entre o chão e as primeiras lâminas ressequidas de capim – e, no entanto, levou um choque.

– Vai amainar – disse Cazuza.

E Pedro disparou no instante em que a perdiz amainava. A galinhola pareceu tropeçar no ar, dar uma cambalhota e cair obliquamente. O cão foi buscá-la em três ou quatro saltos.

– Tiro bom – disse Cazuza. – Deixei pra você. Pensei que a outra ave, o macho, ia arrotar também.

– Bobagem. Perdiz leva vida solitária.

– É o que você pensa. Às vezes um arrota de um lado, o parceiro arrota do outro. Com esta espingarda de dois canos, presente de meu pai, já consegui matar o casal, um tiro quase em cima do outro.

Aquela manhã abateram mais cinco; Cazuza matou três. O sol já subia a meia encosta do horizonte e os matos emitiam um calor de braseiro. O capim deixava na pele um rastro de penugem que coçava e ardia. As tiriricas lanhavam a pele, cortando tão fino que o sangue só se mostrava através de gotas minúsculas. Os espinhos se aguçavam mais, temperados na forja da manhã calmosa.

Vistos de longe, arbustos e moitas do campo pareciam arder como sarças no deserto – e entontecido por essas miragens, Pedro imaginava a todo instante ver surgir a figura temível do Anjo do Senhor, ou do próprio Jeová, ditando os Mandamentos: "Não desejarás a mulher do próximo." "Não matarás." Olhou para o cão: a língua resvalava, frouxa e pendente como rósea lesma por entre os caninos; a barriga pulsava, quase colada às costelas vãs. Ele é mestiço, mas não trai sua origem, não nega sua ancestralidade, pensou Pedro. É um perdigueiro de valor que, por tradição e raça, e lembranças inconscientes do clima frio, somente caça à sombra, com temperatura doce.

Pararam para descansar embaixo de uma jaqueira de copa esparramada e baixa cuja sombra não favorecia o crescimento do capim. O resto do dia estaria perdido até lá pelas quatro da tarde, ou quatro e meia, quando o sol amornasse e o cão, de língua recolhida, recuperasse a elasticidade do passo, do salto e da corrida.

– Acampamos? – perguntou Pedro.

– É bom – disse Cazuza.

Parecia contrariado. De cara amarrada, examinou os matos, distanciou o olhar até a borda longínqua do tabuleiro, com a mão servindo de pala, quase um gesto de continência militar ao espírito do ermo. Depois encostou a espingarda no tronco da jaqueira, desdobrou a barraca de lona do tipo usado no exército, forrou o chão e se recostou.

Pedro também armou sua barraca e se deitou, tapando a cara com o chapéu, como costumam fazer os que dormem embriagados na beira de caminhos.

– Vai um trago? – disse Cazuza.

Pedro custou a responder.

– É cachaça da boa, de alambique. Pode perguntar a Luzinete.

Pedro aparou a garrafa com as duas mãos, puxou a rolha com os dentes e bebeu. A garrafa voltou voando às mãos de Cazuza.

— Sabe de uma coisa? — disse Cazuza.
Pedro esperou pela continuação do pensamento e exposição da ideia.
— O que eu gostava mesmo era de caçar perdizes na Europa.
— Por que? Lá a caça é diferente?
— Não sei. Mas as perdizes europeias cantam de outro modo. Dizem que o macho solta um pio alto e estridente, um silvo que parece tirado da taquara rachada. A fêmea é doce, a fêmea faz *pit, pit, pit*. Aí então eu triscava o dedo no gatilho e acabava com a putaria dos dois.

Cazuza se calou. Tomou outro trago. Pedro parecia dormir como um cepo largado, aproveitando a sombra da jaqueira e da lona para descansar da noite mal dormida. Cazuza bebeu de novo. Ouvia o ofegar de Esparro. Ouvia o cão ganir baixo mordendo o couro onde mordiam pulgas. Deitado à sombra, em atitude de leão de escultura, o perdigueiro arfava, de orelhas caídas e quase sem mover o focinho. Se mexia apenas em gesto nervoso para a tentativa de abocanhar com raiva o besouro ou a pulga que lhe chupava o sangue. A cachaça que havia queimado a garganta e a boca do estômago de Cazuza agora se espalhava morna, quase fresca. Levada a todo o corpo pelo sangue, entorpecia os pés, pesava na cabeça. Preservar o amor. É isso aí. O amor acontece de repente, de estalo, é um estado de graça, um prêmio que requer do contemplado o zelo de sua guarda e posse e intensidade. Lutar pelo amor, impedir que o amor esmoreça, que a paixão inaugural vire fogo de palha, que as dificuldades normais da vida esvaziem ao invés de unir mais ainda macho e fêmea. Sim, o amor desafia quem ama de verdade a preservar-lhe a permanência — e isso tanto vale para o macho como para a fêmea. Nada de frescuras, de cabeças viradas. Se um homem e uma mulher se gostam hoje, então têm o dever de se gostarem também amanhã, ou pelo menos se esforçar para isso. Só acaba o amor que não há, ou que se disfarça na simples amizade ou na conveniência ou no hábito. Porra, é preciso merecer o amor. Àquela hora, na camisola branca solta em cima da pele, sem nada por baixo, a camisola modelando os altos e baixos sem apertá-los, Luzinete devia andar pela casa, olhando uma coisa, mexendo em outra, sentando-se aqui, se deitando acolá, abrindo o cesto de costura, limpando a gaiola dos canários. Parecia uma menina travessa, solta assim pela casa, distraída, sem querer fazer nada e, no entanto, aparentando trabalho e canseira. Ah, uma vez, aquela vez em que os dois, ela e Cazuza, criaram o seu amor e viram que era bom: Luzinete estava incomodada e não avisou e treparam e se levantaram juntos para ir ao banheiro, mas pararam sem mais forças à porta, se escoraram na parede, nus e ofegantes. E a luz então acesa mostrava a gosma de sangue e esperma de seus orgasmos escorrendo-lhes nos ventres, pingando nas coxas. Olharam então um para o outro, riram e se abraçaram. Assim abraçados bestaram pela casa, se sentaram com jeito de pessoas formalizadas na sala de visitas, e riram mais ainda. E foram pra cozinha, abriram uma compota e deixaram que o caldo escorresse pelos cantos da boca. E se beijaram e fungaram no corpo um do outro. Sim senhor, eles se bastavam, viviam somente um para o outro. Cazuza tinha a impressão de poder trancar portas e janelas, esquecer o mundo, fazer de sua casa um refúgio, uma toca. "Seu tolo", disse Luzinete um dia. "Seu grande tolo. Então você pensa que o amor não acaba, que será uma eterna lua de mel?" E ele reagiu: "Por mim, não acaba.". Luzinete perguntou: "Como é que você sabe? Como pode ter certeza? Olhe, não depende de você. Não depende de ninguém. Um dia, a gente descobre que não gosta mais. Quem pode obrigar?" E ele reagiu ainda: "Mas a fidelidade..." E Luzinete: "A fidelidade é invenção do ciúme, que por sua vez transforma o outro, o parceiro, em objeto de posse." Ficaram em silêncio, até ele perguntar: "Quer dizer que você não sente fidelidade por mim?". E Luzinete: "Enquanto gostar de você, serei fiel." Enquanto, enquanto, por enquanto. É que ela não me ama, pensou então Cazuza. Pelo menos, não ama com a minha intensidade, com a minha paixão. E Luzinete, parecendo adivinhar-lhe o pensamento torvo, disse aquele dia, aquela vez: "Enquanto eu amar você, sou sua. Depois eu aviso, pra evitar encrenca. Não vá pensar que sua paixão por mim exige reciprocidade. Não posso oferecer o que não tenho, o que não terei. Se a gente se separar, continuo pensando em você, respeitando você, estimando você." E ele respondeu que não ia aguentar. "Aguentar? Mas se eu serei a mesma... Apenas não estaremos mais juntos." E ele encerrou a conversa: "Pois é isso que não vou aguentar. A ideia de que outro homem vai tocar em você. A certeza de que um homem que não eu está fornicando você. Compreende?".

– Pedro – chamou Cazuza.
– Ahn.
– Está com fome?
– Um bocado.
– Acho que vou depenar as perdizes.
– Pra mim chegam duas – disse Pedro.
– Quer na brasa com sal, ou frita?
– Prefiro frita. A carne fica mais gostosa.

Enquanto Cazuza retirava um caldeirão do embornal e pegava quatro perdizes, Pedro encontrou três pedras roliças e quase iguais, juntou-as no chão em forma de triângulo, reuniu gravetos e folhas e acendeu o fogo. Cazuza pôs água a ferver, depenou as perdizes, abriu-as e fritou. Comeram com farinha. Depois, se deitaram à espera de que o sol quebrasse. Esparro, que havia devorado as entranhas cruas, parecia insatisfeito.

– Assim, com fome, ele caça melhor esta tarde – disse Cazuza.

Pedro acendeu um cigarro.

— Caçar de verdade era no meu tempo de menino — disse.
— Ora essa — disse Cazuza. — Os caçadores eram melhores?
— Não. Mas era difícil. O que é difícil atenta mais a gente.
— Como assim?
— Veja o meu pai. Passava horas, depois da janta, azeitando a espingarda, enquanto o cão não tirava os olhos dele, babando, querendo saltar e partir noite adentro. Depois, encerava as botas altas, que iam acima do joelho. Não eram as porcarias de hoje, compradas em sapataria da cidade. Eram botas encomendadas, feitas à mão. Grossas, duras, resistiam a tudo quanto era espinho peçonhento, arrancavam até dente de cobra.
— Ele levava você sempre?
— Só quando eu fiz sete anos. Me lembro que fomos caçar em Araçuari, que era um povoado em Minas. Meu pai dirigia o jipe, e eu levava mais pancada na bunda do que em sela de montaria. A estrada era só barro e lama. Me lembro que chegamos à beira de um rio e que era preciso atravessar uma ponte de madeira. A ponte era tão fraca que meu pai tirou a matalotagem do jipe, me fez descer e atravessou sozinho na direção. Depois voltou para me buscar com os nossos trens.
— Caçavam perdizes? — disse Pedro.
— Perdizes e o que aparecesse pela frente ou deixasse rastro. Bicho de pena e bicho de pelo. Caça de volataria e caça grossa. Anta, paca, tatu.
Fumou calado um pedaço.
— Hoje é tudo mais fácil. Os cartuchos a gente compra feitos na casa de ferragem. Naquele tempo, meu pai preparava os cartuchos de noite, na véspera. E o cão, vendo os preparativos, sentindo o cheiro de pólvora, gania de impaciência.

Pedro parou de falar, Cazuza não fez mais perguntas. Bons tempos aqueles. Verdade? Não lhe pareciam bons porque os via através do papel celofane da sensibilidade infantil? Tangeu com um estalar de dedos as imagens das caçadas com o velho no seu tempo de menino. De olhos fechados, chapéu na cara, relaxou o corpo e a cabeça, se deixou impregnar pela ambiência: cheiros, ruídos, farfalhar do vento nos leques das palmeiras, gemer de galhos, pios de perdizes que estavam na estação do choco, suspiros de nhambus e arapongas. No seu estado de desconcentração foi chegando a um ponto de entrega tal que em lugar de pensamentos punha apenas sensações, como se não houvesse a barreira da pele, o envoltório dos tecidos e o contrapeso das entranhas. Corpo distendido, cabeça esvaziada, Pedro era e estava. Era o cerrado – a continuidade de seu calor, de suas fermentações, de suas metamorfoses e podridões, de sua vida em perseverante busca e captura. A pele eriçou-se como sob a pancada fria da água, um fluxo novo correu-lhe pelas veias e artérias, o corpo estirado na lona parecia esvoaçar, latejar – o chão subindo e descendo na leve ondulação da crista das ondas de mormaço. Nesse torpor que não chegava a ser abandono, simplesmente entrega e intuição e integração, Pedro se abria para a macega como uma mulher se abre à penetração querida: com sofreada ânsia. Ouviu roçarem as folhas ferrugentas das embaúbas, que subiam retas no seu caule esbranquicento para formar pequenas copas de áspera rugosidade; elas se atritavam e lixavam-se empurradas pelo vento que de vez em quando soprava um bafo com cheiro de excremento e de penas aconchegadas. Mais de meio-dia, a julgar pela posição do sol. O céu se desdobrava em uma abóbada azulada, de um azul leve e suave de tela renascentista, e as nuvens de algodão, que mudavam de forma a todo instante, semelhavam anjos em procissão até a superfície da terra; nuvens se deslocavam vagarosas, ainda longe de inchar o ventre para guardar a chuva reclamada embaixo pelas ervas chamuscadas da estiagem. Mas as cigarras, indiferentes aos apelos por chuva, chiavam fundo, feriam suas mais sensíveis cordas, em prol talvez da perenidade do verão que, se ainda não começara no calendário, já tremeluzia no campo desde o fim de julho. Bagas inchavam, frutos amadureciam. Pedro quase sentia a pulsação de carne madura prestes a rachar. Formigas ruivas transportavam folhas com o triplo de seu tamanho e abriam no chão trilhos onde só apareciam os caroços da terra; revoavam periquitos em doida algazarra; perto, uma limeira-de-umbigo mostrava pouco acima dos penachos do capim alguns frutos semelhantes a seios de mulher; o capim-canoão, o capim-angola, a sempre-verde e o colonhão conviviam nas brechas do arvoredo miúdo, raquítico, enfezado e quase sem folhas: os troncos finos exibiam galhos despidos como se por ali houvesse rastejado o fogo, e davam também impressão de varais alinhados à espera do barro que forma paredes e muralhas. E até mesmo as moitas de capim onde perdizes chocavam seus ovos castanhos, cinzentos ou cor de areia, com pintas negras, dependendo da luz, estavam secos nas primeiras camadas rentes à terra – e era dali, daqueles recessos de folhagem encardida, que subia o calor mais sentido por Pedro: uma quentura morna, pegajosa, visguenta, o caldo de cultura da vida no campo. O campo transpirava ao sol forte dos começos da tarde; nos galhos e troncos, sinimbus inchavam e esvaziavam o papo com jeito apreensivo e atitude de quem vive para correr; no chão, por cima de paus podres, rastejavam calangos verdes e amarelos; aranhas e lacraias, bugios e saguis, cobras e tatus arrastavam suas viscosidades e pelos ou então exibiam destrezas de acrobatas; jataís enchiam favos de mel com a melhor doçura e o mais cheiroso perfume das flores silvestres; sucupiras floresciam, umbuzeiros prometiam ao viajante com sede a água de seus umbus; um gavião-de-penacho descansava das ardências empoleirado num buriti.

A tarde modorrava.

Pedro sentou-se, acendeu um cigarro. Na sua pose de leão deitado com as patas dianteiras encolhidas, o cão olhava-o de focinho triste.

Encostado agora à jaqueira, Cazuza dormia com o queixo caído no peito e a espingarda ao lado. Pedro chegou-se para acordá-lo. As botas estalaram folhas secas, Cazuza saltou em pé com a espingarda engatilhada. Ainda não estava acordado e já perguntava, lutando para abrir os olhos vermelhos, empapuçados, que pareciam grudados nas órbitas pelo suor:

– O que foi?

Então a espingarda disparou. Pedro viu a terra saltar perto de seu pé, sentiu o cheiro de pólvora, viu a fumaça sair azulada de um cano e erguer entre ele e Cazuza ligeiro véu semelhante a certas neblinas esparsas da manhã. Durante um ou dois minutos não pôde se mexer: o sangue havia desertado do coração, que cessara de bater, e se acumulara nas veias dos pés, transformando-os em pés de chumbo. Não viu o cão se levantar e se aproximar. A cabeça parecia dormente, como se não houvesse bastante sangue para irrigá-la Quando a névoa se dissipou, viu que Cazuza, de boca aberta e muito pálido, também não se mexia, segurando a espingarda com o ar absorto de quem carrega uma bengala, de quem segura um pedaço de pau que já esqueceu.

– Meu Deus! – disse Cazuza.

Agora os olhos pareciam bem abertos, revelando nos cantos vermelhos a forte secreção que às vezes precede os resfriados.

– Meu Deus! – repetiu Cazuza.

Olhou agora a espingarda, suspendeu-a até à altura dos olhos, como se interessado em desvendar o último segredo de suas molas ocultas.

— Arma mais traiçoeira estou pra conhecer — disse Cazuza.

Falava com Pedro, para Pedro. Mas Pedro não respondeu.

— Juro que não azeito há tempos. Mas o gatilho está afiado, basta triscar por engano.

O sangue voltou a circular no peito e na cabeça de Pedro, seus pés arrastaram-se no rumo da barraca que ele começou a desmontar.

— Vamos indo — disse então.

Cazuza caminhou até sua barraca e pôs a espingarda no chão enquanto baixava e dobrava o toldo.

— Pedro, você me desculpe de novo — disse.

Pedro ficou calado.

Caçaram o resto da tarde até o escurecer, assim que o calor amornou. No princípio, Esparro, embora estumado com os dedos, não se empenhou a fundo; farejou aqui e ali, levantou a cabeça e interrogou os homens, voltou a farejar, pareceu encontrar um rasto recente, seguiu-o com entusiasmo, perdeu o rumo, barroou. O campo estava mais vivo na languidez anterior ao poente. O cão levantou algumas perdizes agasalhadas em moita ou descobertas quando se banhavam na poeira ou em ninhos chocando os ovos. Mataram nove.

O poente já se antecipava vermelhaço para as bandas do Rio de Contas. A viração aumentava, o mato bulia, as palmeiras drapejavam.

Avançavam agora, fazendo curva bem aberta, na direção do rio, a caminho de casa. Mais adiante armariam as barracas para o pernoite. O cão marchava triste em meio a uma nuvem de muriçocas. Eram das pesadas, mais fáceis de afugentar.

Estavam na boca da noite. Então a casa de farinha surgiu de dentro do mato como repontam da vegetação rastejante os alicerces de uma construção antiga que ruiu:

de chofre. Não se sabia exatamente onde começava o mato, onde findavam os restos enegrecidos. Paredes, buracos de janelas, chão de terra batida, umbrais sem portas – o mato havia enfiado ali suas línguas famélicas e se agarrado às pedras, ao barro mais do que seco e aos varais, com a força de garras trepadoras. Os homens passaram, sem sentir, do mato à casa, saindo do meio do capinzal para o vão sem portas e entrando na sala e, se ali não parassem, invadindo o quarto de dormir. E ao pararem, cercados por paredes esburacadas, mas ainda de pé, e sob um telhado falho, viram que não estavam sozinhos: quatro figuras tão tisnadas quanto as paredes, tão secas quanto certas ramagens e espinhos, os olhavam, de tal modo paralisadas e silenciosas nos lugares onde foram surpreendidas pelos intrusos que pareciam coisas inertes, trastes tombados e destruídos – a velha de desdentada boca ainda aberta, o homem mirrado que ia enrolar um cigarro em palha de milho, a mulher cuja blusa encardida deixava entrever os peitos pensos, um menino nu que, de repente, antes dos cumprimentos, correu e afundou a cabeça grande na saia da mãe. O capinzal não apenas espreitava a casa de farinha como também se fechava em volta dela como dedos em garganta odiada. O cheiro, aquele cheiro. Pedro sabia o que era e, no entanto, precisou olhar em torno os apetrechos daquelas ruínas que serviam de morada antes de identificá-la. E então foi que viu um caldo a escorrer ainda de um cocho – o suco peçonhento da mandioca que deixara de ser brava e, depois de passar pelas urupembas, o homem havia torrado na placa de flandres do forno, revolvendo-a com um rodo. A manipueira ainda pingava da prensa agora frouxa que se via à esquerda; o ralador – um espinhento rolo de aço – estava esbranquiçado pela polpa das raízes, e do forno ainda subia um calor adormecido de meio de tarde de verão, semelhando esses mormaços que anunciam chuva. E a roda com a manivela, agora parada. Pegava-se a manivela com a mão direita e dava-se três impulsos vigorosos; em seguida, a manivela, rodando em alta velocidade, era apanhada pela mão esquerda para novos impulsos; e assim por diante, durante meia hora, uma hora, o torso nu cobrindo-se de suor que recendia a distância, a roda movimentando através de duas correias o ralador onde a mandioca sem casca era cevada.

Também na barba do homem – nos pelos esparsos que lhe espetavam o queixo – havia brancuras de raspagem. Nem ele, surpreendido no gesto de enrolar o cigarro grosso, nem a mulher acocorada de coxas abertas e saia entalada, nem a velha sentada a um tamborete de três pernas se mexeram. Somente o menino, de barriga inchada e pernas finas, correu de onde estava e escondeu o rosto no colo da mãe.

– Boa tarde – disseram.
– Boa tarde – responderam.
– Vosmecês se perderam?
– Não. A gente estava era procurando pouso – disse Cazuza.
– Apois encontraram um – disse a velha. – Não é, Chico Miséria?
– Assim é, com muito gosto – disse Chico Miséria. – A casa é de quem chega.

Pedro e Cazuza meteram a mão nos embornais, foram retirando perdizes que entregaram à mulher.

– Tome aí, dona. Prepare pra janta.

E só então a mulher se mexeu, se livrando do menino com um "Arre, capeta" e exibindo na mão direita até então abaixada um cachimbo de barro em tubo de taquari. O cachimbo estava apagado, mas a mulher voltou a sugá-lo.

O crepe da noite cingiu a casa de farinha; grilos e morcegos começaram sua caçada noturna, o mato abraçou as ruínas como uma sucuri que aperta e esmaga a presa até chupar-lhe vísceras, sangue, tutano e carne. A lua vogava no céu vasto sem fundo, céu e terra agora transformados em oceano único, em um só mar morto onde passeava rente às águas escuras o feixe frouxo do farol fosco. Comeram ensopado de perdiz, provaram beijus que partiam com as mãos, beberam café ralo adoçado com garapa. Cazuza foi se encostar no oco da porta. Pedro aceitou um pedaço de fumo de corda de Chico Miséria e começou a picar para um cigarro. Enquanto picava o fumo que ia juntando na palma da mão, Pedro reunia imagens sem ajuda de ninguém. Chico Miséria chegava ali com a família cansada, se arranchavam na casa de farinha para passar a noite e iam ficando, com preguiça de continuar caminho nos rumos do Rio de Contas. Descobriam serventia nos equipamentos de fazer farinha. Armavam mundéus para pegar pássaros, galináceos do campo e animais de pequeno porte. Plantavam cana-caiana para ter garapa, replantavam mandioca, comiam jacas e ensopados de sariguês, comiam cobra. De vez em quando, iam todos juntos à feira de Ipiaú vender bobagens e trazer panos, linhas, querosene, fósforos, fumo de rolo. Mas por que ele não assenta portas e janelas?, perguntava Pedro a si mesmo, enquanto desenrolava o fumo com a polpa do polegar e umedecia no beiço a palha de milho estirada pela lâmina da faquinha. Ora, porque a casa não é dele. De repente chega o dono, ou alguém que se declara dono, e Chico Miséria volta aos matos e aos caminhos com o seu pessoal vestido de trapos e de pés no chão. Arrumou o fumo em forma de tubo no centro da palha de milho, enrolou o cigarro, fechou-o com saliva grossa. O menino olhava-o – e quando se sentia olhado, escondia a cara nos braços ou corria para a mãe. O candeeiro – um pavio de algodão torcido que alguém enfiara por um buraco feito em tampa de lata, chupava querosene da lata – e fumegava mais que alumiava. Sombras se mesclavam aos ramos em

movimentos de açoite; de vez em quando, um morcego passava por cima das cabeças, em voo rasante.
— Vosmecês se arrumem no chão — disse a velha.
— Não se preocupe, dona. Estamos acostumados a dormir nos matos.
— Nós também já se acostumou aqui — disse Chico Miséria. — Se aparecer bicho ruim, a gente acorda logo, apois tem o sono leve.
— Eu também — disse Pedro. — Acordo com qualquer barulho.
Deu uma tragada: a brasa alumiou mais que o candeeiro.
— Qualquer barulho me acorda, por menor que seja — repetiu em voz alta. — Basta uma pisada, um estalido.
O cão já se recolhera a um canto, perto do fogo. Dormitava, erguia a cabeça, olhava na direção de Cazuza, pegava no sono outra vez. É só fechar as portas e as janelas, dizia Cazuza a uma Luzinete nervosa que andava pela casa, em camisola, acendendo um cigarro atrás do outro. Aquela cena ele havia visto num filme no cinema de Ipiaú. Deliberadamente imitava o personagem, que era um gângster de paletó e gravata envolvido em altas transações com minérios estratégicos. Para a gente acabar com as preocupações, basta fechar portas e janelas, dizia Cazuza. E imitava o personagem, se dirigindo a uma janela e fechando-a. Está vendo, Luzinete? O barulho da rua parou, você agora fique calma. Pedro roncava, a mulher também roncava. Dormem bem, dormem calmos, parece que a consciência deles está em paz.

A barra do dia ainda não havia aparecido e já estavam no mato com os embornais, as espingardas, os panos das barracas às costas. O cão trotava de barriga vazia, farejava moitas, cheirava o chão, fuçava e gania baixo. Lá pelas seis da manhã, pegou o primeiro faro, correu fazendo voltas numa região de capim ralo e solo pedregoso. Parou mais adiante, teso. E assim ficou diante de uma moita que contornava pedras nuas à tona da terra. Avançou reto e estacou. Cazuza ia na frente, não quis olhar ou não viu o pelo de Esparro.

— Cuidado — disse Pedro.

Porque o pelo não estava acamado e liso: arrepiava-se, mostrando o couro do cão. A cauda não se distendia firme e reta como um arame trançado: apenas subia. E as orelhas não estavam moles, dobradas ao lado do focinho: se levantaram entesadas como a dos cavalos quando se assustam ou se põem atentos.

Cazuza avançou de espingarda engatilhada, chegou a emparelhar com o cão. Ouviu então, antes que Pedro gritasse de novo, um ruído de guizo — e o cão arrepiado que não saía do lugar, que parecia pregado ali diante da cova, no umbral da moita, levantando o que lhe parecia uma perdiz, foi seguro pela cauda por Pedro e arrastado para um lado no exato momento em que, ao retinir do guizo, ouvia-se o bater da cabeça da cobra na bota de Cazuza, e via-se a cobra recuar para armar novo golpe e ser colhida então, no mais grosso de suas dobras que inchavam rente ao chão, preparando o segundo arremesso, pelos grãos de chumbo da espingarda de Cazuza. A cascavel enroscou-se sobre si mesma e, com a espinha partida, ainda conseguiu rastejar para o recesso da cova.

— Meu Deus! — disse Cazuza.

— Estava amoitada — disse Pedro. — Você não viu o cão todo arrepiado?

— Quando vi já era tarde.

— Ela picou sua bota — disse Pedro.

Cazuza olhou a bota pela primeira vez. Estava arranhada quase à altura do joelho.

— Tire a bota — disse Pedro.

Cazuza descalçou a bota e arregaçou a calça. Não havia vestígio de picada.

— A bicha quase perdeu o pulo — disse Cazuza.

— Não sei não — disse Pedro. — É melhor prevenir.

— Besteira sua — disse Cazuza. — Acha que a peçonha vai passar pra minha pele?
— Por que não? — disse Pedro. — Eu, se fosse você, desinfetava logo. Felizmente, o couro da bota é grosso, e a cascavel pegou de mau jeito.
— Besteira — disse Cazuza. — Vou mais é molhar a goela.
Destampou a garrafa e bebeu longo trago. Estendeu a garrafa a Pedro.
— Vai um gole, companheiro?
— Guarde pra desinfetar a bota — disse Pedro.
— Besteira sua — disse Cazuza.
— Aposto como a cascavel engoliu a perdiz ou então ia engolir — disse Pedro. — O faro é o mesmo, enganou o seu cão.
— Sei lá — disse Cazuza.

Mais tarde, enquanto levantavam outras perdizes que eram derrubadas com chumbo certeiro depois do arroto, ainda falavam da cobra e do bote em cima de Cazuza.

— Cobra de chocalho deve sobrar por aqui — disse Pedro. — São as boiciningas dos índios.
— Você parece que entende de cobras e de venenos — disse Cazuza.
— Aprendi alguma coisa. No seu lugar, eu desinfetava a bota.
— Besteira sua — disse Cazuza. — Vou lá me preocupar com veneno perdido? Aquela maldita já levou o chumbo que merecia.

Os embornais pesavam com as perdizes mortas ou chumbadas. Continuaram a rodear o cerrado na direção do rio. O sol começava a doer na vista.

— Pois é, matamos um bocado — disse Cazuza. — Não adianta a sagacidade delas. Se escondem que é uma beleza, ficam quietas na moita e acabam levando chumbo.

Pedro caminhava cheio de cismas.

– Assim que chegar, peço a Luzinete pra limpar e preparar as minhas – disse Cazuza. – Com certeza ela convida você pro almoço.

Desceram por ligeiro declive e, com a mesma instantaneidade de quem vira a página de um livro, deram com a lagoa. Difícil pensar em água farta naquela terra semiárida – e, no entanto, a lagoa ali estava, serena, imóvel, semelhando um imenso charco de tinta vertido não se sabe quando nem por quem, e que desde então não saíra mais do lugar. Na casa de farinha eles haviam penetrado sem sentir. Mas a lagoa, com sua imagem de lodaçal, era um aviso para que parassem e a contornassem. Somente as taboas verdes das margens, onde sem dúvida se escondiam aves e pequenos animais, buliam um pouco. Adiante da fímbria do juncal, a água se espalhava quase negra – insinuando mesmo de longe uma viscosidade que talvez não tivesse – e parada. Lagoa de terras altas, em forma de bacia. Se aproximaram da beira, e um bando de aves irrompeu do meio das taboas e de raízes aquáticas. Cazuza armou a espingarda e disparou, mas o bando já ia no meio da água. Nenhuma ave caiu.

Vista de perto, principalmente no côncavo da mão, a escorrer por entre os dedos, a água não era negra nem viscosa. Também não pesava no estômago, como certas águas salobras ou empoçadas.

– Já me falaram dessa alagoinha – disse Cazuza.

Gargarejou e vomitou a água.

– Mas eu nunca tinha andado por aqui. E você?

– Também não. Sou novo nestas bandas.

– É verdade – disse Cazuza. – Por isso vive assanhando as moças. Mulher gosta de viajante, desses que chegam e não fincam raiz.

Sentaram-se para o último descanso antes da marcha até o Rio do Peixe com suas capivaras lustrosas – e dali até a margem do Rio de Contas e aos arredores de Ipiaú. Perdizes piavam no mato. Pedro aproveitou a parada para limpar a espingarda.

— Estão no cio — disse Cazuza. — É a temporada.
Pios longos, melodiosos.
— Putinhas — disse Cazuza. — Sabe que são as fêmeas que atentam os machos? Sim senhor: a fêmea anda pra lá, anda pra cá, pia uma vez, pia outra vez. Sempre se aproximando do macho, fazendo o cerco, ciscando como galo que quer abaixar galinha. Quando chega perto do macho, ela dá uns passinhos de dança, depois arria as asas. Aí então as penas e a cauda sobem eriçadas, formam um leque parecido com o dos perus e pavões.
— Você sabe tudo sobre perdizes — disse Pedro.
— Sei mesmo, aprendi todas as manhas — disse Cazuza. — Vamos lá, seu forasteiro: você sabia que os machos é que chocam os ovos?
— Não, não sabia.
— Pois é — disse Cazuza. — Os bestas ficam no ninho, chocando três ovos de cada vez. Enquanto isso, a putinha vai pôr ovo em outro ninho.
Riu grosso.
— O besta do macho gosta tanto de chocar que às vezes não percebe a chegada da gente, ou então não tem forças pra fugir. A gente pode até pegar ele com a mão.
— É mesmo? — disse Pedro.
— Sem tirar nem pôr — disse Cazuza.
Perdizes piaram outra vez a curtos intervalos.
— É o que lhe digo — disse Cazuza. — Estão no cio, na força da estação.
Levantou-se de espingarda engatilhada.
— Putas — gritou Cazuza.
A espingarda que Pedro azeitava disparou. Cazuza largou a arma e ficou olhando o braço direito de onde começava a correr sangue.
— Meu Deus! — disse Pedro.
Cazuza continuava a olhar o braço com medo e espanto.
— Maldita espingarda — disse Pedro.
Atirou a arma em cima do embornal.

— Tem gatilho frouxo, um perigo. Você se feriu muito?
Cazuza continuava sem reação. Pedro rasgou-lhe a manga da camisa e expôs a carne morena de onde escorria sangue perto do cotovelo.
— Pegou uma veia — disse Pedro. — Vou fazer um garrote.
Se tivesse dito "vou cortar o braço", talvez Cazuza ainda não reagisse, sequer soltasse um resmungo.
Conseguiu estancar o sangue.
— Me desculpe, Cazuza — disse Pedro. — Você sabe que foi também sem intenção, foi acidente.
— Está bem — disse Cazuza.
Recolheram os embornais, as espingardas, os panos das barracas e marcharam no rumo do Rio do Peixe. Caminhavam lado a lado, em silêncio, o mais ligeiro possível. O cão disparava na frente, fungava e entrava em moitas em busca do que comer. O sol queimava, Cazuza sentia sede. Por todo o restante do campo até a beira do rio, piavam perdizes com a regularidade de um concerto melódico.
Cazuza bebeu água. Sentia o braço adormecido, o sangue ainda a escorrer num fio. Experimentou mexer o braço. Melhor do que esperava: o chumbo não havia atingido nenhum osso, dilacerado nenhuma articulação.
— Foi uma boa caçada — disse Pedro.
— Matamos uma porção — disse Cazuza.
Se despediram à porta do posto médico.
— Bem, vou fazer logo o curativo — disse Cazuza.
— Espero suas melhoras — disse Pedro.
— Obrigado. Você dê notícias.
— Lembranças à sua mulher — disse Pedro.

(*O grito da perdiz*, 1983)

MAR DE AZOV

O mar desdobrava rolos de algodão na praia.
Mas agora, e pelo menos nesta enseada, ele está barrento. As ondas que se esparramam na areia, sob o foco do sol forte, trazem um tom estranho – um vermelho corrupto, corrosivo, que talvez pudesse chamar-se de ocre. Como se o mar, antes de aqui arrefecer, houvesse passado no seu incessante fluxo por abruptos barrancos de terra barrenta, e desprendido torrões que se desfazem em pó e contaminam águas verdes, águas azuladas.
O homem olha a ladeira que sobe até a praça de Olivença. Não precisa ir lá em cima para saber que a praça pequena e circular, com chão de grama, tem um cruzeiro e uma igreja branca – e que dali, estendendo a vista, vê-se o litoral tremeluzir à distância, orlado de coqueiros, sob a espreita de um mar petrificado. São as distâncias para o sul.
Dois vultos descem um dia a ladeira. Vão de bicicleta e apertam o pedal de freio. Ainda assim, passam velozes, precipitam-se até o fundo da enseada.
– É longe, pai?
– Um salto. Daqui a pouco a gente chega.
O menino conhece essa expressão vaga que, na maioria dos casos, encerra quilômetros, léguas.
– Quantas léguas, pai?

– Umas duas. Talvez duas e meia.
O pai sempre diminui distâncias; por isso, o menino elimina o talvez. Duas léguas e meia, portanto, até o Pontal. Uma légua tem seis quilômetros. Faz as contas. Quinze quilômetros. Irão pela estrada de terra que margeia o litoral e afunda entre coqueiros, ou seguirão as praias para o norte, no rumo de Cururupe e Praia do Sul?
O mar desdobra na areia rolos de algodão. Quer dizer, é como se ao chegar perto da areia arriasse e desdobrasse fardos de algodão, que acabam por se esfiapar na areia pardacenta, às vezes fervendo, outras vezes formando um rendilhado silencioso. A distância, o azul se torna mais profundo, a praia afunila-se, e o sol de verão tonteia, criando a ilusão de pingos em suspensão no ar, de inumeráveis pontos de agulha doendo nos olhos.
– Vamos pela estrada ou pela areia, pai?
– Pela praia é melhor.
Pedalam. A areia é compacta, faz lembrar a parede deitada de uma casa recém-entaipada. O pai corre mais pelo meio, ele pende para a fímbria do mar. Gosta de ver as rodas e o aro das rodas levantarem borrifos. A areia ali é menos sólida, os pneus da bicicleta afundam um pouco, ele precisa de mais força nas pernas. Mas a água espadana, umas vezes as ondas calmas desenrolam-se mais adiante, passando por baixo da bicicleta. O mar é um animal gigantesco que arqueia o dorso, rouqueja e bufa, rosna e geme ao seu lado, a seus pés. As ondas erguem-se a poucos metros em forma de vagas, cavalgadas por manchas de espuma que não tardam a quebrar – e ele tem a impressão de correr à beira de um túmulo líquido que poderá levantar-se de repente em forma de muralha e sepultá-lo.
Logo adiante, o obstáculo inesperado de um pequeno promontório. Sabe que é um promontório porque as lições de geografia o descrevem como "uma ponta de terra rochosa e elevada que avança pelo mar". Pois bem, aquele

promontório, onde já esteve várias vezes à procura de cocos secos derrubados pela ventania, ou à cata de cajus nos baixios do outro lado, termina de forma escarpada e rude, em pedras negras e limosas que se aglomeram semelhantes a cogumelos. Algumas estão cobertas de pequenas conchas que contêm mariscos. O mar enfia entre elas línguas rápidas e famélicas, parece sorver ali, naqueles corredores, alimentos insuspeitados, e recuar com a mesma presteza de cão farejador. A areia interrompe-se, não podem passar por ali em suas bicicletas.

– Desmonte. Vamos subir por aqui – diz o pai.

Galgam a encosta. Em cima, o vento verga coqueiros, arranca palmas secas e chia nas moitas de pitangueiras bravas. Visto dali de cima, o mar alarga-se, amplia-se como espelho que se preza, que recobre uns três quartos da superfície do globo. O mar rastejante e bordejante torna-se mar alto e alto-mar, é oceano. Descem a outra encosta do promontório, reencontram a praia, voltam aos selins das bicicletas.

Esta enseada, o homem pensa, não mudou nada. Também, por que houvera de mudar? Está talvez mais acanhada, menor. Eu cresci, ela encolheu aos meus olhos. Afora isso, os coqueiros se alteiam e se perfilam da mesma forma, o vento tira de suas palmas acordes rangentes, aqui eu me banhei, naqueles rochedos, agora tão inermes quanto antes, catei mariscos em poças de água, e dali, em manhãs de mar calmo, atirei o meu anzol. Ardores, ardências, ardentias. Aqui estivemos três anos atrás. Três anos, apenas três? Foram mais, já se passaram cinco. Me lembro que o carro ficou embaixo daqueles dois coqueiros, junto à cabana, que era para pegar sombra, ela no seu jeito mudo e calmo tirou o vestido, apareceu já de maiô preto peça única. Mulher pequena, magra, com mais de cinquenta anos, a carne já bamba no busto e nas coxas, uma perna um pouco mais curta que a outra. Somente então reparava no defeito, percebia que ela coxeava ligeiramente. Atravessaram a areia, tão larga que parecia duna ou areal, não fosse sua rasa e lisa superfície, e chegaram ao mar. Ou o mar chegou-se. Melhor dizendo, todos se chegaram, eles e o mar, em movimento único de manobra, o mar insinuando a ponta espumante de suas águas, eles fazendo saltar grãos de areia na polpa dos polegares dos pés. Entregaram-se ao mar, que bramia de maneira surda, pacificada, cantante, um bramido de fera satisfeita. Deixaram-se envolver por seu abraço cálido, solto; os corpos tensos e brancos relaxaram então, a pele começou a formigar com as quenturas do sol e do sal. Os trópicos rolavam nas vagas e nas ondas, corriam para o que parecia ser a central geradora das máximas luminosidades. É preciso guardar esse instante, o homem pensou então. Guardar, pelo menos, o contorno desse instante. E foi ao carro apanhar a máquina fotográfica. As cores, disse a si mesmo, jamais repetirão esses jorros e feixes de luz, jamais reproduzirão toda essa algaravia prismática – mas não importa. Eu a porei num porta-retratos de pinho, ela no seu maiô negro e gestos desajeitados, cercada por um esplendor de luz mais intenso que um halo, que um arco-íris. Bateu metade das exposições e ela protestou, guardasse seu filme para melhores retratos. Depois foram banhar-se na antiga Fonte do Tororomba, hoje transformada em balneário. Ah, o que não daria por aquelas fotos. A pessoa que sem dúvida recolheu a máquina e o filme no meio do mato, junto aos destroços, não era sentimental, não pensava nos outros, do contrário, teria enrolado bem o filme, esperado no dia seguinte a notícia nos jornais para, a partir daí, tentar a devolução do que, somente para ele, o homem acidentado e redivivo, teria valor. Ele lhe daria a máquina, ficaria com o filme.

O homem volta ao automóvel, avança devagar pelo asfalto da estrada litorânea. Na praia, além do promontório de pedras negras que parecem pústulas entre as ondas rasas, ninguém à vista.

Os músculos das pernas começaram a doer. Pela primeira vez, o menino tem consciência de que a praia até o Pontal dos Ilhéus é um estirão, perde-se na bruma da manhã alta, no lusco-fusco agulhante do sol, que arranca reflexos da areia molhada.

O pai para a bicicleta, penetra a distância com a mão em pala sobre os olhos.

– *Mon Dieu* – diz o pai –, *je vous remercie par toute cette beauté!*

Abre os braços, ri com gosto.

– Que língua você falou, pai?

– Francês.

– E o que significa?

– Senhor, muito obrigado por toda esta beleza.

Resolvem caminhar para descansar as pernas. O pai está alegre. Larga a bicicleta e cai de joelhos.

– *Thank you, my Lord. God is my Lord.*

– Agora você falou outra língua – diz o menino.

– Sim. Inglês. Já leu a Bíblia?

– Já. Somente o Gênesis e um capítulo sobre Gideão e os madianitas.

– Sei – diz o pai. – Está no Livro dos Juízes.

– Mas o que o senhor falou?

– Eu disse: "Obrigado, meu Deus".

Silenciam. O sol projeta suas sombras oblíquas, mais curtas à medida que o meio-dia se acerca, que o sol desce do meio do céu qual fio teso com luminária. O mar rasteja, prosterna-se. Ondas retrocedem, expondo graçuás fora de seus buracos.

– Eu imitei Robinson Crusoé – diz o pai.

– Como assim, pai?

– Naquele trecho em que ele sobe a um monte, abre os braços e exclama: "Deus é o meu Senhor". Em inglês, "*God is my Lord*".

– Ahn.
Continuam a andar, a empurrar as bicicletas.
– Pai – diz o menino.
– O que é?
– Não me lembro de Robinson dizer aquilo. Eu li o livro.
– Talvez eu tenha ouvido no filme – diz o pai.
Caminham mais um pouco, há trechos em que a areia está mais seca, mais fofa. Os pés quebram a superfície da areia, nos calcanhares, e afundam de lado. Olhando para trás, o menino vê as marcas paralelas dos pneus das bicicletas. A areia ainda molhada é um mosaico.
– É um dos Salmos de Davi – diz o pai.
– O quê? – diz o menino.
– A frase "Deus é o meu Senhor".
– Ahn.
Na parte superior da praia, perto do mato da estrada, os graçuás mostram-se mais afoitos, fora de seus buracos.
– Pai?
– Hein?
– Mãe sabe que a gente está indo?
– Sabe não. É surpresa.
Sentam-se num cepo solto de jangada e enxugam o suor do rosto.
– Tenho fome – diz o menino.
– Está bem. Vamos comer.
O automóvel segue a trinta quilômetros por hora. O homem olha para os dois lados da rodovia. Sítios e mais sítios, quase todos cercados. Às vezes, as cercas descem até o mar, só faltam transformar em propriedade privada a praia, os rochedos, o mar e as gaivotas. Loteamentos, casas por enquanto espaçadas. Positivamente, estamos longe do tempo em que o Tororomba era uma fonte funda e terapêutica no meio do mato, e os índios da região não se escoravam, bêbados, no balcão das bodegas. O que me prende a esta região, o que me atrai para cá?, ele pergunta. Sim, porque eu não gosto daqui. Detesto

estas cidades que vivem e respiram em função da riqueza, que pensam apenas na acumulação de capital. Quem não consegue ter, porque foi cuspido fora pelo sistema ou porque se preocupou muito mais com o ser, é um eterno marginalizado na opinião dos que ostentam e esbanjam bens. E, no entanto, volto sempre aqui, talvez em busca de uma identidade não propriamente perdida, senão dispersa em certas paisagens, diluída em algumas vivências, despedaçada em um que outro acontecimento. Necessidade de expiação, a mesma que faz alguns criminosos de velhos romances policiais reverem o cenário de suas torpezas? O homem ao volante engrena o carro, pisa de leve no acelerador. Coqueiros, areias alvas manchadas pelo verde tisnado de uma vegetação rala começam a passar. Imediações da praia do Cururupe, onde desemboca um braço do manguezal. Por ali passaram naquele final de tarde calma e quase deserta de dia útil, a caminho do Pontal dos Ilhéus, após as fotografias na Enseada de Olivença. Três ou quatro dias depois que ele, a mais de mil quilômetros de distância, sonhara com ela de uma forma que não lhe parecera premonitória. O vulto escuro do avô, para o qual ele se dirige no sonho. O avô não o abraça porque nunca foi homem de gestos afetuosos. Apenas pousa a mão em seu ombro e olha-o fundo. E então, por cima do ombro do avô, ele vê que ao lado do túmulo do avô há um túmulo vazio, cavado quem sabe há pouco.

Maré montante lá atrás. Maré de água-viva ali na frente. Mar crespo. Estaremos no novilúnio, com o sol e a lua em conjunção?, pergunta o homem a si mesmo. Fluxo. O misterioso fluir e refluir de águas, seus movimentos estacionários e de subida de nível, segundo antiquíssimas leis gravitacionais – e isso em todos os oceanos, em todos os mares, até mesmo nos golfos, baías e estuários. O mênstruo diário dos mares e seu recolhimento.

Na praia, baixa-mar, o menino resolve molhar-se antes de desatarem o guardanapo com o lanche. Ao despir-se perto do lugar onde as ondas mais vanguardeiras vão desfalecer e retrair-se, ele se sente enrubescer. É a presença do pai mais acima, sobre o cepo da jangada desfeita. Devo estar crescendo mesmo, ele admite. Daqui a pouco, mais uns dois ou três anos, estarei homem. Como se processará a mudança, qual a minha participação nela? A onda envolve-o, pousa-lhe na pele o débil resíduo de sal que o sol não tardará a evaporar, deixando-a vermelha e a seguir brônzea. Se as vagas que mal percebo no mar alto, além da linha do litoral, rolassem em direção contrária, iriam quebrar-se com certeza em costas da África, em ilhas, em baías cujo nome eu ignoro. Mas sabe onde fica o Mar de Weddell, o Mar de Barrow, o Mar do Norte, o Mar de Baffin, o Mar Morto. Mares abertos, mares interiores. Veste a calça curta sobre a pele molhada.

– Pai, muitas vezes eu penso: "O que vou ser na vida?".

– Você se refere a uma profissão? – diz o pai.

– Sim. A uma atividade.

– Você será doutor.

– O senhor não é doutor.

– Não.

– E sente falta?

– Não é bem isso.

Acabam de comer, deitam-se na areia com as mãos entrançadas sob a nuca.

– Eu queria mesmo era viajar – ele diz.

– Tem algum lugar em mira? – diz o pai.

– O Mar de Azov.

– Onde fica?

– Nos confins da Rússia. Na Ásia.

– Quem procura sempre acha – diz o pai.

As lições de geografia. Os nomes dos rios. "Você é ótimo em potamografia", dissera-lhe a professora. As capitais

de países e territórios asiáticos. Pérsia ou Irã, capital? Teerã. Afeganistão, capital? Cabul. Butão, capital? Punakha. Nepal, capital? Katmandu.
— Não se atormente demais — diz o pai.
— O quê?
— Você está crescendo, vai ser homem já. Sem sentir. Uma gaivota solitária passa sobre suas cabeças e, mais adiante, parece deter-se no ar, depois mergulha em busca de peixe, como pedra largada no ar.
— Usará calça comprida — diz o pai. — Mudará de comportamento. E terá desejos.
— Que espécie de desejos?
— Vários. Muitos. Desejos de mulher. De formar família. Desejos de ir e de vir, ambições, frustrações.
— O que é ser homem, pai?
O pai pensa.
— Ser homem é assumir a realidade.
— Assim como Robinson?
— Assim como o Robinson Crusoé.
Estou mudando, sim senhor, ele pensa enquanto sente uma dormência preguiçosa de músculos fatigados. Estou confuso. Lembra-se de que, dias atrás, no Pontal dos Ilhéus, ele estava diante do mar, a caminho do mar — e custou a ir para o mar, a banhar-se. Vestia calção vermelho. Calção muito curto, rasgado na bunda, colado ao corpo, acentuando saliências, modelando reentrâncias. Pescadores recolhiam redes. Os braços trabalhavam em cadência, avançavam e retrocediam como se governados pelo ritmo de marcha inaudível. As ondas entreteciam música que parecia canção de ninar. Seria bom espichar--se na areia, deixar que a água em avanço o atirasse para um ou outro lado, para cima e para baixo, igual àquele toro de madeira que não cessava de mudar de pouso. Daí a pouco as redes estariam em terra, escorrendo água pelas malhas negras, revelando dorsos escamosos. Mulheres e moleques já se acercavam dos pescadores.

Desejou estar ali, mas deixara-se apanhar de calção, sentado na grama, bem na frente de janelas agora povoadas por mulheres, de portas onde se escoravam homens, da calçada onde um senhor idoso armara espreguiçadeira para ler jornal. Queria erguer-se com naturalidade, caminhar para o mar, entrar na água – e, no entanto, sentia-se preso ao chão por uma enorme âncora. Outros meninos não hesitariam; provavelmente o contratempo do calção colante e rasgado talvez nem existisse em suas cabeças. A maré começava a encher. Se ele não se decidisse logo, a mãe poderia aparecer à porta, proibir-lhe o banho em hora de maré-cheia. As ondas esparramavam-se na areia em sucessivos baques fofos, as redes cada vez mais próximas na Praia do Pontal. Uma corrida até o mar resolveria tudo, ainda que gargalhadas explodissem às suas costas. Olhou para trás, colheu de relance expressões das pessoas nas calçadas, nas janelas. Não teriam o que fazer? Melhor recolherem as cadeiras, voltarem às suas ocupações domésticas. As redes já chegavam à praia, a música das ondas parecia-lhe agora triunfal. Foi então que ele começou a se arrastar pela grama, as mãos espalmadas apoiando-se no solo, projetando o corpo. Movimentava-se com extremo cuidado. Ia ao encontro do mar. Alcançou a borda da areia, lançou um olhar desconfiado para trás. Ninguém ria. Esfregou um pedaço grande de nádega que aparecia pelo buraco do calção: a pele estava escoriada e vermelha, o sal do mar lambeu-a, ele gritou.

– Vamos embora – diz o pai.

Levantam-se, sobem para os selins, pedalam. A marcha torna-se mais lenta, a areia parece mais solta. Avistam ao longe um pontilhão, um fascinante braço de água que parece prolongamento do mar. Mas a água é mais escura e, pelo menos dali, dá impressão de imóvel, estagnada.

– É uma laguna – diz o pai.

Afinal, Cururupe.

O homem estaciona o carro à sombra de uma amendoeira e vai até a borda do estuário. Nessa água escura e rasa deve ter caranguejo, pensa. Sobe até a ponte. Naqueles tempos era pontilhão, a travessia de veículos fazia-se com o maior cuidado, aprumando as rodas sobre dois troncos. Olha para baixo, para a extensão de areia. O manguezal encontrou o seu repouso, derramou-se no seio do mar. Eu quase afundei ali, ele pensa. Creio que tinha dez anos, vinha de Olivença com meu pai, de bicicleta, e me senti cansado. Não estava habituado a fazer esforço físico, era um menino franzino e sensível, dado a leituras. Sentiu a areia ceder. Talvez não fosse exatamente areia. Talvez uma espúria mistura de areia e terra, faltando-lhe uma consistência qualquer de argamassa; e seus pés foram afundando, ele os retirava com a força empregada por alguém que caiu em atoleiro. Região lagunosa, guaíba, brejo disfarçado à beira-mar. Ouviu a terra ou a areia mexer-se embaixo, como se agitada por minúsculos abalos sísmicos, e as pernas desceram mais, com aquele rumor pegajoso e visguento de patas de mula ou pernas de gente em tremendo lodaçal. Largou a bicicleta, a terra ao redor cedeu mais ainda, como se chupada por línguas subterrâneas, ele se viu com terra e areia pela cintura. Somente então pensou em areias movediças – aquelas armadilhas da natureza preparadas para aventureiros em países exóticos.

– Pai – gritou.

O pai ia adiante, não ouviu.

– Socorro – ele gritou. – Pai, me acuda.

Socorro, eu gritei então, no atoleiro lagunoso, e meu pai me arrancou pelos braços. Da outra vez, cinco anos atrás, eu nada disse. Me lembro que me pus de pé com ajuda de alguém. Essa pessoa, creio que um homem, me perguntou se eu podia me aguentar sozinho. Respondi que sim. A pessoa foi socorrer outras vítimas. Depois de algum tempo, ignoro se minutos ou segundos, me vi entrando no banco traseiro de um automóvel que ainda cheirava a novo, e descobri que minhas mãos sangravam, que do meu rosto pingava sangue, que meu corpo doía todo como se eu tivesse levado uma grande surra – uma surra de pau, dada para matar. Somente então eu falei: "Vou sujar seu carro de sangue." "Foda-se o carro", respondeu o vulto.

– Foi um atoleiro perigoso – diz o pai.

O menino caminha até o mar para remover a lama das pernas e da calça.

– Areias movediças – ele diz por cima do ombro.

– Não creio – diz o pai. – Um simples atoleiro, um mangue.

Resolveram abandonar a praia, pegar a estrada marginal de terra e cascalho. A princípio, as bicicletas avançam com maior velocidade apesar das pernas doloridas. Mas há trechos ruins, de lama e pedras pontiagudas. Os pedregulhos soltos no leito irregular dão à estrada aparência de rio seco de montanha, parecem cacos de vidro. As rodas da bicicleta resvalam, batem, o avanço torna-se penoso, já se sentem prenúncios de começo de fim de tarde.

– Pai, vamos chegar tarde?
– Parece que sim.
– Vamos chegar de noite.
– Talvez não.

Pedalam mais um bocado.

– Como é, batuta, já desistiu do Mar de Azov?

O menino ri.

– Quando chegar em casa, vou direto para a cama – ele diz.

Quantos quilômetros faltam? Bem que gostaria de distinguir logo as formações graníticas, cobertas de limo e mariscos, que identificam na Praia do Sul o início do povoado do Pontal. Visto de cima, da estrada, o mar está mais verde, um verde concentrado de fundo de garrafa. E o mar desenrola incansavelmente seus fardos de algodão, que avançam paralelos até a metade da faixa da areia. Ali eles refervem e se dissolvem no refluxo. A praia adquire então uma faixa espelhante, de linóleo. Areia densa, firme, quase argamassa, onde os pés não afundam, onde os pés deixam apenas débil traço.

Meio entorpecido, não sabe direito como aquilo aconteceu. Sentiu somente o choque repentino da roda da bicicleta contra um obstáculo – e a dor no braço. As mãos soltaram-se do guidão, o corpo caiu de lado, o braço esticado chocou-se contra a pedra à margem da estrada. Não pode jurar, mas tem a impressão de que ouviu um estalo.

Sabe que houve uma desgraça. Por isso não se levanta logo. Limita-se a olhar o braço direito que agora parece encolhido, penso, como asa quebrada de ave. O pai corre até ele, ergueu-o pelas axilas.

– Calma – diz o pai. – Você quebrou o braço.

Ele estanca o choro.

– Chore se quiser, se isso lhe faz bem – diz o pai.

O choro sai entrecortado, sufoca palavras.

– Chorar alivia – diz o pai. – Já chorei algumas vezes.

– Mesmo quando cresceu? – ele diz.

– Mesmo depois de crescido. Já adulto. Agora, preste atenção. Vou rodar a parte inferior do seu braço para que o osso volte ao lugar certo. Para ajustar a fratura, ouviu bem?

– Sim, senhor. Vai doer?

– Vai. Quer que eu conte até três?

– Quero.

– Um, dois, três.

Uma dor lancinante.

– Agora – diz o pai –, você segura o braço com a mão esquerda. Aperte bem. Aqui. Assim mesmo.

O pai afasta-se, o suor pinga-lhe do rosto.

– Não saia daí, ouviu? Não deixe de apertar. Vou buscar socorro.

– Sim, senhor.

Volta mais de meia hora depois, traz algumas ripas de bambu, um facão e barbante. Apara as ripas no comprimento certo, brande o facão como se fosse plaina para desbastar a madeira. Aplicadas sobre a carne e fixadas pelo barbante, em nós fortes, as ripas substituem por enquanto o gesso que imobiliza membros fraturados. Por fim, o pai improvisa uma tipoia com o guardanapo em que trouxeram o lanche.

"Vou sujar o seu carro", ele diz. "Foda-se o carro", respondeu o vulto. Sentado quase à beira do assento, aprumado e formal como criança que pela primeira vez vai à escola, ele sentia o sangue escorrer da boca, dos lábios, de feridas nas têmporas e perto dos olhos. De quando em quando, baixava as mãos e via o sangue fluir por entre os dedos, pingar no assento, no chão do automóvel, enquanto nas costas das mãos e no punho a coagulação já começava. Se o deixassem assim sentado, em lugar calmo, ele acompanharia o lento escorrer de seu sangue, a inexorável dissipação de sua vida, pingo a pingo, sem fazer um gesto para estancar aquele fluxo, até desmaiar e apagar-se. Despertou em plena noite numa cama de hospital. A primeira coisa que viu foi uma grande mancha negra, de sangue pisado, numa das coxas. Quis mexer-se – a espádua direita doeu, as costelas pareciam furar a carne com os estilhaços de suas extremidades talvez partidas. Sentia o rosto inchado, um dos lábios estava muito grosso. Com dificuldade, umedeceu a boca com a língua. Parentes que montavam guarda viram-no acordar do seu sono traumático, precipitaram-se. "Onde está minha mãe?", ele perguntou. Os parentes entreolharam-se. "Em outro hospital", responderam. "Mas ela está bem?", insistiu. Os parentes entreolharam-se outra vez. "Está reagindo bem", disseram. E então ele pensou: está morta. Nos próximos três dias continuou a pedir notícias da mãe. Disseram-lhe que ela levara uma pancada forte no peito, o médico havia operado. Mas que passava bem.

E ele pensou ainda: está morta, sepultada. No quarto dia dos quinze que passou no hospital, ele deixou de se informar a respeito da saúde da mãe. Os parentes estranharam, até que um deles, menos paciente, chegou e disse-lhe um dia, à hora em que as luzes se acendiam na cidade: "Sua mãe morreu.". Ele nada disse. O parente insistiu: "Sua mãe morreu.". Ele encarou o parente e respondeu: "Foda-se.".

Chovia, lembrava-se de que chovia.

Chuva miúda, uma peneira d'água. Esta última imagem ficou impressa em sua memória – a dos pingos miúdos no asfalto, uma saraivada de balas inaudíveis. Na cena seguinte, ele se revê de pé, no meio de um mato ralo. Alguém acaba de erguê-lo e pergunta: "Você se aguenta sozinho?". Entre uma e outra cena, um lapso que espera um dia ainda preencher. Um censor empunhou a tesoura e cortou alguns metros do filme, ele pensa com um sorriso quase imperceptível, deitado na cama do hospital. Quando saiu, ao fim de quinze dias, já podendo movimentar-se com algum esforço, os parentes levaram-no a passeio para distraí-lo; casualmente, mostraram-lhe a curva. "Foi aqui", disseram. "Seu carro derrapou, saiu da pista e desceu, capotando, a ribanceira..." Ele olhou a curva que não era das mais fechadas, que sequer tinha aviso de curva perigosa. E tudo que pôde dizer então foi: "Curva boba."

A tarde começa a enternecer-se, quer dizer, abranda o calor, reduz a luminosidade, introduz o crepúsculo. O homem ao volante continua a trinta quilômetros por hora. Passa pela ponte de Cururupe, olha os enfezados arbustos do mangue à esquerda, observa que os sítios e as casas se tornam menos espaçados. Estrada deserta, limpa e seca. Nenhum animal vagando na pista, nenhum boi lerdo a cruzar o asfalto. Também não se avistam manchas de óleo que, em dia de chuva fina, são perigosas, derrapantes. A praia ao lado não passa de muda extensão de areia indiferente. Por aqui mesmo, o homem pensa, um menino caiu da bicicleta trinta anos atrás e fraturou o braço numa pedra. E o pai, eu me lembro como hoje, depois de voltarem à praia, ansiosos por avistar a Praia do Sul e o casario do Pontal dos Ilhéus, animava o menino: "Agora tá perto. É apenas um salto. Mais força nessas pernas, se não você nunca chegará ao Mar de Azov.".

– Pai, eu não aguento mais – diz o menino.
– Aguenta, sim. Falta pouco.

O braço na tipoia, apertado pelas tiras de bambu, vai ficando dormente. Ele sente comichão na palma, no cotovelo. Um formigamento passa do antebraço ao cotovelo, propaga-se ao braço e à espádua.

– Pai, só um descanso. Um só.
– Está bem – diz o pai.

As bicicletas empurradas pelo pai tombam na areia molhada. Sentam-se. O pai passa a mão nos cabelos, examina o horizonte com olhar alheado.

– Daqui a pouco anoitece – diz.

Sentado com as pernas recolhidas, perto do lugar onde as ondas soltam suas últimas línguas, o menino descobre na areia sinais de vida. Os buracos de minúsculos diâmetros foram feitos por pequenos caranguejos brancos chamados graçuás. Disfarçam-se bem, têm cor aguada, parecem ter vários olhos. Percebem qualquer tentativa de aproximação, saem correndo de banda, muito ligeiros, enfiam-se no primeiro buraco que aparece. É preciso muita destreza para pegar um. Às vezes, não estão ocultos em buracos. Ficam apenas à superfície da areia. A onda vem, lava a areia e revela o casco do graçuá. Não havendo indícios de perigo próximo, ele não se mexe. Continua por alguns segundos no mesmo lugar, aguarda o retorno da onda e então, em movimentos ágeis de suas pinças, entranha-se mais na areia. Ou então corre, oculta-se em lugar mais fofo. Há uns bem grandes.

– São muito sabidos esses graçuás – o pai diz.

— É verdade.
— Não podem cometer erros — diz o pai.
— Como assim?
— Um erro lhes será fatal. Já o homem, este pode errar. Mais de uma vez. Muitas vezes, até.
O menino ouve calado.
— Errando — diz o pai —, o homem acumula o que se chama de experiência. Quer uma boa definição de experiência?
O menino balança a cabeça.
— Experiência é uma sucessão de erros. Eu me refiro, claro, à experiência de vida, que é mais do que vivência.
— Então os mais velhos são os mais experientes — diz o menino.
— Às vezes. Aprendem com os erros que praticam, tiram lições de seus desacertos e suas desventuras. Sofrem.
— E depois?
— Depois, ficam sábios. Sabedoria é isso: o filtro da experiência.
— Pois eu pensava que sábio era o homem culto, doutor.
— Também, mas não necessariamente — diz o pai. — Para mim, sabedoria é o conhecimento direto e pessoal da vida. E cultura é experiência.
— Está bem — diz o menino. — Esses graçuás são sábios.
— Instintivamente sábios — diz o pai.
Ficam calados alguns instantes. A água já espalha no ar um toque de frio.
— Os velhos erram menos porque tiveram tempo de se aprimorar mais — diz o pai. — Mas não pense que sabedoria é privilégio deles, ou de todos os velhos deste mundo.
— Certo — diz o menino.
— E agora, batuta, vamos pra casa?

— Vamos.

Recomeçam a andar. A praia começa a apresentar pequenas poças das ondas.

— Robinson era sábio, pai?

— Era, sim. Ficou sozinho na ilha, defronte de si mesmo, e aprendeu a se conhecer.

Certas viagens inúteis ou desastradas, pensa o homem ao volante. Pois uma vez ele não embarcou para o Mar de Azov? Mas isso foi depois. Ah, pensa, enquanto calca mais o acelerador, quatro dias feriados, incluindo o 1º de maio, e mais um que pretendia roubar ao trabalho. Quase uma semana. Então ele vistoria o automóvel, senta-se ao volante e parte. Pouco mais de dois mil quilômetros, ida e volta. O tempo de chegar, abraçar a mãe, dormir, conversar com a mãe, dormir, levar a mãe a passear, dormir, rever certas cenas, algumas paisagens, voltar. A estrada é uma fita que umas vezes se enrola em curvas, outras vezes se estende reta, igual, monótona. Viaja à noite, entra pela madrugada. Não ultrapasse quando a faixa for contínua. Grande declive. Verifique os freios. Curva perigosa. Início da faixa para caminhões. Fim da faixa para caminhões. Obras a trezentos metros. Obras a cem metros. Desvio. Abastecimento. Ponha um tigre no seu carro. Tranquilometragem. Churrascaria Gaúcha, rodízio. Neblina. Serra. Quem observa a sinalização evita acidentes. Cuidado, animais na pista. Luzes baixas ao passar por outro veículo. Madrugada alta. Em gestos maquinais, ele torce o volante para a direita, para a esquerda, freia, acelera, contorna um boi, uma vaca, evita atropelar um bezerro, um burro. Árvores adquirem configurações fantásticas à luz dos faróis. Cercas, casas, sinalizações, até a própria estrada, só se identificam a poucos metros de distância; somente ali, no último instante, ele sabe por onde continuar, qual a estrada real e a ilusória. Está chegando. Faltam quantos quilômetros? Não vai parar agora, quer dormir em casa depois de abraçar a mãe, de comer alguma coisa gostosa que ela com certeza vai preparar às pressas. Mas eu teria o direito de trazer de longe, de mais de mil quilômetros de distância, o meu tédio, o meu enfado, os meus pesares e fadigas, as minhas doidas alegrias, a minha violência? Não uma violência que eu porventura cultivasse, mas a violência de ritmo que me foi imposta lá, a violência na qual entrei aos poucos, sem perceber, e que aos poucos tomou conta de mim, ditou os meus humores e os meus atos, transformou-se sem eu perceber em segunda natureza. Teria eu o direito de trazer da cidade grande uma parcela da violência coletiva, indesejada por mim, porém absorvida à revelia, e distribuí-la então por pessoas sossegadas, que, pelo menos, aparentavam viver em paz? Teria eu esse direito? De modo algum – e creio não tê-lo exercido. E, no entanto, fui o escolhido pelo Anjo da Morte. "Sabe, mãe?", diz ele, agora pisando mais fundo no acelerador, rumo ao Pontal dos Ilhéus, com aquela pressa com que, um dia à noite, cinco anos atrás, largara-se pela rodovia interminável, "sabe que eu embarquei para o Mar de Azov? Peguei um avião da KLM em Amsterdã, depois de ver os últimos originais de Van Gogh que ainda não conhecia, incluindo aquele medonho trigal sobrevoado por um bando de corvos. O avião encheu-se de indonésios morenos de cara redonda, árabes de turbante e filipinos e malásios irrequietos. Saltei em Atenas, meti-me num hotel e, pela manhã, ao abrir o cortinado, quase bati a cabeça nas ruínas da Acrópole, aquelas mesmas dos meus livros antigos de leitura. Nunca estive tão perto do Mar de Azov, mãe. Apenas eu não entendi então que aquela viagem, aquela busca, aquela consulta eram inúteis. Eu não entendi, somente agora, que fui ao Mar de Azov uma e várias vezes, já deixei que suas águas me escorressem por entre os dedos."

O automóvel dispara. O Pontal está perto. O homem vê mais embaixo, à direita, as primeiras formações graníticas onde escachoam as ondas, levantando espuma. É a Praia do Sul. Ela continua um pouco, vai dar no morro em que outrora havia um farol e que era habitado por uma reclusa ordem de frades. Ao sopé do morro também chega, do outro lado, a Praia do Pontal, que principia, a bem dizer, na foz do rio Cachoeira.

– Desistiu? – diz o pai.

O menino está caído sobre o seu lado bom.

– Desisti – diz ele.

– Somente os velhos, os muitos velhos desistem – diz o pai.

Sustenta com a mão esquerda as duas bicicletas engatadas pelos guidões e levanta o menino pela axila.

– Isso, força. Pode se apoiar forte – diz o pai.

Enlaça-o com o outro braço, entram assim unidos no Pontal, pela rua da praia, perto do morro do farol.

– Mãe vai levar um susto quando nos ver – diz o menino.

– É verdade. Ela só nos esperava amanhã.

– Vou dormir logo – diz o menino.

– Depois que eu chamar o médico – diz o pai.

Passam vagarosos, arrastados, sob a tamarineira e o pé de fruta-pão.

O menino sente o sono fechar-lhe os olhos, forçar-lhe a boca em longos bocejos.

– Pai, viver é difícil?

– Claro que é – diz o pai.

– Difícil como o quê?

– É difícil assim como... Como transportar na mão um copo cheio de água, por exemplo.

– A água não pode derramar – diz o menino.

– A água não deve derramar – diz o pai. – Mas transborda, sim, senhor, por mais que se tenha cuidado.

– E daí? – diz o menino.

– Carregue sempre água, que é a melhor das bebidas, a única inofensiva – diz o pai.

— Sim, senhor.
— Cuidado para não levar soda cáustica, formicida ou simplesmente um copo de amargura — diz o pai.
— Sim, senhor.
— Se levar veneno, todo cuidado é pouco para o copo não entornar — diz o pai.
— Sim, senhor.
— Assim você chegará um dia às margens do seu Mar de Azov — diz o pai.
— Sim, senhor — diz o menino.
Está em casa, o mar do Pontal apenas rumoreja às suas costas. Empurra a porta.
— Mãe — ele diz.
Ninguém responde. Ele vai entrando.
— Mãe, voltei.

(*Mar de Azov*, 1986)

ZEPELINS

*History is a nightmare from which
I am trying to awake.*

James Joyce, *Ulysses*

§ Isabel I

Três coisas eu não dispenso pela manhã, mal me levanto, mal acabo de tirar a barba, escovar os dentes, lavar o rosto: café puro, cigarro e jornal, nessa exata ordem.
– Mulher – eu digo.
Minha mulher entra na sala.
– Veja só o que o jornal traz.
Ela se inclina para examinar melhor a foto.
– Festejam o cinquentenário do *Manifesto de outubro* com missa e romaria ao túmulo do chefe nacional – eu digo.
– Hum-hum – diz minha mulher.
– Fizeram discursos, cantaram hinos. Reconhece esta aqui?
– Não – diz minha mulher.
– A viúva do chefe regional, Isabel Taborda. Ela declarou que o integralismo está vivo e é transmitido às gerações futuras.
– Envelheceu muito – diz minha mulher.

§ Um forasteiro

O zepelim sobrevoou a cidade. Eu não vi. Levanto os olhos apenas para consultar nuvens e saber se a estiagem continua ou se elas anunciam chuva para breve. Prefiro olhar as pessoas e olhar o chão, o que evita topadas, embora traga outros aborrecimentos. Os ares agora estão limpos, claros, o céu parece esticado e fino, passado a ferro. Se o zepelim navegou aí por cima, o sol há de ter cintilado no seu dorso longo, cinzento, de gomos compridos. Passou voando baixo, é o que dizem. A uns cem metros de altura, mais ou menos, e não fazia barulho, os motores não roncavam como os de avião. Outros dizem que, ao olhar para o alto, viram o zepelim quase imóvel, como se colado à estampa do céu e do horizonte.

– Um charutão – dizem com entusiasmo.
– Como assim?
– Um charutão, um Dannemann. Porém, cinzento, não propriamente roliço, nem retangular.
– Roncava?
– De jeito nenhum. Totalmente silencioso.
– E ia em que direção?
– Rumo do sul, do Rio de Janeiro. Parecia parado, suspenso no ar. Foi diminuindo de tamanho até sumir.

Não duvido que na travessia da Alemanha (Frankfurt ou Berlim?) para o Rio e outras capitais, o zepelim tenha sobrevoado a cidade. Afinal, esses alemães parecem capazes de tudo. Mas confesso que não vi e que gostaria de ver. Deve ter-se desviado da rota, pois, se esta cidade servisse de orientação aos pilotos de tais aeronaves, um fotógrafo já teria batido fotos para a primeira página de *O intransigente* ou *A época,* dependendo da filiação política do fotógrafo, com uma legenda mais ou menos assim: "O majestoso *Hindenburg*, orgulho do Terceiro Reich, produto da imaginação e senso prático do conde Ferdinand von Zeppelin, herói da primeira guerra franco--alemã, sobrevoou esta cidade, silencioso e altaneiro, ocasião em que foi colhido pela objetiva do fotógrafo Newton Maxwell. Quando teremos um hangar à altura desta e de outras gigantescas aeronaves que o futuro certamente nos trará?".

Dias depois apareceu na cidade, com jeito de quem vinha para ficar, o professor Taborda. Se já tivéssemos o desejado hangar, com equipes treinadas para recolher os cabos de atracação do zepelim e prendê-lo, eu diria que o major ou professor Taborda, tanto faz, viera no dirigível. Ninguém ou quase ninguém o viu chegar. Ele não despertou atenção e a cidade não se incomodou com sua presença. Aliás, esta cidade é típica de eixo econômico, de encruzilhada: habituou-se a receber forasteiros sem demonstrar reservas. Chegam pessoas do Nordeste, Bahia e Sergipe de preferência, e aqui fincam raízes. Chega gente do Norte, de Belém do Pará, por exemplo – e também cria limo. Temos até pessoas do Sul, tido e havido por uma região próspera, de colonização italiana, polonesa e alemã, para onde migram nordestinos, principalmente nos períodos de seca. Todos buscam esta cidade atraídos por sua fama de núcleo em desenvolvimento rápido, lugar em que circula dinheiro, terra em que um homem esperto e disposto a trabalhar fará fortuna em tempo curto, ou pelo menos poderá se aprumar na vida. Vêm de todos os cantos do Brasil e em geral se ajeitam aqui. Chegam humildes, de fala mansa, perseverantes, às vezes sem dinheiro para o hotel ou a pensão. Nós os vemos passar nas ruas, ativos e diligentes, farejando ganho fácil, e os incorporamos logo, sem preconceitos, à nossa população. Daí a pouco eles são vistos em barbearias, em salões de bilhar, no mercado, no campo da Desportiva, no *footing* pelo jardim. Uns, como aquele rapaz que começou comprando garrafas, com um saco de aniagem nas costas, sobem pelo próprio esforço, tornam-se proprietários de pequenos impérios comerciais, entram para o Tênis Clube, se elegem prefeitos. Outros desposam filha de fazendeiro, se instalam na vida. Há ainda os advogados e médicos recém-formados que abrem consultório,

203

cobram caro, praticam extorsões com a cara mais limpa deste mundo e também não custam a enriquecer. O professor Taborda comportou-se de outro jeito. Tinha planos diferentes, contava com amigos graúdos que o receberam com todas as honras, facilitando-lhe o crédito e o trânsito social, hospedando-o em casa.

Eu o vi passar algumas vezes nas ruas. Avistei-o também no interior de casas comerciais. Lembro-me agora de suas lições. O brasileiro é antes de tudo um fraco. Se vê um balcão, arrima-se a ele. As paredes e os portais servem-lhe de encosto. Mole, bambo, preguiçoso, ampara-se até nos outros quando conversa. Dizem que a mão no ombro, no braço, o estilo de falar agarrando-se ao interlocutor é sinal de afetividade da raça. Parece mais busca de apoio físico. O brasileiro cresce nervoso, apático, sem tomar consciência do corpo, salvo para a função sexual, que ele confunde com safadeza. Dorme muito, desfibra-se na inação e na vadiagem. Falta-lhe ordem, disciplina, motivação. O major Taborda, que eu examinei com todo o vagar, antes de matricular meu filho no seu colégio, parece não recostar-se nunca. Teso e altivo, queima energias, convoca forças, impõe-se pelo porte. Em pé, assume posição de sentido, assemelha-se a um soldado de guarda. É homem ainda moço, talvez no fim da casa dos quarenta, miúdo e magro. Um pequeno nervo salta-lhe num canto da boca, com certa regularidade – e nessas ocasiões a pele estremece até as maçãs do rosto, forma o desenho de uma cicatriz inexistente. Sério, mais para o sisudo do que para o natural, tem andar empertigado e atitudes de pessoa voluntariosa. Quase sempre traz um livro na mão. Não disfarça o título, faz questão de que o vejam. Pode ser *Vontade de potência*. Ou *Le crépuscule des dieux*. Talvez o *Manifesto de outubro*. Às vezes um romance, *O esperado*. Ou *Os protocolos dos sábios de Sião*, do sr. Gustavo Barroso. Costuma portar um rebenque pequeno e fino, desses usados pelos jóqueis, debaixo da axila do braço esquerdo. Quando em conversa, na esquina ou em casa de negócios, brande o rebenque contra a própria perna, fustiga a calça na altura da coxa. O rosto miúdo, um tanto chupado, lembra o chefe nacional. A diferença é que, em lugar daquela palidez às vezes doentia que já nos acostumamos a ver nos retratos do líder, o rosto do professor Taborda é corado, sanguíneo. Seus cabelos pretos são cortados quase rente ao crânio, à escovinha. Fisicamente, na estatura, na compleição e nos passos nervosos, poderia ser confundido com o chefe nacional, se usasse bigode e fosse corado como alemão.

Surpreendi, numa dessas vezes, um trecho de conversa.
– Major, chegaram os livros de doutrina?
– Sim. E também manifestos, romances e ensaios. Fiz distribuição larga às entidades culturais. Ação Fraternal, Rotary Club, Associação de Bandeirantes, Escoteiros, Associação Comercial.
– O senhor está prestando um serviço público da mais alta relevância.

Professor Taborda desculpou-se, ainda mais agitado:
– É preciso semear a boa palavra, as boas ações.

O rebenque bateu na perna, ele soergueu-se, pareceu unir os tacões na continência vibrante.
– Por enquanto, sou mero divulgador. O que, aliás, me basta. Que seria da cultura sem divulgação?

Os interlocutores assentiram com fortes meneios de cabeça.
– Isso mesmo, teríamos uma cultura estagnada. Portanto, cultura e divulgação andam juntas, de mãos dadas, se equivalem. Considero-me um semeador.

Quase todos os chefes de família da cidade viram em Taborda o arauto. Ele parecia ter descido do zepelim, quem sabe por uma escadinha de cordas, e significava também uma ponte entre estruturas caducas de povo subdesenvolvido e uma civilização nova. Taborda era a

Alemanha. A nova Alemanha, que ressurgia das ruínas da Primeira Grande Guerra, que sepultava as humilhações para ocupar outros espaços. Nos dois cinemas da cidade – o Cine-Teatro Itambi e o Odéon – via-se a juventude alemã praticar esportes, vencer nas Olimpíadas, frequentar universidades, amar louras *frauleins*, marchar em pelotões compactos que pareciam transportar a energia viva, liberada, de uma raça deveras eleita.

No intervalo entre o jornal e o filme, quando as luzes acendiam, um vizinho observou-me uma vez:

– Esses jovens alemães me lembram uma frase de Getúlio.

– Qual?

– Getúlio disse: "Mocidade de hoje, futuro de amanhã."

Concordei com um gesto vago. A mensagem aparecia em cartazes enormes distribuídos pelo DIP. Em outros, sorridente, Getúlio jogava golfe em prado verde, imitando atitudes do democrata Roosevelt.

Veio então o filme principal, da UFA: *O gabinete do dr. Caligari*. E a esperada sobremesa: o novo episódio do seriado *Frank, o gladiador*, que competia em audiência infantojuvenil com a série do Odéon, também muito louvada: *Os perigos de Paulina*. Em matéria de filmes, a cidade apreciava os de aventuras. E neste gênero preferia os faroestes. Os heróis pulavam, de cima de telhados ou varandas, sobre selas de cavalos à espera, e partiam em disparada. Na corrida por estradas poeirentas, montavam e desmontavam, tocando as botas no chão. Tom Mix, Buck Jones, Ken Maynard, Bill Elliott. Mais rápidos, mais certeiros e imunes à corrupção. Para eles perdiam os enredos políticos dos filmes da UFA e as pesadas comédias de alcova com que os alemães pretendiam imitar a *Comédie Française*.

– É preciso canalizar as energias da nossa juventude para uma causa nobre – disse o major Taborda.

§ Isabel II

– Quero pedir-lhe desculpas em nome da nossa cidade – eu digo, embaixo da janela.
– Por quê?
– Pelo tédio que lhe causamos.

Ela ri com agrado. Está debruçada à janela. O peitoril comprime os seios, acentua o rego entre os dois pomos. Tem um colo bonito, generoso sem ser farto, de uma cor branca que me parece alemã, nórdica, e o vestido que usa, de seda pura, provavelmente um xantungue, custou caro. Ela não o comprou aqui: nossas lojas de fazendas não expõem novidades acima do padrão aquisitivo médio. Sem dúvida adquiriu a peça de pano na capital, encomendou o vestido a uma boa modista. O decote na frente é largo, foi aberto com a visível intenção de expor metade dos seios, até perto dos mamilos.

– Afinal encontro aqui uma pessoa com autocrítica – ela diz.
– Autocrítica?
– Sim. Em geral os naturais daqui são gente orgulhosa, sobranceira. Para eles esta é a melhor cidade do mundo, mais interessante até do que Paris, imagine só. O senhor, no entanto, reconhece que é tediosa.
– Reconheço, não. Sei que é. Sinto.

Ficamos a olhar um para o outro, de cima para baixo e vice-versa. Um pequeno sorriso baila nos lábios de Isabel Taborda, como inseto dourado a esvoaçar sobre as polpas carnudas de uma flor.

– Taborda diz que eu exagero. Que, se procurar bem, poderei preencher o meu tempo, tornar-me uma pessoa útil a mim mesma e aos outros.

Faz uma pausa. Uma ânsia intumesce-lhe os bicos dos seios – ou estarei imaginando coisas?

– Mas veja o senhor: trabalho caseiro não me atrai. É monótono e sem criatividade. Detesto limpar, arrumar.

A mão direita abre-se. Dedos compridos, finos, com unhas bem tratadas, escarlates.
— De cozinha, nem me falem. Sirvo apenas para orientar as empregadas, preparar o cardápio do almoço e do jantar. Taborda é luxento, não gosta de repetir prato no mesmo dia.
— E a causa? — eu digo.
— A causa me seduz. Movimento sério, profundo. Está galvanizando empresários, intelectuais e boa parcela da juventude. Mas por enquanto é trabalho para homem, para o Taborda.
— Por que não funda um comitê feminino?
— Já pensei nisso — ela diz. — Ou, para lhe ser franca, o Taborda pensou por mim — ri. Os dentes são regulares, alvos. — Mas a ideia de arregimentar mulheres sem...
Procura a palavra certa; seus olhos brejeiros parecem sublinhar um sinal de constrangimento.
— Sem qualquer consciência política, não é? — eu digo. — Embrutecidas pela dominação masculina, por árduos trabalhos caseiros, pela criação de filhos.
— O senhor tem sensibilidade, compreende minha condição de mulher bem-educada. Ah, pelo menos encontrei aqui uma alma afim, um amigo.
Da janela passamos ao portão. Dava menos nas vistas.
— Vi você ontem no centro — eu digo.
— Fui tomar sorvete.
— Tem saído muito? — eu digo.
— Se tenho saído? Você chama a isso de sair?
Espicha o lábio em sinal de amuo.
— Aqui não há casa de chá, loja elegante, confeitaria, salão de beleza. Que pensa que eu vou fazer no centro?
— Ora, namorar.
— Você está brincando...
Olha-me séria, depois ri, afasta do olho a mecha rebelde.
— Saio apenas para esticar as pernas, para não morrer de bolor em casa. Mofada. Pelo menos encontro pessoas,

converso um pouco. A propósito, conheci sua mulher: é uma pessoa muito inteligente. Taborda vive ocupado em reuniões, articulações políticas. Não tenho temperamento de vivandeira.
– O quê?
– Vivandeiras, as mulheres que acompanhavam tropas, que facilitavam a vida dos combatentes.
– Você é louça fina que deve ficar em casa, na cristaleira, guardada para as grandes ocasiões – eu digo.
– Obrigada, meu caro.
– Você é linda.
Ela me olha, emudecida.
– Você é a mulher mais bonita que eu já vi.
Julgo avistar no fundo do seu ar de pasmo um indício seguro de satisfação.
– Você tem classe, tem raça. Entende?
Minhas mãos estão pousadas em seus ombros, escorregam nas costas para a cintura. Isabel desprende um perfume discreto de lavanda.
– Cuidado – ela diz.
Eu olho alarmado para a rua entrevista por entre os ramos da vegetação.
– Não é bem isso – diz Isabel. – Ou melhor, é isso também. Mas eu me referia a você. Devagar, meu bem. Não tenha pressa, não se desperdice.
Puxo Isabel para mim, colo o meu corpo no dela e nos beijamos uma, duas, três vezes. Ela está quente, com uma quentura de ave sob a penugem, e seu coração bate disparado.

§ Zepelim em chamas

Professor Taborda tem amigos na Câmara dos Quatrocentos. Levantou recursos, obteve material escolar, jogos, equipamentos esportivos que vieram de navio, nos porões do *Itacaré*. E foram embarcados no trem. Em um casarão perto do centro da cidade instalou então o Educandário Novo Ipiranga, curso primário e secundário, apenas para rapazes. Como a casa ficasse em terreno acidentado, tinha um portão, várias salas com janelas e uma escada de madeira nos fundos. A partir dali, desdobrava-se o quintal: árvores frutíferas, grama, uma cisterna, terreno vago até a outra rua embaixo. Antes do muro final, dois postes com trapézios, espaço para prática do futebol, ensaios de bateria, exercícios de ordem-unida e assim por diante. As salas e quartos do térreo se transformaram em salas de aula e gabinete do diretor, especialmente adaptadas. Na fachada, o mastro onde drapejava a bandeira brasileira. Nas datas cívicas o pavilhão nacional era erguido lentamente pelo diretor, ao rufar de tambores e toques de corneta. Ali, em plena rua calçada de paralelepípedos, com a presença do interventor no Estado, do prefeito e diversas autoridades, professor Taborda inaugurou o educandário com um discurso que findou em peroração inflamada e foi muitíssimo aplaudido. *O intransigente* citou-lhe o trecho final, proferido com ardor, voz embargada e punhos crispados: "Estão vendo aquela bandeira, senhoras e senhores? Um lema positivista: Ordem e Progresso. Como se a República, com todas as suas tibiezas, fosse capaz de prover as necessidades e satisfazer as fundas carências de uma raça fraca. Senhores, é o chefe nacional quem nos conclama: sejamos agora os bandeirantes do amanhã, os construtores de auroras, para que possamos um dia nos orgulhar deste pendão, para que não afundemos com ele no degredo, no abismo e no olvido, na Desordem e no Regresso!"

Rataplan, plan, plan. O rufar de tambores vinha dos fundos do Novo Ipiranga. Meninos e adultos trepados em cima do muro acompanhavam os ensaios, a formação de fileiras, as evoluções de ordem-unida. No fim da tarde, uma vez por semana, os alunos fardados de cáqui, com divisas ao ombro, se transfiguravam em infantes. Empunhavam longos bastões à guisa de fuzis, com eles simulavam combates à baioneta, obedeciam a ordens de descansar, ombro-armas. À frente, a bateria e o corneteiro. Major Taborda organizava os pelotões segundo a altura dos alunos, exigia que todos marchassem com passo certo, queria peitos estufados, ombros para trás, fronte erguida. A estreia deu-se uma semana depois. Os alunos formaram na rua em frente à escola, juntou gente para ver, janelas e portas povoaram-se. Vermelho, gesticulando muito, as veias saltando do pescoço e o tique no rosto espalhando-se qual lívido relâmpago, Taborda dirigiu o espetáculo. Formaram-se os pelotões, fizeram-se os exercícios de marche-marche e meia-volta volver, olhar à direita, continência para o major, alto, escola à direita, escola à esquerda, descansar, sentido. Taborda exibia lustrosas botas pretas, o uniforme se ajustava ao corpo como tecido colante, o quepe transmitia imponência ao rosto miúdo. Começou a marcha. As moças não tiravam os olhos das fileiras, somente os que iam atrás, os de menor idade e sem ares compenetrados de milicianos recebiam olhares desdenhosos. As famílias apareciam nas calçadas para ver os seus meninos. À frente e atrás, percorrendo as fileiras, Taborda vergastava com o rebenque os que erravam o passo. O surdo gemia, a corneta soltava gritos melodiosos, tambores ditavam a cadência. Um, dois, direita volver, em frente, marche. Uma vez por mês, o Novo Ipiranga desfilava pelas ruas em direção a um acampamento nos arredores. Nessas ocasiões os alunos carregavam às costas um fardo: tenda, cantil, merenda. Desenvolviam o espírito comunitário, desintoxicavam o corpo e a mente ao ar livre, em contato direto com a natureza, respeitavam os valores e os símbolos cívicos da pátria.

    Hitler, chefe de Estado. Congresso integralista em Petrópolis. A Itália ataca a Abissínia. Levante fascista na Espanha e início da Guerra Civil. A Alemanha rompe com a Liga das

Nações. Conspirações integralistas inquietam setores do Governo Vargas. Nas aulas de desenho predominavam esboços do *Graf Zeppelin* e do *Hindenburg* nos céus de São Paulo e do Rio, em viagens intercontinentais, mais de duzentos metros de comprimento, em breve o *Hindenburg* daria volta ao mundo. Toda a coleção de Emilio Salgari e Karl May na biblioteca do colégio. Romances e ensaios políticos de Plínio Salgado, obras históricas de Gustavo Barroso, poesias de Rosalina Coelho Lisboa, edição de *Assim falava Zaratustra*, uma tradução do *Mein Kampf* já com a capa esfiapada, revistas alemãs em português. Mussolini apodera-se da Abissínia. A Inglaterra arma-se. Hitler ameaça a Tchecoslováquia: quer anexar os Sudetos. Aqui, comícios integralistas acabam em pancadaria e mortes. Rumores de golpe. O *Hindenburg*, orgulho do Terceiro Reich, é devorado pelas chamas.

Vem nos jornais. Uma quinta-feira. Procedente de Frankfurt, com 61 tripulantes e 36 passageiros, o dirigível manobra para descer em Lakehurst, Nova Jersey, quando uma faísca salta na popa, seguida de um clarão azulado. Tudo é muito rápido. Em terra nada se pode fazer. Morrem 34 pessoas. Sabotagem, claro. Os alunos do Novo Ipiranga desenham o *Hindenburg* no ar, a sessenta metros do solo, tomado pelas labaredas. O hidrogênio inflama-se com facilidade, o arcabouço do zepelim é um esqueleto tisnado, corpos humanos tombam do seu bojo.

§ Isabel III

– Comprei uma camisola pensando em você – diz Isabel.
– Preta?
– Claro. Quer ver?
– Quero ver vestida em você.
Isabel abre o guarda-roupa, tira e estende o que me parece um vestidinho de criança, todo rendado.

– Não é uma graça?
– Quero ver como fica em você.
A porta aberta do guarda-roupa revela à esquerda ternos e camisas do major Taborda dependurados em cabides. Vejo um dólmã, uma camisa verde com o sigma no braço, em fundo branco, dois casacos de couro preto, uma farda. Junto à porta, enfiados em vasta sapateira, sapatos de salto reforçado, botas.
Isabel se desnuda, enfia a camisola pela cabeça, ajeita as alças, acomoda os seios sob a renda. É uma camisola curta, que não encobre totalmente as nádegas e o sexo, e em cima deixa os seios quase de fora. Tem uma abertura lateral, a partir da cintura.
– Gosta? – diz Isabel.
E faz meneios, descobrindo as coxas e as nádegas, expondo os pelos pubianos.
– Gosto muito. Esta você não precisa tirar.
– Foi o que pensei – diz Isabel.
Aconchega-se, aninha-se nos meus braços.
– Me dê a língua – ela diz. – Quero sugar.
Eu lhe dou a língua.
Rolamos, cavalgamos um ao outro.
– Fechou a porta para a cozinha? – eu digo aos arrancos.
– Fechei. Mas não se preocupe, a empregada é de toda confiança.
E então chega aquele instante em que os olhos se fecham sem a gente querer, começamos a enxergar mal, a luz do quarto fica difusa, trevosa.
– Espere – diz Isabel.
– Vou inundar você – eu digo.
– Agora não. Espere.
O instante passa, voltamos a enxergar bem, o quarto readquire toda a nitidez. E se Taborda entrar? Bobagem, ouviremos de longe o ruído de seus tacões. Sairei tranquilamente pela janela, neste final de tarde.

Isabel estira-se ao meu lado em pose relaxada. Olho seus olhos. Ela vê que estou olhando e ri. Então a cor das pupilas parece acentuar-se, passa daquele castanho-claro visto a distância para o castanho quase amarelo da nossa intimidade. Tem a boca bem desenhada, carnuda, de um róseo forte, como se usasse batom. Desço a vista. O pescoço é fino e comprido, pende como haste de planta. Os seios, ligeiramente atrevidos quando ela está em pé, espalham-se agora, derramados, acamados, dando ao peito uma elevação suave coroada pelos dois marcos dos mamilos no centro da auréola rosicler. Ventre batido, um precipício para quem vai descendo e enfrenta o contraforte da última costela. E no vale que então se forma e se prolonga para baixo, rumo a sítios úmidos e sombreados, começa o trigal. A penugem leve, finíssima, de cabeleiras de milho maduro, de hastes encaroçadas de trigo. A penugem cerrada, dourada, abre-se apenas para o poço do umbigo que talvez encerre águas ocultas. A penugem descai à medida que a pele afunda, esticada pela proeminência dos ossos ilíacos. E ao avançar para terras molhadas, irrigadas, protegidas pela sombra natural daqueles lugares ermos, o trigal cresce forte, vigoroso, encaracolado. O amarelo adquire aí tons mais fechados, de melaço grosso. Ah, os girassóis de Van Gogh, retorcidos, ásperos na aparência, inflamados como labaredas. O campo de trigo entra na área penumbrosa, se debruça à beira do charco, se mistura com o charco como certas raízes de plantas e certa vegetação eternamente gotejante. E cheiram as espigas entrelaçadas, altas, densas; cheiram na madurez, cheiram com o odor de searas completas, o feno segado no verão, eu quero afundar para ter o prazer de ver-me novamente à tona e novamente tentado a submergir.

A mão comprida de Isabel afaga a camisola enrolada no pescoço.

– Taborda não tem disciplina – ela diz.
– Disciplina é o que não lhe falta – eu digo.

— Não é isso, você entendeu de outra forma. Eu me refiro à disciplina no ato de amar.
— Ele solicita você a toda hora?
— Não.
Isabel faz uma pausa, arranha-me o baixo-ventre com a ponta das unhas.
— Ele tem ejaculação precoce — ela diz.
Prefiro não fazer comentários.
— Mal toca em mim, ele se satisfaz e se retira envergonhado. É doença, você sabia?
Penso na empregada a essa hora reclusa na cozinha. Ela me cumprimenta às vezes com uma deferência em que observo a ponta da malícia. Saberá que estou aqui? Naturalmente me viu entrar, ou então ouviu vozes. E se Taborda sentir-se mal, abandonar a reunião política, entrar em casa fora de hora? Uma vez já tive de sair às pressas. Embora em centro de terreno, isolada da rua por uma vegetação densa, a casa tem vizinhos. E Isabel, positivamente, está ficando doida. Os perigos a que se expõe parecem ditados pela felicidade na cama. Anda nua pela casa, me puxa para o chuveiro, se agarra a mim, não me deixa partir. Às vezes me faz vestir a camisa verde do major Taborda.
— Você fica bem de verde — ela diz.
Recua alguns passos, me contempla. Eu levanto o braço.
— *Heil* — digo em voz rápida e forte.
Isabel ri.
— Assim não. É anauê que se diz.
— Anauê — eu digo.
Outra vez me fez enfiar uns culotes que ficaram apertados e com a boca da calça no meio da canela. Depois me obrigou a calçar botas com esporas. E assim fardado, trazendo no braço o sigma, satisfiz as fantasias de Isabel.
— Sentido — ela diz.
Perfilo-me, batendo os tacões das botas, estufando o peito.

– Ordinário, marche – ela diz.
Eu marcho, fazendo o passo do ganso.
– Direita, volver – ela diz.
E eu guino para a direita.
– Esquerda, volver – ela diz.
E eu vou para a esquerda.
Atrás de mim, nua, Isabel estala no chão um rebenque.
– Um, dois, um, dois – ela entoa.
E houve aquela vez em que Taborda me pegou em casa. Muito calma, envolvendo-se num chambre, Isabel me beijou na boca e empurrou-me para trás da cortina, no canto do quarto protegido por um grande receptor de rádio sobre uma banqueta.
Não tive coragem de espiar. Tentei imaginar o que faziam, segundo o que conversavam e os ruídos no quarto.
– Muito cansado, meu bem? – diz Isabel.
– Um bocado – diz o major Taborda. – Estive organizando a nossa polícia.
Deposita um objeto sólido sobre a mesa de cabeceira. A pistola Luger?
– Deite aqui – diz Isabel.
A cama geme baixinho. O major pousou com certeza a cabeça no colo da mulher.
– Quantos efetivos você reuniu?
– Na polícia integralista? – diz o major. – Ou nos milicianos?
– Na polícia.
– Uns cinquenta até agora. Selecionados na ponta dos dedos.
– Alguma novidade?
– Na Europa, a anexação da Áustria pela Alemanha. Em breve será a vez da Polônia.
Faz uma pausa, solta um bocejo.
– A marcha é irresístivel – diz o major.
É provável que os dedos de Isabel passeiem em seu couro cabeludo. Ou que ela lhe trisque a pele do peito com as unhas afiadas.

– Enquanto isso, nosso país vai de mal a pior – diz o major. – A polícia do Estado Novo vasculha redutos nossos, à procura de armas. O chefe integralista do Estado do Rio de Janeiro enforcou-se para não ir preso. Fiquei muito abalado.
– Que horror – diz Isabel.
– Nunca se viu uma repressão assim tão forte – diz o major. – Nem aos sanguinários comunistas de 1935. O chefe nacional agiu muito bem ao recusar a pasta da Educação e Cultura. Não se pode compactuar com um regime desses.
Outro intervalo.
– Meu bem, você precisa relaxar. Vamos fazer amor – diz Isabel.
– Depois. Tenho de sair ainda.
– Para onde vai?
– Ao comitê. Temos de estar alertas. Os comunistas estão calmos demais, com certeza nos preparam uma cilada.
– Eles são tão poucos aqui – diz Isabel.
– Mais numerosos do que você imagina. De qualquer forma, basta a presença de um líder para atiçar a massa.
– Ah, isso é verdade – diz Isabel.
Ouço passos fortes na minha direção, preparo-me para o pior. Major Taborda liga o rádio em plena sinfonia de Wagner. *Siegfried? A valquíria?*
Meia hora depois, alguém entra no quarto. Isabel, a julgar pelos passos. A cortina é afastada, ela me puxa pela mão.
–Venha, amor. Estou toda molhada.
O robe se abre, o tufo de trigo maduro ou de feno perfumado aparece.

§ Integralistas cantam

O chefe regional desapareceu. Alguém o viu pela última vez em seu gabinete no Educandário Novo Ipiranga, corrigindo provas dos alunos. Estava irritado, não conseguia ficar sentado mais de dez minutos. Mãos trançadas às costas, percorre o gabinete, aprumado, em ritmo de marcha. A rotina do colégio irrita-o porque afasta o pensamento e a expectativa de coisas mais sérias. Generaliza o uso da palmatória nas sabatinas orais, suspende alunos indisciplinados, ameaça expulsar outros.

Decide fiscalizar algumas aulas, mas não se demora muito. Sua presença intimida os alunos, constrange o professor. Na aula de desenho, ele observa com desgosto um aluno retocar mais uma cena do bojo do *Hindenburg* entre os destroços. Arrebata a cartolina, rasga a composição pelo meio e atira os pedaços sobre a carteira.

– A era dos zepelins está encerrada – ele diz.

Deixa a sala com a mesma rapidez intempestiva com que entrou. Uma sabatina de geografia atrai-lhe a atenção, mais adiante. Chega a tempo de ver um dos alunos, que deu quinau em outro, destacar-se de uma das duas fileiras e aplicar um bolo chocho na palma da mão do perdedor. Taborda avança, toma a palmatória e estala um bolo violento na mão do aluno vencedor.

– Os machos batem forte – ele diz.

Um minuto depois, acompanha, deliciado, a pergunta de um dos melhores alunos da classe ao rival da outra fileira: quer, em ordem decrescente, com as respectivas populações, as dez maiores capitais da América Latina. O interrogado pede licença ao professor, vai ao quadro-negro e, com o giz, começa a relacionar as capitais, na ordem pedida. Taborda vê a resposta completar-se, "perfeita, irretocável e irrepreensível", como ele próprio observa, ao fim de quinze minutos de esforço laborioso. O aluno está vermelho e suado. Taborda convoca-o ao gabinete, dá-lhe de presente uma gramática elementar de alemão.

– Continue assim – ele diz.

Tudo isso e mais outros pequenos acontecimentos, que omito por desnecessários, são recapitulados nas conversas nos bares, nas esquinas, nos saraus familiares. Informações contraditórias passam por um filtro rigoroso, prevalecem as fontes dignas de todo o crédito. Fragmentos de testemunhos, de quem viu e ouviu e de quem colheu de terceiros, juntam-se, tecem o mosaico dos movimentos de Taborda, levam-no da escola à casa, daí à célula e à escola, em idas e vindas sucessivas. Estamos há quase um ano do incêndio do *Hindenburg*. Diferença de dias. O mês é o mesmo, maio. E então, no Rio de Janeiro, aborta a intentona integralista que previa um assalto ao Palácio Guanabara e a prisão de Vargas no cruzador *Bahia*. Todas as missões fracassadas. Algumas sequer iniciadas. Deserções, omissões, equívocos.

Os integralistas de nossas cidades passam presos, de trem, para a capital. Enchem os vagões com suas camisas verdes e sigmas. Acenam adeuses pelas janelas, cantam seu hino. Até parece que seguem juntos para um congresso, um acampamento, um comício ruidoso. Descem do trem, sob escolta, e marcham para o embarcadouro, onde um navio especialmente requisitado já os espera. Espalham-se pela proa, pela popa, pelo tombadilho – e não param de cantar. O navio apita e começa a largar-se do cais. Eles respondem com anauês aos lenços brancos que no cais tremulam como asas de gaivotas. Depois, recomeçam a cantar. O navio desaparece além do morro do farol.

– Acabou – eu digo.
– Não – diz minha mulher.
– Acabou, sim.
– Apenas começou – diz minha mulher. – Então você não vê? O ataque ao Palácio foi bobagem. Plínio não precisava de violência. Os integralistas já estavam em grande parte no poder e continuarão depois disso no poder. Estar no poder não significa necessariamente ocupar a Presidência.
– Nesse caso, Taborda morreu em vão?
– Morreu em vão – diz minha mulher.

E ela, que estava na cidade e correu até a praça, narra o último episódio. Taborda, que havia tomado a prefeitura de arma em punho e rendido os principais funcionários, não queria render-se. Enquanto isso, agitadores anônimos atraem o povo à praça, cercam a prefeitura, acusam o prefeito de conivência. Minha mulher me procura e não me encontra. "Ga-li-nha ver-de, ga-li-nha ver-de", urra o povo escandindo bem as sílabas. Juntem o povo em praça pública e ele gritará qualquer coisa, contra ou a favor, não importa o quê, não importa contra quem. Basta que alguém disfarçado na multidão lance o primeiro brado. "Ga-li-nha ver-de, ga-li-nha ver-de", grita o povaréu em voz compassada. A prefeitura está fechada, Taborda libertou os reféns e demora a sair de braços para cima, rendido pelas circunstâncias adversas. A multidão se espreme, avança e recua em forma de onda, transborda para as ruas laterais, sobe na balaustrada à beira-rio. "Ga-li-nha ver-de, ga-li-nha ver-de", grita o povaréu. "Lá vai ele", aponta um. A multidão olha e silencia. Fascinada, acompanha os gestos lentos de Taborda. O chefe regional caminha pelo terraço, detém-se à borda e examina a multidão. Seu olhar passeia pelo patamar ondulante de cabeças. O silêncio é total. "Ga-li-nha ver-de", alguém rompe o silêncio. O grito solitário sobe até Taborda, imobiliza-lhe o corpo. A suspensão de movimentos e de sons dura talvez um minuto. Taborda puxa do bolso do culote uma corda que desenrola vagarosamente. Visto de baixo, parece um mágico que tem à sua disposição, diante da plateia compacta e magnetizada, o tempo de que precisa para fazer o número com todos os pormenores. A corda que ele saca do bolso do culote parece sair dali por efeito de mágica, como o coelho que sai da cartola ou o rolo infindável de fitas coloridas retirado do chapéu de copa alta. Taborda lança o gancho da corda sobre o esteio de cimento do terraço, experimenta a fortaleza do engate, olha o povaréu e cospe para um lado. Ninguém se mexe embaixo. Nenhum veículo passa pelas ruas próximas. A cidade concentra na praça, naquele instante, todas as suas forças. Taborda olha para baixo e, em gestos muito lentos, teatrais, cinge o pescoço com o laço, aperta o nó, caminha até a borda do terraço e para. A multidão não perde um só de seus movimentos. Aprumado à borda, em posição de sentido, sem mexer um músculo, ele aguarda o instante que será decisivo. Um minuto, dois minutos. Ele já foi longe demais, pensa minha mulher. Não pode voltar atrás. Ou pode, quem sabe. Talvez tudo isso seja teatro. A continuidade de uma longa representação. "Salta", grita um homem na multidão. A princípio, um grito isolado. Depois, alguém faz coro. E daí a pouco é o povaréu que grita ao mesmo tempo, batendo os pés, batendo palmas, compassadamente: "Salta. Salta. Salta.". Taborda leva a mão ao pescoço, repuxa a corda. Vai soltar-se? O jogo que se estabeleceu entre ele e a multidão é corrupto, é cruel, pensa minha mulher. E então uma mulher grita "meu bem", e a multidão se abre à sua passagem como o vagalhão fendido pela quilha. "Meu bem, meu benzinho, espere", grita a mulher, abrindo caminho até a porta. "Benzinho, sou eu", diz Isabel de olhos postos no terraço. E, à vista da mulher que investe rumo à porta, o chefe regional salta. Seu corpo dependurado na fachada do prédio parece uma bandeira verde, com o sigma, enrolada por falta de vento.

§ Isabel IV

— Ela envelheceu muito — diz minha mulher.
— Todos nós envelhecemos — eu digo.
— Você não estava mesmo na praça? — ela diz.
— Não.
— Onde estava, então?

— Não lembro mais — eu digo.
Passo a folha do jornal. Examino o título, fotos e legendas de uma reportagem sobre zepelins.
— Olha aqui, os zepelins vão voltar — eu digo.
Minha mulher não faz comentários.
— Em vez de hidrogênio, usarão um gás não inflamável. Já existem grandes zepelins em exibição na Europa.
— Ele não precisava ter feito aquilo — diz minha mulher.
— Quem? O Taborda?
— Eles estavam no poder e continuam até hoje no poder — diz minha mulher. — Nada mudou.
— Ah, isso não. Houve a guerra. A guerra trouxe mudanças.
— Talvez você tenha razão. Pelo menos, uma.
— Qual? — eu digo.
— Um novo ismo.
Ela faz uma pausa e diz antes de sair da sala:
— O terrorismo. Nuclear e ideológico.

(*Mar de Azov*, 1986)

NINFAS, OU A IDADE DA ÁGUA

On rêve avant de contempler.

Gaston Bachelard

1

É um cotovelo de riacho, as águas formam ângulo agudo. Daqui da ribanceira, por onde descemos com cautela, agarrados a raízes expostas e arbustos, é impossível distinguir o rumo que as águas tomam após a curva. Elas surgem de repente, de um meandro próximo, e parecem fluir por um túnel ali embaixo – a lerda dissipação de águas quase estagnadas que desembocam em lago pantanoso. Não me perguntem o nome do riacho ou córrego ou ribeirão, onde ele nasce, por onde se arrasta com suas línguas de lesma entre pedras escuras, onde deságua afinal a sua canseira, a sua inutilidade. De cima, do caminho de quase indistinto traço, sentimos mais que ouvimos o ribeiro; por um frescor que adeja em nossos rostos e logo desaparece, por um rumor mínimo de filete de água prestes a emudecer de vez. De modo que, ao descer até aqui e ver que existe água e que a água escorre, ainda que lenta e calada na sua pesada clareza, é como descobrir a fonte, a nossa fonte, quem sabe o espelho.

Entramos na água. Águas inopinadas no meio do mato, no recesso de bosques, ribeirões que estendem uma azulada cauda, águas assim guardam sempre a frieza intocada das superfícies determinadamente virgens. Esta aqui, aposto, está sendo fendida pela primeira vez, e nossos pés nus em avanço semelham quilhas. Pedras afloram, pedras sepultam-se limosas na corrente quase imobilizada. Magdala se despe com pressa, tirando as roupas pela cabeça, puxando a calcinha com agonia de fêmea no derradeiro cio, e os seios intumescidos pelo sutiã agora espocam como tantas outras frutas inchadas. Depois, Magdala ri, suspira e se abaixa: desce lenta e determinada, como para ficar de cócoras, a água envolve-lhe os joelhos, arredonda as coxas, abarca com ligeiro frêmito os quadris; Magdala se aninha na água, espoja-se na sua densidade e parece uma ave a chocar as intumescências do leito.

Envolvidos na água, acumpliciados, aderimos ao silêncio espesso. Estamos no fundo de leve depressão, uma dessas úmidas terras baixas onde medram viçosas as bananeiras bravas e toda a espécie de arbustos repolhudos. Águas de superfície, mas de aparência e sigilo subterrâneo, estas aqui nos fazem afundar na terra, pois o bosque que se alevanta além das ribas, os frutos amarelos e verdes que se debruçam, o próprio pequeno horizonte acaso não parecem espiar-nos como quem pende da borda de um poço? O tempo escorre, a água que nos banha assume logo a forma de nossas concavidades e saliências corporais, e esquenta agora ao nosso contato: os bicos escarlates dos seios de Magdala parecem dois decepados botões de rosa, a água transforma-lhe o cabelo preto e escorrido em esponjosa coifa. A margem está perto, para lá nos arrastamos como répteis, ali caímos um em cima do outro e entramos um no outro sem convite, sem gesto prévio, sem consulta, com a naturalidade de duas pedras que devem encontrar-se para cristalização de seus âmagos; entramos um no outro, carnes que afundam e se abrem, se atritam e coçam, imergem e submergem, até que nossos gritos espantam um bando de aves e paramos soltos um sobre o outro, um deitado rente ao outro, como pedras que afinal se desenlaçam e se desencontram. Leves, com aquele peso de água ilusoriamente retida na concha da mão, também parecemos debruçados à borda. Meus olhos estão turvos, míopes; veem apenas a margem estreita de terra nua e a água estancada; e muito próximo, qual esfera solta no espaço, o horizonte das árvores, dos frutos, das serras. O homem na superfície da lua há de ter sentido isso. A impressão de queda iminente, de vertigem; ele quase alado sobre a porosidade do solo, sobre prováveis leitos secos de águas remotíssimas, há muito tempo evaporadas, enquanto vê diante de si, azulínea e riscada por laivos aquosos, a redoma da Terra prometida.

– Meu pai, eu gosto muito de você – diz Magdala.

Viu um filme americano em que mulher e marido se tratavam assim, pai e mãe. E gostou. Ela gosta ou desgosta; acha uma coisa boa ou ruim. Não se preocupa em analisar, justificar, inquirir, perquirir – nem eu em ponderar ou fazer exigências, quando juntos. Ela é lógica, fundamental; precisa de carinho e dá carinho, sente fome e sede, frio e calor. Na companhia de Magdala, meu labirinto de perplexidades desaba. Mesmo de onde estou, desta estreita margem de córrego, vejo as ruínas do labirinto, podendo distinguir a um tempo muitas entradas e uma só saída, apesar de todas as ofertas e negaças.

Na ribanceira, taboas com o seu perfil alongado de foguetes e outras plantas aquáticas desprendem raízes à flor d'água. Parecem cabeleiras de mulheres afogadas.

2

Este bosque de cacaueiros por onde caminhamos parece a continuação de outro, como uma corrente é o prosseguimento do olho de água ou da nascente. As mesmas árvores regulares, numa disposição que lembra olhos e mãos perseverantes de plantador, para que as copas se entrelacem. Parece estar-se numa catedral cuja nave se apoia em muitas colunas. Sim, vi esta mesma nave em Chartres, manhã de inverno, quando o ar que me saía da boca parecia fumaça gelada. Ou teria sido em Notre Dame, ouvindo o canto gregoriano da missa? A cúpula alta da catedral, a luz que varava vitrais e enchia a nave com um palor semelhante à poeira de ouro em suspensão no silêncio grave, austero e, como direi mais?, augusto. Isso mesmo, uma plantação de cacau é catedralesca. A nave sobe e desce outeiros, arrasta-se para o espinhaço de serras, atira-se na vertigem dos tombadores e grotas, pode deter-se à beira de um capinzal, à margem de um rio ou lagoa, em fímbria de mata ou capoeira, em baixios pantanosos ou em estéreis extensões de pedregulhos e pedreiras. Mas tenham a certeza de que, além do obstáculo, a nave continua sua viagem de árvores reunidas em muda atitude comicial, drapejando ao vento ou quase paradas nos rigores de um estio mormacento – e sempre as nódoas verdes e amarelas de seus frutos, por vezes as coifas de cipós finos lembrando cabeleira flutuante de mulher afogada.

Já passei por aqui (ou por um lugar parecido?) tantas vezes que me sinto no rumo de casa em caminhos desconhecidos. O bosque dá a impressão de ocupar toda a terra, de aderir às suas rugosidades. E apenas certos pormenores do cenário, como uma fruteira silvestre que faz recender a distância o mel de suas bagas entreabertas, ou então um ribeiro inerte que mais parece um espelho cuja superfície vem a ser estilhaçada pelo repentino pulo de uma rã, indicariam que o lugar não é o mesmo, por mais que se repitam aguadas, árvores de tronco aguacento, pedras, pios de aves encalmadas e sutil deslizar de serpentes.

– Está ouvindo o silêncio? – digo a Magdala.
– Estou, meu pai.
– Sempre achei que o silêncio tem voz – eu digo. – Porque silêncio não é ausência de som. Silêncio é a soma de pequenos ruídos tão reduzidos quanto meio decibel,

por exemplo. Como um chiar bem fraco de agulha em disco sem trilha sonora.

– Sim, meu pai.

Magdala cita a cigarra grudada ao tronco, o grilo oculto sob folhas que atapetam o chão, o passarinho que entoa um débil canto, a nuvem sussurrante de jatiuns, os invisíveis besouros e marimbondos a chiar. Não esquece o quase apagado rumor de água, como este que ouvimos agora, na ladeira, e que nos faz descobrir o ribeiro em forma de cotovelo antes de ocultar suas águas nos recessos das ninfeias anunciadoras do brejo. E onde, agora, deitados lado a lado, quase nos tocando pela pulsação de nossos órgãos acelerados, sentimos as gotas de água secarem aos poucos sobre a pele, sugadas pela voracidade de um ar calmoso, quase repulsivo na sua enjoativa doçura.

– Meu pai – diz Magdala.
– Sim?
– Você já teve muitas mulheres?
– Nem tantas. Algumas.

Magdala se arrima a um cotovelo, ri e me empurra o queixo com o punho, como quem bate.

– Meu pai é malandro. Já perdeu a conta de suas mulheres.

Os dedos se distendem, a mão macia desce para os pelos (pretos? grisalhos? brancos?) do meu peito.

– Mas eu afugentei todas. Não foi?
– Foi, mãe. Você pôs o mulherio em debandada.

Magdala ri, me abraça e cola seu sexo ao meu.

– Ah, ah. Ganhei de todas. Aquelas mulheres tinham a cabeça ruim. Xeretavam meu pai, não assumiam. Aí eu apareci, e elas nem lutaram. Verdade?

– Verdade verdadeira, Mag.

A noite avisa que está para chegar. Levanto-me, entro na água, recebo no ventre uma aragem mais fria. As águas se despedaçam. Quando o espelho se recompõe, olho-me por longo tempo. "Tenho um retrato seu de vinte ou trinta anos atrás. Você era bonitão, se parecia com Glenn Ford", me disse Magdala uma vez. Ou teria sido Edméa? Olho-me no espelho meio embaçado da água que as sombras da tarde avançada já enturvam. Ifigênia acaba de vestir-se, atravessa o ribeiro com cuidado para não ferir os pés.

– Venha – ela diz, estendendo a mão.

E mais uma vez entramos no bosque agora menos iluminado e, portanto, mais íntimo, como se a nave da catedral houvesse encolhido e os vitrais coassem uma luminosidade mortiça de vela em extinção. Estamos a caminho de casa, eu me descubro sempre no rumo de casa, tão familiares me são estas e outras cercanias, mas me surpreendo a andar, em idas e retornos idênticos ao fluxo e refluxo de marés, cuja toada monótona sublinha meu maquinal impulso. Nesse audiovisual sem princípio nem fim, apenas certos contornos da paisagem mudam, transpostos pela emoção até o pretérito, entrevistos e depois contemplados e então confirmados, ou revistos e redescobertos com a lucidez que os faz novos e atuais, ou, ainda então, simplesmente adiados para o presente de um futuro ou de um pretérito do futuro que denunciará logo o presente do indicativo. Laura adianta-se, já começa a sentir fome e apressa o passo para casa, no rumo da chaminé que tão bem conhece. Adiante de mim, seu vulto recortado pela leve tintura de um entardecer lento na aspersão do cinza, do vermelho-escuro e do negro, parece alar qual dríade que, tendo se demorado muito na fuga pelo bosque, esteja agora à procura de sua árvore. Magdala me espera adiante. Magdala?

– Em que estação do ano estamos agora? – o vulto me pergunta.

Sorvo o ar na tentativa de identificar odores. As árvores em volta parecem um pouco nuas, num processo de renovação que em breves dias mostrará extremidades vermelhas e róseas de folhas quase em botão. O ar não tem aquela náusea forte de verão, nem o toque sorrateiro de uma lufada de inverno, nem me parece conter sabores embriagantes de primavera. E tanto as árvores quanto o chão e o mato rasteiro estão sem flores, como que indecisos entre fecundação e frutificação.

– É outono – eu digo.

O vulto de Edméa bate palmas.

– Acertou, acertou.

E Edméa me abraça pelo pescoço, girando à minha volta como guirlanda.

É uma descoberta somente nossa: um bosque de cacaueiros contém ao mesmo tempo as quatro estações do ano – nítidas, distintas, autônomas. Agora mesmo podemos ir em frente e encontrar o verão, ou a primavera, ou o inverno, dependendo da natureza do terreno, da altura e da copa das árvores, do entrançado da vegetação embaixo e em cima, dos acidentes de solo, das cabaças de cacau apodrecidas, das nuvens de insetos, dos jogos caprichosos de luz e sombra, da existência de água ou de terra seca. E das cobras, naturalmente. As caninanas preferem os paus podres dos brejos, onde é verão ou inverno, conforme o grau de umidade.

3

Este amanhecer alvacento me encontra onde costumo cultivar insônias. Aos poucos, forçando a vista ou olhando normalmente, distingo o prado, animais deitados ou de pé, já a pastar, casas, depósitos, utensílios agrícolas. Levanto-me e caminho pelo prado. Um trabalhador me traz uma caneca de café quente. Magdala ainda dorme. Daqui a pouco nosso filho acordará e aos gritos há de querer que o ponham no chão, onde ensaia os primeiros passos. O café esquenta-me, desaparece um resto de sono superficial que não chegou a condensar-se pela madrugada. Tudo me parece envolto em véu branco que se vai dissipando, esgarçando-se como fazenda rala e barata – e em seu lugar se concretizam contornos. Fragmentos de neblina da manhã e do reflexo do orvalho nas folhas das árvores e lâminas de capim criam figuras, formas, espectros que o sol não demorará a varrer. Algumas névoas vogam à semelhança de vultos distantes, os mesmos que eu avistava da rede, de outra rede, e que amanhã certamente reverei na revivida lembrança do orvalho e névoa matinais. Edméa? Laura? Helena? Ifigênia? Qual delas? A casa não se ergue muito a distância a ponto de eu, da minha rede, não poder identificar o vulto (modo de andar, modo de trajar, feições), mas o problema é que todas as irmãs se vestem de igual modo, quer dizer, do mesmo pano e modelo, e muitas vezes do mesmo branco leve e fino, ocasionalmente vaporoso se há brisa – e, nesse caso, como saber quem é Helena, quem é Ifigênia, se o vulto é Edméa, se não será Magdala? Mas, afinal, por que esse empenho em nomeá-las, em distingui-las, se uma lembra logo a outra e se qualquer delas resume ou parece resumir todas? Descem para o ribeirão, às vezes em bando, em revoada, e tão ligeiras e aladas que dão a impressão de leve voo, acentuada pelo drapejar de mangas e entufar de saias, aquelas donairosas náiades a sobraçar cântaros vazios, a carregar cântaros cheios nos ombros, a se puxarem pela mão, cabelo e roupa, a se empurrarem galhofeiramente, a se encabritarem como potros árdegos dos bosques e prados – e cujas figuras em alvas vestes drapeadas eu admirei antes em gravuras, Edméa, Ifigênia, Laura e Helena, moças que animam de repente o ribeiro e povoam fontes e mananciais, a jovialidade e o esplendor branco de suas figuras em tudo assemelhadas às de suas irmãs do mar, as oceânidas e nereidas que navegam sobre as ondas no dorso de potros marinhos. Hesíodo chegou a contá-las: três mil, mas eu vejo apenas quatro que, com a sua matreirice e bulícios de aves assustadiças, parecem multiplicar-se, ainda mais porque reunidas as quatro em cada uma e esta forçando então o poder feminino de fazer-se contemplar. Nem sempre levam bilhas ou cântaros. Às vezes, buscam o ribeiro apenas para entrar na água em atitudes furtivas, o vestido solto em cima da pele colando-se então nos abismos de seus corpos quando saem a escorrer água, ou então espojando-se na água, em algazarra, como éguas que em tardes de calor e poeira se espojam suadas no potreiro.

– Tomar banho nua no rio é uma delícia – diz Magdala.
– Você se banhava no rio, Mag?
– Como não? Muitas vezes.
– Sozinha?
– Nunca ia sozinha. Com minhas irmãs. Às vezes mãe também ia.

Mag conta que o rio – uma boca escancarada de onde saíam muitas línguas de água clara por entre os dentes das pedras – ficava logo atrás da casa. Baixavam por um barranco, havia um poço raso na época da seca, fundo nas enchentes. Cavado entre barrancos cobertos de arbustos, o poço parecia um socalco, uma grota, com aquele seu ar de intimidade, de cumplicidade, de segredo guardado – a fonte particular de matronas e donzelas. Sim, a mãe de Mag às vezes ia. Sem tirar os vestidos, desciam sorrateiramente as calçolas, afrouxavam os sutiãs e os puxavam pela gola, em movimentos nervosos de ombros e pescoços, ou então o faziam escorregar pelos quadris e pernas, com alguns requebros calculados. Olhavam para trás, para os arbustos do barranco, antes e depois. O rio pedregoso e as margens desertas jamais mostravam alguém àquela hora em que a tarde cochilava, modorrenta. Entravam na água, os vestidos flutuavam à tona como paraquedas no mar. Ouviam longe o estrépito das rodas de ferro de carroças nas pedras da rua e os gritos dos aguadeiros.

— E ninguém via, Mag?

— Parece que ninguém. Meu pai ciumou de um homem, disse que viu um vulto no barranco, por trás de moitas.

Um vulto, eu penso. Provavelmente de costas, em gestos furtivos de ladrão que pisa macio, entrando no mato, escondendo-se atrás de um tronco ou de um toco para olhar o poço, espiar as mulheres. Pois elas às vezes se livravam do vestido, tomavam banho só de calçola.

— Quem era o homem, Mag? Você sabe?

— Nunca soube.

Ponho a mão no pescoço de Mag, meus dedos estufam a pele, massageiam a nuca e puxam fios tenros de cabelo.

— Seu pai descobriu. E então?

— Não sei. Pai proibiu a gente de tomar banho no rio. Depois, a gente se mudou pra outra cidade.

O outro rio — o ribeiro de Helena, Laura, Ifigênia, Edméa — era de águas paradas, quase estagnadas e de uma cor que tendia para o chumbo. Mais propriamente um charco, com traíras que punham o dorso limoso para fora a fim de esquentar sol, e onde, com alguma sorte e perícia, eu ainda fisgo peixes no tombar das tardes. Agachado na margem, atrás de uma touceira, sinto a vara tremer na mão. Será aragem que sopra o frio aviso da noite, ou a expectativa de que daí a pouco um caborje morderá a isca? Vejo um vulto de mulher que se acerca do outro lado. Em que rio estou? O tempo é o mesmo, a tarde igual, as águas se oferecem remansosas. E, no entanto, não sei distinguir direito: Edméa? Laura? Helena? São todas e uma só. Magdala? Imagem idêntica é a da mulher que se despe e entra na água. O mesmo gesto de Magdala ao abaixar-se na água, qual galinha cobrindo ovos no ninho.

4

Uma casa como outra qualquer, em estilo colonial português, com janelas pintadas de azul e larga varanda, é o que daqui vejo, e dali, e de mais longe, hoje como ontem e amanhã, e vejo com igual nitidez, como se lá estivera, as quatro oréades, as quatro naias ou náiades ou dríades, agora distantes dos seus regatos, grutas, montes e árvores favoritos, e entregues a tarefas às quais associamos geralmente a gentileza, a paciência, o dote artístico e a submissão da mulher. Helena abriu o cesto de vime e borda. Num pano esticado por um círculo de madeira, ela desenha letras e figuras coloridas. Se não estivesse sentada, mas em pé, equilibrando-se sobre a perna esquerda e projetando o corpo no musculoso e grácil impulso da arremetida, seria sem dúvida uma discóbola, pois que agora passa o arco do bordado para a mão direita, em busca de um pormenor, um ponto difícil. Tem a concentração do arremessador e a serena convicção de que cobrirá a distância. Veste luto da cabeça aos pés. Um lustroso pano negro, que na sua espessura quase translúcida parece coar a luminosidade da tarde e imprimir ao luto um toque menos pesado, um tom mais branco e brando, mais de acordo com a brancura nívea, leitosa, do rosto, mãos e pés enfiados em sandálias. Também de luto, porém afogueada pelo calor e respiração opressa, está Edméa, que aviva o lume no fogão com um abano de palha trançada, sacudindo o braço em arrancos nervosos que destoam da semiparalisia do resto do corpo. Ajoelhada, Laura lustra botas, esfrega óleo em loros, caçambas, chapéus, selas, arreios, casacos de couro, bridas, arneses, rabichos, esporas, barrigueiras, selins e outros apetrechos de montaria. Sinto o cheiro forte de couro despertado pelo calor de suas mãos e do qual parece desprender-se, também, o grosso suor vertido pelas bestas e cavalos quando acicatados por seus cavaleiros.

Vista de longe, e assim de preto, Laura talvez se apresente para uma cavalgada noturna de valquírias.
Ifigênia está morta.

5

— Em que estação estamos?
O vulto encara-me com ar de desafio matreiro. Pode ser Laura, Helena, Ifigênia, Edméa. Também pode ser um animal fabuloso, uma fêmea com bico de águia, corpo de leão, cauda de peixe e garras em lugar dos pés. Se eu adivinhar em que época estou, se verão ou primavera na espessura dos cacauais, ela poderá soltar um pio estridente, voar para o ribeirão e afogar-se.
— É primavera.
Mas sei que estamos no pique do verão, no pior de um verão cáustico, a julgar pelas folhas retorcidas no chão, pelas folhas murchas nos ramos, por toda a clorofila tisnada que meus olhos abrangem. Desapareceram os regatos. Já não se vê a água rastejante colear por entre troncos ou despenhar-se de pedras altas. Secaram os olhos das fontes, e os ribeiros mais grossos reduziram-se a um fio de água suja, ou então a charcos ocasionais. Conheço toda a superfície desta terra, nela identifico calosidades, rugas e sulcos. A pele está seca, sim. Um dia tudo isso seca para sempre. E aonde iremos nós, mulheres e homens, nos contemplar? De que espelho disporá então a Terra para olhar-se? Nas noites insones de guerra, Nick Adams reconforta-se acompanhando na imaginação o curso dos rios de Michigan. Eu também sei muito bem onde estão os meus charcos e córregos, os meus tremedais, a minha lama; onde eles nascem indecisos, quase irrelevantes, e como aproveitam a inclinação do terreno para avolumar o bojo na sucessão de chuvas; sigo as voltas que eles dão, os meandros que fazem no rosto da

terra a fim de melhor cumprir o seu curso, estendendo-se e distendendo-se como cordel que se encomprida a meus pés por artes dos meus dedos; percebo as cores que tomam em determinados recantos por causa da sombra ou do descampado, as taboas com sua cabeleira de raízes ou as baronesas sumarentas, cheias de um caldo somente comparável ao das taiobas. Muitos estão agora evaporados. Deixaram na superfície o modelo do seu leito, às vezes um risco quase desaparecido; quando ronca a trovoada nos confins do verão e o aguaceiro desaba, eles serão regatos e ribeirões temporários, meros escoadouros de água, valetas ou canalizações criadas pela natureza com a finalidade de escoar águas tempestuosas para que não empapem a terra e amareleçam o verde. Outros morrem de inanição, sem força para se arrastarem sobre o ventre dos leitos de terra ou de pedras, detendo-se exangues em poças e lodaçais que o sol vai secando até formar crostas enegrecidas, veias obstruídas, artérias enfartadas. Conheço todos os córregos, extintos, temporários ou vivos, a pé eu os percorro da nascente ao estuário, ou em seus poços eu entro com água pela cintura, à procura do peixe ou do alvo peito.
Todtenbaum.
Os peitos alvos que tremem à tona d'água.
– Eram bonitos, meu pai?
Eu não respondo.
– Você era muito pequeno, meu pai?
– Sim, Helena.
– Tinha o quê? Uns cinco anos? Uns oito?
– Uns seis.
– E então você viu os seios de sua mãe. Eram bonitos?
– Brancos. Em forma de laranja. Firmes, redondos.
Minha mãe se baixava e se erguia respingando água. Eu esperava a imersão, porque logo depois poderia contemplar-lhe os seios. A imersão sendo a ânsia, a repressão antes da colheita.

Todtenbaum.

Já esse bosque aqui está cheio de árvores vivas, e de uma delas saiu com certeza a dríade que agora me interroga. Não esperava encontrá-la. Minto. Sempre que entro nesses bosques, crio a expectativa de avistar uma delas. Por entre troncos lisos e enrugados, por entre cortinas de samambaias e leques de palmeiras, ou através das nodosas canas dos bambus, eu distingo um vulto. Às vezes, nem tanto. Às vezes, é a mecha de cabelo, a face alva que se entremostra como a da lua antes de mergulhar no eclipse, a ponta da túnica, o drapejar da manga larga, o perfil do busto aflorando à tona do mato. Edméa? Ifigênia? Tento identificá-la direito à medida que ela avança com a ligeireza diáfana da névoa, porque de branco todas elas, as quatro, andam vestidas. Laura? Helena? Magdala? Já vi tantas cenas iguais, tantos encontros repentinos, que a repetição deles, embora com interlocutoras diferentes, é um prolongamento do primeiro, e mais que isso: a certeza de que, vivendo uma cena parecida, nesse caso eu existo. Nessas mulheres eu me revejo, nelas me multiplico como num eco, ou em vários espelhos. E na sucessão de refrações, o bosque a ocultar sempre a silhueta enevoada que de súbito à minha frente se incorpora, ruborizada, olhando-me com atrevimento ou de vista baixa, eu colho reflexos de mim mesmo, umas vezes borrados pela superfície toldada, outras vezes corretos e inteiros como se o fundo guardasse o exato modelo de um corpo submerso. Os vultos são um só e também incluem Magdala, todos eles unidos por aproximações de rosto, de vestes e gestos, de maneira que a cena do encontro, tantas vezes repetida, representa somente a projeção de variações assaz diminutas para que algum dia modifiquem o essencial no retrato. Até parece que entre um e outro, entre cada um deles e as circunstâncias que os entreteceram, não galoparam estações, e os outonos e estios não progrediram até a caracterização

da estação básica, o verão. Edméa, Laura, Magdala, Ifigênia, Helena, eu amo você.
— Está indo lá pra casa? — pergunta Laura.
— Não. Pra casa do meu avô.
— Ah. Seu pai comprou discos novos?
— Dois.
— Bolero ou fox?
— Um é fox. O outro, música sertaneja.
— Domingo que vem você toca pra mim?
— Mas claro, Edméa.

E Ifigênia se afasta. Adiante, à beira da fonte, batendo roupa em larga tábua por onde escorre sabão, eu a encontro, Helena. Vista de longe, ela se parece mais com Magdala no coradouro, concentrada no ato de estender alvos panos na relva aparada: os lençóis do nosso leito, as fraldas do nosso filho, as finas camisolas rendadas com que aviventa os meus ardores.

Acabamos de fazer amor, estamos deitados de costas sobre a relva, Helena quieta, eu com o peito ainda opresso e os olhos que vão perdendo a cegueira do êxtase e alargam o campo de percepção da noite. Porque é noite de verão, de calor viscoso, e um cão, o nosso cão, vem nos farejar as virilhas gosmentas e se afasta. Deitados lado a lado, bem debaixo da lua.
— Que pena, meu pai — Mag diz.
— O quê?
— A lua. Aquelas manchas e crateras. Podiam ser mares.
— Os astrônomos antigos pensavam assim.
— Pensaram também que Marte tivesse canais abertos por um ser inteligente.
— É verdade.

Mag se arrima a um cotovelo — o gesto preferido quando cansada de estar deitada, mas ainda sem querer erguer-se.
— Nenhum vestígio de água em Mercúrio?
— Nenhum. Mercúrio é uma esfera rochosa quase incandescente, com temperaturas extremas, altíssimas.

– E em Marte, meu pai? Somente areia grossa?
– Areias e rochas vulcânicas, ao que parece. Talvez uns blocos de gelo.
– Descobriram água em Júpiter?
– Por enquanto, não. Apenas gases venenosos.
– E Saturno com seus belos anéis?
– São anéis de partículas cósmicas, minha mãe. Uma poeira suspensa, de milhares de quilômetros de largura.
– E os outros planetas?
– Muito distantes, até aqui inacessíveis a sondas espaciais.

Mag se cala. Nosso cão coça a orelha com vigor.

– Então não existe mesmo água no sistema solar?
– É o que parece.
– Somente na Terra? E em vias de extinção?
– Somente aqui, Mag.
– Deve ter havido água nos outros planetas – diz Mag, sonhadora. – Depois de séculos e séculos de séculos, a água secou, a vida morreu. Ficaram os leitos dos rios evaporados, as órbitas vazias dos mares.
– É possível, minha mãe.
– Minha esperança são as nuvens de Vênus. Aquelas nuvens grossas, compactas, devem conter muita água.
– Não confie muito, Mag.

6

Todtenbaum.

Magdala me conta as suspeitas do pai acerca do vulto que espreita as banhistas no rio, e eu penso no homem, vejo-o de costas, entrando nas moitas, abrindo caminho com extremo cuidado, as mãos afastando ramos, os pés evitando folhas secas que estalam, o dorso curvando-se para evitar que os galhos mexam e o denunciem. O vulto agora atrás de um tronco, meio encoberto, quase a cavaleiro do poço no rio. O vulto atrás da moita, vendo sem ser visto, o túnel de verdura suficiente para os olhos.

Formigas. Formigas incômodas que tentamos sacudir dos pés e mãos.

Eu vejo – mais que isso, sinto – o desconhecido sair da espessura da moita, ou de trás da largura do tronco, e descer o barranco com ares de quem se esgueira com os pés nus. E ele chega apressado e quase inaudível à beira da água, à estreita faixa de areia grossa e escura, de grãos crescidos, e então ela o avista e solta um grito, levando as mãos à boca, aos olhos (Ifigênia?). Quando? Não importa. Exatamente onde? O lugar também não importa. Aconteceu. Aconteceu. Mulheres devem ser caçadas, pensa aquele homem. Se existem caçadores de rifles engatilhados à espera da presa, rente à trilha ou perto do lugar onde a caça dorme, então admite-se igualmente a tocaia rente à aguada. O desconhecido entra na água do arroio. A mulher (Ifigênia?) baixa as mãos, ainda tomada pelo assombro, e somente naquele instante, naquele ápice suficiente para que o homem apareça no lugar reservado ao banho das mulheres, ela lembra que está nua. A água cinge-lhe a cintura, os seios brotam acima da linha de flutuação dos liquens, os pés mal se firmam no leito resvaladiço. A mulher recua um, dois passos – e, apesar da agonia do momento, do medo que lhe aperta a garganta e esgazeia os olhos, sente que o chão das águas não tem firmeza, percebe que o leito está muito embaixo, após camadas de folhas que as estações tangeram para a superfície, e, apodrecidas, formam agora compacto e roto lençol. As pontas dos pés entram naquelas podridões, e a mulher tem a impressão nítida de haver caído num atoleiro. As folhas e o limo, talvez também a lama do fundo, grudam nos calcanhares e tornozelos, os pés afundam com um ruído pastoso, semelhante ao de um corpo que cai no sorvedouro de um charco – e de baixo, do mais fundo do leito emporcalhado, sobem os borbulhas de água densa, negra, com aquela viscosidade das coisas que não recebem diretamente a luz do sol. A mulher (Ifigênia?) está com água pelo pescoço, equilibra-se na ponta dos pés sobre o chão escorregadio, como alguém que procura manter o equilíbrio em chão muito encerado. A água borbulha, o homem avança. A mulher bate agora os braços estendidos, na tentativa de agarrar-se a um suporte sólido, na esperança de que um galho solto a sustente pelos sovacos, devolvendo-lhe ar mais puro ao que então já é o fole ardente e opresso dos pulmões. O homem está perto, se estender a mão vai tocá-la, a sombra dos seios alvos flutua na água mais clara depois que borbulhas sobem retas do fundo e se quebram à tona em coroa de espuma ora negra ora ferrugenta. E então a mulher (Ifigênia? Edméa?) é colhida pela corrente. Embaixo, no leito fofo e andrajoso, as folhas acamadas cedem mais um milímetro; a corrente ergue o corpo retesado, libertando-o daquele último apego, daquele último ponto de apoio entre uma plataforma e o vazio. E a corrente puxa o corpo. O corpo adeja e se larga afinal na água. A mulher afunda – mas antes de desaparecer, antes que desça de forma a que dela não reste mais o vulto, ela vê o homem, olha para o homem próximo, com água pelo peito, parado no meio da corrente, cercado de borbulhas negras que trazem a imundície do fundo pantanoso. O homem e a mulher se olham e nada dizem. A água sobe além da boca, das narinas, fecha-se sobre a testa da mulher que se debate (Ifigênia? Ifigênia?), sustenta por um instante os cabelos soltos e espalhados como se fosse uma coroa de finas e compridas raízes adventícias – taiobeiras, taboas, baronesas –, a cabeleira flutua e logo submerge. Restam as borbulhas. A superfície da água dá a impressão de ferver. Depois se aquieta, de tal forma plácida que não se adivinharia ali a existência de correnteza capaz de despregar e arrastar corpos com a mesma indiferente força com que traz águas novas das cabeceiras, reboca troncos e pequenas ilhas de verdura desprendidas dos barrancos. Insetos criam pequenos círculos concêntricos na água que acaba de fechar-se sobre a mulher. Em volta do homem, a água também está apaziguada, o lodo do fundo retornou à sua morte placentária. Visto de longe, esse homem parece um tronco que a cheia ali arrojou. Sapos começam a emergir de seus esconderijos, grilos cantam. O homem mexe-se, turva outra vez a água, revolve novamente a lama do fundo até chegar à areia grossa e solta como grãos de chumbo.

O corpo aparece logo. O lodo não consegue reter o contrapeso da água nos pulmões e a corrente liberta-o com a mesma força com que o havia tomado. Ifigênia, Ifigênia. As águas depositam-lhe o corpo inchado no tronco seco onde a corrente também estanca e se esquiva. A curva de um galho serve-lhe de regaço. Ifigênia aninha-se no seu esquife.

Todtenbaum. O esquife de madeira de Carl Gustav Jung.

Eu entro na água, finjo pegar Magdala. Mag solta gritinhos, bate as mãos e espadana água, recua. Daqui a pouco estará na ponta dos pés, sobre as folhas apodrecidas do leito, que irá cedendo ao peso e formando borbulhas. Mag mergulha. Seus cabelos pretos se espalham, se empapam, transformam-se em coifa. E, agarrados e arfantes, saímos do leito e nos arrastamos sobre o ventre, como répteis, para a margem de areia solta que fricciona a pele. Ali nos abatemos um em cima do outro, ali rolamos, ali nos penetramos e misturamos, depois de um combate silencioso e voraz, nossas águas interiores. Estamos deitados lado a lado, meu peito já não sobe e desce em movimentos convulsos, os olhos começam a enxergar mais longe, além de Mag, além do cotovelo do ribeiro.

– Meu pai – diz Mag.
– Ahn.
– Você já teve muitas mulheres, não foi?
– Algumas.

— Quantas?
— Ora, Mag.
Sem se levantar, ela se apoia num cotovelo, ri.
— Perdeu a conta?
Eu não respondo.
Os dedos de Mag, pesados, afagam-me o peito, roçam os pelos brancos do tórax e do ventre, encontram a poça gosmenta que semelha um minúsculo charco.
Mag desfaz a poça com as pontas dos dedos.
— Antes brotava mais — ela diz.
— O quê?
— O líquido. Seu líquido.
— Tem certeza?
— Tenho. Brotava forte, esguichava.
— Pois é, Mag, eu envelheço.
— Não é verdade.
— Eu envelheço. Eu e a nossa Terra.
— Então, quando o homem envelhece, o líquido diminui, como a água?
— Diminui, Mag. Se retrai. Até findar.
— E o homem seca?
— Sim. Como rio poluído. Como a terra.
— Deve acontecer o mesmo à mulher?
— Acho que não. As mulheres são ninfas.
Frutos se debruçam verdes e amarelos. Magdala se levanta, boceja, afasta-se da margem para colher alguns. Contorna moitas, avança por entre troncos. De repente, é um vulto que o entardecer dilui. Um vulto alvo, nu, que desaparece entre árvores.

(*Mar de Azov*, 1986; título original: "As dríades")

PAI E FILHO

Moisés ia passando de carro e viu um pequeno grupo de curiosos numa esquina. Parou para olhar. Não tinha o que fazer, acabara de sair da firma exportadora e, a essa altura, as mulheres ainda preparavam o almoço em casa. Saltou e aproximou-se porque, por entre pernas, havia distinguido um corpo no chão.

Era um velho modestamente vestido, mas de roupa limpa e sapatos em bom estado. A barba branca é que estava crescida, no mínimo barba de três dias. Alguns curiosos afastaram-se para dar passagem a Moisés, que olhou o velho caído e estacou. Seus olhos mudaram de brilho, se tornaram frios e calculistas como o de certos gatos à espreita. Sem que ele quisesse, sua mão, em gesto maquinal, subiu para o queixo, entrou a coçar o queixo em sinal de perplexidade ou indecisão.

— Moisés — chamou o velho.

— O que foi, Serafim?

Junto do corpo que arfava em crise respiratória, Moisés inclinou-se para ouvir melhor.

— Tive um desmaio na rua — disse o velho.

— É falta de tino você nesse estado andar sozinho pela rua — disse Moisés.

— O senhor conhece este homem? — perguntou-lhe o dono da loja de ferragens.

— Conheço.
— É seu amigo?
— Nem amigo nem parente. Conheço de vista.
— Precisa de socorro médico.

A mão de Moisés subiu pelo rosto, ele começou a coçar uma orelha. Dois curiosos puxaram o velho pelas axilas e o recostaram na parede. A cabeça mole pendeu sobre o peito, mas os olhos rolaram para cima e espiaram Moisés. Sentia-se naquele olhar uma ânsia mal definida.

— Está se sentindo melhor, Serafim?
— Estou.
— Acha que pode se levantar?

Amparado, o velho conseguiu se pôr de pé e caminhar até o carro. Rosto avermelhado, feições carregadas, Moisés partiu para uma clínica.

— Como é o nome dele? — indagou uma atendente, no balcão, preparando-se para preencher o registro.

Moisés deu o nome completo.

— Endereço?
— Não sei.
— Mas o senhor não é parente dele?
— Não sou nada dele. Apenas conheço de vista.
— É preciso deixar depósito em dinheiro ou cheque. Ele tem família?

Moisés pensou um pouco.

— Tem um filho na capital. Pessoa direita, de palavra, gente aqui da terra.
— O senhor se responsabiliza?
— Olhe, eu me responsabilizo pelo filho, que é homem de bem, muito conceituado.

Tirou do bolso traseiro da calça uma pequena agenda amassada, informou o nome e o endereço da pessoa e se desculpou por não adiantar o depósito. É que estava desprevenido, a senhora compreende.

— Vou abrir uma exceção — disse a moça, olhando o velho encolhido num canto da poltrona. — Parece que ele não está bem.

E assim, graças a Moisés, pai e filho se reveem mais de um ano depois do último encontro. E agora se olham no quarto da clínica, o velho sentado à beira do leito e com as mãos segurando a borda, o filho numa cadeira em frente. Há entre eles um constrangimento que não conseguem romper. No íntimo de cada um, talvez quisessem vencer o acanhamento, trocar palavras carinhosas, convidar o outro para um abraço. Mas ficam a se olhar, como dois estranhos ou dois conhecidos recentes, e a reacender as brasas esmorecidas de uma conversa morna. O filho analisa a situação e se recrimina, tem o ímpeto súbito de beliscar-se com força, de tirar sangue. Ou de esmurrar o peito. De nós dois, quem será o mais culpado?, pensa o filho. Ele sempre foi avaro de carinho. Eu, menino, queria me aproximar e era tolhido pelo pigarro, por seus silêncios, por uma forma estranha de olhar que era divagação pura, alheamento. Uma vez eu sonhei, e nunca me esqueci do sonho, que meu pai me cortava os testículos com um facão afiado. Agia com naturalidade, como se a extirpação fosse um ato natural, comum. E eu me deixava mutilar também com uma naturalidade que não existiria na vida real. Não existiria porque, quando pegavam boi ou porco para capar, o meu coração disparava e eu me escondia atrás de portas, embaixo de camas, para não ver. Tapava os ouvidos, mas ainda assim escutava os mugidos e guinchos amortecidos dos animais.

Olhavam-se, o pai e o filho, no quarto da clínica. O silêncio crescia entre uma frase e outra. Talvez no fundo desejassem que o tempo corresse, que o horário das visitas se esgotasse. No olhar do pai havia o brilho fosco e envergonhado dos cães de subúrbio que aprenderam a mansa resignação dos humildes. Somente de vez em quando, sentindo o peito asfixiado por baixo do pijama encardido, o velho punha no olhar uma alegria que cintilava por breve instante como a luminosa emanação de um charco. Ele é o meu filho, pensava, então, com orgulho.

Aquele filho, reconhecia agora, havia crescido, tinha barba e bigode, se fizera homem. Um homem completo, pensava o pai, olhando-o e, sobretudo, repassando o que lhe haviam contado do filho: o êxito penoso mas contínuo na capital, o nome respeitado, as obras. Mas a alegria da descoberta não durava muito. O pai se lembrava de que pouco havia contribuído para o sucesso do filho. Você fez muito pouco, soprava-lhe, lá no fundo de si mesmo, uma voz áspera. Você nada fez, você se omitiu, gritava outra voz mais colérica. É verdade, reconhecia ele. É verdade. E em pensamento punha-se de joelhos diante do filho, abraçava-lhe as pernas à altura dos joelhos e lhe pedia perdão: "Desculpe, filho. Eu não lhe ajudei como queria. Me perdoe."

O filho via uma ponta de lágrima nos cantos dos olhos do pai e, olhando-o melhor, descobria como ele estava fraco. Tinha emagrecido muito. Sim, claro, ele nunca fora homem robusto, era abatido de vez em quando por uma violenta crise de asma que o deixava de cama. Mas, nos intervalos da doença, era ativo, não enjeitava trabalho duro, apanhava chuva, apanhava sol, amanhecia e anoitecia no trabalho. De que adiantou?, pensa, agora, o filho. Antes de tudo, é preciso saber se o trabalho vale a pena. Ele nunca fez essa pergunta a si mesmo. Trabalhou para sobreviver, alimentar e vestir a família. Ora, quem trabalha nessas condições se escraviza ao dever, nunca tem tempo para indagações, se entorpece e perde a oportunidade de ganhar dinheiro. O trabalho e o tempo se juntaram para destruir o meu pai. Na idade dele, certos homens que se cuidam estão mais jovens, mais serenos e seguros, com um bom pé-de-meia. Olhou as dobras de pele no pescoço do pai. Está engelhado como pescoço de galinha pelada, admitiu. Olhou as mãos que saíam moles das mangas do pijama listrado: escuras, de veias intumescidas. O meu pai está velho, pode morrer a qualquer instante. Meu pai, meu pai.

Nesse ponto, o pai se lembra de uma coisa importante. Estende a mão, o filho aproxima a cadeira, a mão segura-o com força pelo pulso.
– Quando é que você volta? – o pai pergunta.
– Depois de amanhã.
– Tão cedo? Por que não demora mais?
– Tenho trabalho, compromissos.
O pai se cala. E depois, com um suspiro:
– Eu sei. As moças da capital não lhe deixam em paz.
– Não é isso, pai. É obrigação mesmo. Se não voltar, perco o emprego.
Olham-se sem mais comentários, a mão do pai ainda a lhe segurar o pulso. O filho sente o aperto da mão na carne, no osso, nas veias.
– Me prometa uma coisa antes de voltar – diz o pai.
– O quê?
– Prometa que me devolverão a casa.
O velho faz uma pausa e declara em voz mais baixa, sem exaltação:
– Eu quero a minha casa.
É quase um sopro, um sussurro. Ele não fala apenas para o filho. Fala para o quarto, para a cama de ferro, para o quadro na parede, a tarde que se esgota além da janela, a cadeira em que está o filho. Fala para o mundo. A voz é fraca, é um fio de voz, mas ele fala para a cidade, o mundo, ele grita para o mundo. A história é conhecida: com a morte da mãe, uma filha casada e sem recursos, já que o marido pobre e desempregado vivia de pequenos biscates, alojou-se com a família na casa do viúvo, cuidou do funeral, guardou para si objetos de uso pessoal, tomou conta da casa – e foi ficando. Um ano se passou e ela não dava demonstração de querer sair. O pai lhe enviara duas, três cartas suplicantes: que ele tirasse uns dias de férias na capital, viesse resolver aquele problema. Resolver como?, pensa o filho. Ela, apesar de tudo, é minha irmã. Então eu vou expulsar a minha irmã com

cinco filhos menores? Sei que ela tem direito a uma parte da casa, mas também sei que ela está vivendo à nossa custa e comendo a comida do velho.
— Você sabe da maior? — perguntou Moisés num telefonema a cobrar, seis meses antes. — Serafim foi expulso de sua própria casa. Está vivendo sozinho num porão.
— Num porão? Como assim?
— Ora, aquele porão que ele não chegou a terminar quando reformou a casa. Está sem piso, no tijolo cru, e no vão das janelas Serafim colou papelão.
— O quê, Moisés? E vocês deixaram?
— A filha deixou.

Aquele porão úmido, de chão de terra, o filho visualiza agora, a se remexer na cadeira. Sente uma dormência nos músculos, descruza as pernas. A velhice gera muitas manias e caprichos. Alguns velhos buscam deliberadamente a solidão. Meu pai é um desses. Aliás, pensando bem, sua vida foi a de homem solitário, mesmo tendo família. A idade foi chegando, a mulher morreu e a necessidade de solidão se acentuou. Egoísmo ou desengano? O pior é que, mesmo isolado no porão, não o deixaram em paz: as netas brincavam lá, tiravam-lhe a comida que ele próprio cozinhava no fogãozinho de três bocas com botijão de gás. Às vezes, a filha levava o botijão, confiscava o quilo de arroz, o quilo de feijão, a dúzia de ovos, e em troca lhe servia um prato feito que ele, cheio de cólera, com a pressão alta, se recusava a comer. Estão matando o meu pai, pensa, num sobressalto, o filho. E sentindo o suor umedecer-lhe a testa, tem vontade de atirar-se nos braços do velho, dar-lhe um abraço apertado. Chega a se soerguer na cadeira. Ele me batia muito quando eu era pequeno.

Algumas surras eram merecidas, admite. Como daquela vez em que, de noite, o pegaram na esteira, em safadezas com a negrinha Vanderlina. Ainda não tinha esperma, limitava-se a pegar nos peitos nascentes da moleca e descer a mão à quentura úmida das coxas. E ela correspondia manipulando a sua pequena rola dura. Foi uma surra de chicote, as lapadas queimaram as costas, deixaram vincos. Outras surras pareciam injustas. Uma noite, depois de um atrito com a mãe, deu-lhe vontade de fugir de casa. "Eu vou embora e não volto nunca mais", anunciou aos berros. Era ao cair da noite. Ele começou a andar para o norte, pela praia, sentindo o vento salgar-lhe a cara, o pescoço, as pernas. Olhou para trás e viu o pai, que o mandava parar. Era o que ele queria: parar, pedir perdão, voltar pra casa. Já sentia saudade da casa, da mãe, do quintal onde havia coqueiros, do gosto de fruta-pão quente com manteiga no café da manhã. Mas uma força dentro dele o impelia para frente, fazia-o correr. Corria e implorava em voz baixa: "Vamos, pai. Me pegue logo. Me leve de volta. Eu fiz besteira, ouviu?" Corria pela praia, o céu e o horizonte já estavam turvos, ele ia diminuindo o ritmo, queria facilitar a chegada do pai. Ouviu atrás a respiração ofegante do pai, aquele chiado típico de asmático. "Me pegue, pai, me pegue." Estava quase parado e em lágrimas quando o pai chegou. Sem dizer uma palavra, segurou-o por um braço. A princípio, arrastou-o com um safanão, depois acertaram um passo calmo, porque estavam cansados. Em casa, e ainda sem falar, mas já com o fôlego restabelecido, o pai abriu-lhe as mãos à força, em presença da mãe que batia os beiços como se rezasse, e tacou-lhe doze bolos de palmatória – seis em cada mão. Ele mijou nas calças e as mãos incharam.

– Me ajude, filho – o pai suplica, e avança a outra mão para reter-lhe o pulso.

– Vou fazer o possível, pai. Agora descanse.

O velho solta-o, um sorriso se esboça no rosto encovado, ilumina os fios crespos da barba grisalha. Ajeita os travesseiros, deita-se com a cabeça alta. Somente assim respira melhor. O olhar parece mais satisfeito, entre eles há um tácito silêncio de cumplicidade. Nós, meu pai e eu, éramos cúmplices, relembra o filho, sem disfarçar uma consulta ao relógio de pulso. Companheiros de jornadas pelo ermo, por entre fileiras de troncos negros, fazendo estalar folhas secas no verão, espadanando água e lama no inverno. A quietude das plantações, aquele silêncio pesado e próximo qual nuvem inchada de chuva, os frutos amarelos e verdes, aos milhares, as cobras, os espinhos, as madeiras de lei na mata, as tangerinas maduras que cheiravam de longe. O pai a derrubar, a roçar, a plantar, a podar. Ele, menino, prestando-lhe a ajuda que podia. Ambos companheiros, cúmplices do ermo, o suor a escorrer, a seiva a sangrar – e o silêncio, sempre a presença forte de um silêncio que parecia espesso demais para ser rompido, que aparentemente nenhum dos dois desejava quebrar por muito tempo, talvez porque tivesse um toque de magia, ou talvez porque não valesse a pena quebrá-lo em busca de respostas que já eram conhecidas, pressentidas ou intuídas. "Pai, quando a gente morre, o que acontece?" "Ora, vai pro fundo da terra e apodrece." "Mas e a alma, pai, e a alma?" "A alma da gente é o pensamento. A alma também morre." "O senhor tem certeza?" "Infelizmente, tenho", dizia o pai com um sorriso, depois de abanar o chapéu e sacudir o suor do rosto. O silêncio ficava mais grosso e negro com o avanço da tarde. "Pai, os egípcios antigos embalsamavam os mortos porque acreditavam em outra vida." "Cada povo e cada pessoa tem as suas crenças", respondia o pai, a brandir no ar a lâmina afiada. O silêncio doía nos ouvidos através do zumbido dos insetos e do chiado das cigarras. "Eu queria que o senhor fosse embalsamado quando morresse." "Pra quê, filho? Eu ia importunar vocês." O menino – aquele menino – estrangulava, então, um soluço que o silêncio opressivo das plantações amplificava. "Olhe aqui", dizia o pai, com a mão pousada no ombro dele. "Chega um momento na vida em que a gente precisa sair de cena. A gente quer sair. Todos querem, no fundo, que a gente saia. É triste, eu sei. Mas vá se acostumando."

Eu confio nele, pensa o pai, virando a cabeça no travesseiro para olhar melhor o filho. Somente ele pode resolver o meu problema. Eu trabalhei a vida toda, tenho direito a uma casa apenas minha. Pra receber quem eu quiser, pra nela fazer o que quiser. Já criei família, não estou mais em idade de criar família dos outros. Anísia é uma filha desnaturada. A mãe aconselhou, o irmão aconselhou, aqui na rua todos lhe deram conselhos pra não namorar o Ildefonso, que não tinha onde cair morto, de bom mesmo só a estampa bonita – mas de que vale boniteza quando se tem o bolso vazio? Além disso, falta-lhe a mão esquerda. Pobre e maneta. Teve de amputar o braço por causa de uma bomba junina. Mas disfarça tão bem, com a manga vazia enfiada no bolso do paletó ou da calça, que parece inteiro. E, para compensar a mão perdida, adquiriu uma força descomunal na mão direita, no punho direito, no braço todo. Uma vez eu fui atraído até a porta pelo barulho de uma discussão azeda. Na vista dos filhos pequenos, Ildefonso negava uma dívida, o cobrador insistia em receber. Se encaravam ferozmente e, a determinada altura, sem dizer mais nada, o cobrador tentava puxar Ildefonso para dentro de um carro, queria levá-lo à delegacia de polícia. O maneta parecia pregado ao chão. O cobrador, suando, de rosto congestionado, puxava-o pelo braço – aquele braço são que eu, da porta, via retesar-se. Foi uma cena fascinante, o estranho puxando, o maneta do meu genro resistindo sem sair do lugar. Os dois calados, afogueados, a se olharem como feras, Anísia e os meninos sem ação. O braço de Ildefonso era um cabo de aço, ele parecia ter nas veias limalha de ferro, a carne adquiria o peso do chumbo. E assim forcejaram por uns cinco minutos, até que o cobrador o largou e, sem olhar pra nós, entrou no carro e partiu. Ildefonso, sem comentários, esfregava o braço, abria e fechava a mão boa.

O filho voltou pro hotel, a enfermeira traz uma injeção que faz dormir. "Só o meu filho resolve este assunto", repete o velho várias vezes antes de adormecer.

A clínica tem duas entradas, a principal é pela avenida Beira-Rio. Plantaram mangueiras e mamoeiros nos declives, para segurar a terra nas épocas de chuva. O rio já correu com águas claras e muitos peixes, principalmente robalos. Hoje a água parece pesada e cor de chumbo a distância, os esgotos da cidade despejam ali todas as podridões dos seus intestinos. Do outro lado, onde outrora ondulavam as campinas, se estende agora um bairro de classe média-alta.

Um menino largou ali um pedaço da alma fragmentada, pensa ele a caminho da clínica para se despedir do pai. Atravessava o rio a nado; em ocasiões de cheia enfrentava correntezas. Na outra margem do rio, ia catar goiabas e araçás, e, em tardes mais vadias, chegava ao limite dos campos para entrar nas plantações. É preciso ser menino, pensava agora. A infância tem de ser preservada a qualquer custo porque tem o dom da inocência. A gente começa a se perder quando corrompe a pureza. Então o que parecia grande se apequena, o que era bonito fica feio, o coração aberto ao amor se tranca talvez para sempre.

Olha as árvores, nesgas de paisagem verde que a leve aragem da tarde farfalha. Interditaram judicialmente meu avô, venderam a fazenda e lhe deram uma casa humilde na cidade. Ele acordava cedo, não tinha o que fazer. Nenhuma rede em que se balançar e meditar, nem banco nem alpendre de onde abranger com a vista turva o horizonte amplo. Caiu da cama, quebrou a perna e morreu sozinho. Estava com 85 anos o meu avô, a barba e os cabelos brancos. Por que esta família termina mal? Meu pai, por exemplo, não tinha necessidade de vender a fazenda. Foi perdendo o dinheiro emprestado a juros, nos calotes frequentes dos tomadores e nas artimanhas de Ildefonso, que recebia em nome dele e não lhe repassava. A mãe fazia uma falta enorme. Era o ponto de apoio e ao mesmo tempo a alavanca. "Se eu morrer primeiro, vocês estragam tudo, ficam de cuia na mão, pedindo esmola", ela vaticinava nas suas tempestades de cólera que às vezes duravam dias, deixando-a amuada pelos cantos, a contrair os beiços como quem reza ou profere maldições.

De chinelas e pijama, o pai erra pela clínica. Da janela onde esteve olhando o rio e as árvores, ele vê o filho chegar. Adianta-se, vai recebê-lo à porta. Os corpos quase se tocam na passagem estreita, o filho sente um odor de cigarro de palha – ou seria de folhas de estramônio? Mas é ilusão, não o deixariam fumar aquela erva ali. É um cheiro antigo, que se mistura com o cheiro de um quarto fechado onde alguém tossiu de noite, fumou estramônio para aliviar a dispneia e deixou nas paredes perto do leito sinais de pernilongos esmagados.

O pai ri. Parece recuperado da crise, da fraqueza que o fez cair na rua. Conta que Moisés, o cunhado, acabara de sair.

– Ele vem sempre?

– Quase todo dia. A gente conversa muito, e o tempo passa.

– Também aparece lá em casa?

– Vai algumas vezes, mas fica na esquina, manda recado. Ele tem raiva de Ildefonso.

– E então, vocês dois saíam juntos?

– É. A gente conversa na venda e bebe umas cervejas. Moisés mexe com as mulheres na rua. Não respeita nem as casadas.

Sentados na recepção da clínica, eles se calam, desviam a vista. O sol bate no rio, mas não tira reflexos da água. De súbito, o pai agarra-lhe a mão.

– Filho, você prometeu.
– Eu sei, pai. Estou fazendo o possível.
– Ela vai sair?
– Falou num emprego prometido para o marido, questão de uns três meses no máximo. Diz que entrega a casa.
O pai silencia. Os olhos perdem o brilho ávido, parecem bolas foscas quase a despencar das órbitas.
– Eu não confio nela – murmura.
É uma afirmação seca, resignada.
– Mas Anísia deu a palavra.
– A palavra? Mas de que adianta a palavra? Estou farto de lenga-lenga, de lero-lero, de tapeação.
– Pai, o jeito é esperar.
Olham-se como se fosse a última vez. Tem vontade de abraçar o pai, mas sabe que, se fizer isso, acaba chorando. Ele me bateu. Não, ele foi companheiro. Ele maltratou a minha mãe. Não, ela era rezinguenta. Ele nos deu o pão de cada dia. Não, foi um pão amargo. Ele nos amou. Sei lá. Se amou, não permitiu que a gente soubesse. Meu filho vai embora. Será que ele volta? Eu quero a minha casa. Meu filhinho. Olhem aqui, eu tenho um filho direito, respeitado na capital, ele é doutor. E eu ajudei pouco, muito pouco. Nunca lhe dei nada. Quero dizer: um começo de vida, alguma coisa firme em que se apoiar.
O filho olha o relógio e se levanta.
– Pai, está na hora.
O pai também se levanta, está trêmulo, a voz lhe sai aprisionada.
– Filho, você volta?
– Claro, é só me avisar.
– Jure que você volta!
– Eu juro, meu pai.
– Jura pelo quê?
O filho pensa um pouco.
– Juro pelas andanças que fizemos juntos.

Riem quase ao mesmo tempo. O pai lhe segura o braço. Não quer soltá-lo. Ele se livra, abrindo-lhe os dedos da mão, desfazendo o aperto enquanto recua para a porta. Dali os dois se olham, mudos e graves. Da avenida, antes de dobrar a esquina para pegar um táxi, o filho se volta. O pai está à janela. A janela emoldura os cabelos grisalhos, o rosto encovado, o velho pijama de listras. E mostra as mãos que, como aves derrubadas, pousam no peitoril.

Apenas uma vez nos anos seguintes ele sonhou com o pai morto. Tinha entrado na despensa, um cômodo sem janelas onde guardavam frutas: laranjas, melancias, abacates, tangerinas, jacas e canas. Laranjas apodreciam e não eram removidas. Abaixou-se para escolher uma. Ao virar-se para sair, viu o pai entrar de mãos estendidas e olhos cegos. O pai tinha o rosto transtornado e balbuciava palavras desconexas. Avançava de mãos suplicantes. O filho recuou, coseu-se à parede, não tinha por onde escapar, as frutas podres se espalhavam aos seus pés como torrões desfeitos de terra.

– Não – conseguiu articular.

As mãos do pai, cegas, puxam-no pelo pescoço. O filho acorda alagado em suor, sufocado.

(*O Rei dos Surubins & outros contos*, 2000)

O REI DOS SURUBINS

The old man was dreaming about the lions.

Hemingway, *The Old Man and the Sea*

À memória de Pedro Taves, pescador,
que viveu este conto.

Uma decisão de vida ou morte não se forma de repente: fica no fundo do pensamento, no leito barrento das ideias, como se morta, e um dia, uma hora, um instante, vem à tona. E vindo à tona, salta como peixe na piracema.

Assim aconteceu com o Velho. Um dia, na sua cabana da boca do rio, perto da Baía Escondida, ele acordou, talvez na cama de varas, talvez de um cochilo nas sombras do copiar, e percebeu que tinha de fisgar o Rei dos Surubins. A decisão não lhe foi proposta. A decisão não lhe foi imposta. Espreguiçando-se no seu despertar, o Velho aceitou-a com a resignação do tamanduá e da sucuruju: enlaçados, asfixiados, sabem que vão morrer.

O Velho sabia que ia matar. Matar um peixe do tamanho de um homem, quem sabe maior que um homem, um surubim de cinquenta ou sessenta quilos. O seu amigo Surubim, que ele se habituara a ver na Baía Escondida com a curiosidade e a doçura de quem se acostuma, por exemplo, à companhia de uma mulher. Ou de um amigo. O Velho já tivera mulheres; agora tinha o Surubim. Sabia dos seus refúgios, ora no canto da água, embaixo da goiabeira-brava, quando fazia sol, ora nos caniços da margem sul, em épocas de frio e chuva.

Da canoa ou do barranco, o Velho procurava o Surubim sempre que ia pescar pacus, jaús, carimatás e piraguajuras. Há uma alma viva nos matos e nas águas, ele pensava. O espírito da Baía Encantada é o Surubim. Homem algum é doido a ponto de querer matar um espírito, uma alma encantada, um assombro.

Por vezes, ele não precisava atirar frutas na água para localizar o peixe, nem tocar a gaponga junto da canoa. A gaponga imita o baque das goiabas na água. Bastava-lhe, de cima, estender os olhos e divisar nas águas rasas o dorso liso. Então a conversa começava:

– Olá, peixe velho.

O surubim mostrava a cabeça chata:

– Tudo bem, Velho?

As águas quase não mexem. De longe, sei que a Baía Escondida parece nesses instantes um charco. Um charco escuro, mais para chumbo do que prata. Mas daqui, da canoa que eu imobilizo com o remo, a baía me rodeia, é uma superfície de vidro ora fosco ora transparente. Depende do sol que ou se mostra com luz cegante, tipo facho, ou enfraquece como toco de vela.

Procuro me distrair à procura de rachaduras no espelho – os peixes que saltam. Círculos se espalham, as gretas no vidro da baía cicatrizam. Segue-se um silêncio agoureiro, pressago. Velho, você está bem?, pergunto ao meu reflexo deformado na água. Quem vive solitário conversa consigo mesmo. Aqui no meio da baía estou sozinho. Com certeza o Rei dos Surubins esquenta o dorso entre os caniços da margem. Onde, de que lado? Tenho vontade de pedir-lhe: Venha cá pro meio conversar um pouco.

Cai uma goiaba silvestre.

Sim, ele precisava matar e salgar o Rei. Apenas não sabia até então. A cunhãzinha foi quem lhe revelou aquela decisão já tomada e, no entanto, escondida no fundo da cabeça. A cunhãzinha que aparece para varrer a cabana, assar pacus no espeto, preparar caldos de mutuns e ler a Bíblia. A Bíblia de capa preta que ela traz apertada contra os peitos nascentes.

– Posso ler? – pergunta a cunhãzinha, depois de cumprir os afazeres domésticos e enroscar-se a seus pés, no copiar, qual tentadora cobra de olhos verdes.

Ele faz sinal que sim.

Naquele dia, ainda manhã ou tarde, a cunhãzinha abre a Bíblia na epístola do apóstolo Paulo aos Efésios. E lê:

– "[...] Porque o fruto da luz consiste em toda bondade, e justiça, e verdade [...]."

O Velho estremece. Estremece porque sabe então o que já sabia, mas se negava a saber: que ia fisgar o Rei dos Surubins com um anzol especial de aço encastoado.

– Se sentir dor no peito, ponha Isordil embaixo da língua – recomenda a cunhãzinha.

– Não vou esquecer, cunhã.

– E se estiver agoniado, sem ar, mande recado que eu venho logo.

– Recado por quem? – o Velho pergunta.

Ambos se calam. O Velho vive solitário na cabana da boca do rio.

Tibum! – cai uma goiaba na água. Pesada, endurecida pelo inverno e avermelhada pelo estio, cai a goiaba. A goiaba. A goiabeira-brava soltou-a com um suspiro de alívio que o vento transmite. A goiaba abre um furo circular na água empoçada do remanso – mas a água é mais rápida que ela: antes que a goiaba afunde, a água se fecha, o vidro partido do espelho embaçado se recompõe.

Tremem os caniços. Eu sei, eu sei. Tremem e pendem como hastes de milho ou de trigo de súbito vergadas pelos grãos. Por elas passa veloz um dorso escuro. O Rei tem seu dorso da largura de um pneumático. Avança, fende a água com a quilha do focinho. E antes que a goiaba chegue ao fundo, antes que se deposite no fundo lamacento, o Rei colhe-a num mergulho sinuoso.

Uma corrida desde os caniços da margem sul até a margem norte. Simples, direta e determinada. Como se o Rei, ao invés de dormitar, estivesse à espera do justo momento de entrar em cena na Baía Escondida. Os juncos são o seu reposteiro; as águas paradas por trás dos juncos, o seu camarim. Ele espreita, tenso, atento da cabeça à cauda. E quando o instante soa num relógio invisível, disparado pelo baque da goiaba na face do espelho, ele investe. Qual seta. Qual dardo. Fulminante e certeiro. Um cão.

"Aqui, Rei do Rio. Aqui", eu lhe digo num sopro, estalando os dedos. Tenho vontade que ele, o surubim, em vez de peixe fosse mesmo um canzarrão. Um peixe-cão. Pois não existe peixe-boi? Então ele e eu, depois de esquentar o lombo ao sol da Baía Escondida, e depois de espreguiçar os membros, sairíamos da água, trotaríamos lado a lado, como dois amigos velhos, para a minha cabana. E eu lhe daria um osso com fiapos de carne.

"Aqui, Rei do Rio. Aqui, bichão", mas ele não me escuta. Não quer conversa. Acabou de comer a goiaba, está embaixo, quieto – um pedaço grosso de tronco tisnado que as águas represam no leito da baía.

Do copiar, com olhos apertados na tentativa de enxergar melhor, o Velho vê a cunhã desaparecer na curva com um andar que já começa a ondular como o das cobras. Ainda sente o cheiro dos cabelos, o perfume de umiri. Tem a impressão de que a menina-mulher continua ali perto, na mata – os cabelos pretos e escorridos são os cipós, os peitos são as tetas trêmulas das macacas que pulam nas árvores, as coxas se assemelham a troncos de macia madeira amorenada. Cheirosos cedros gêmeos, bálsamos. "Ah, mulheres! Os homens passam, elas continuam em tudo", o Velho pensa em voz alta.

E ri. Estou mesmo velho, estou filosofando.

O espelho d'água varia com as estações. As luas mudam. Chegam os ventos que deitam o mato mole dos baixios e encompridam as águas. As lufadas e chuvas oblíquas que encrespam a superfície espantam o peixe. Não é bom pescar em baía de água doce que mais parece mar picado. As árvores se desnudam no outono; magras, peladas, elas espetam os barrancos e mais adiante se conglomeram em mata fechada – mata escura do tempo da criação do mundo. Vem a temporada de sol, e a cor da baía passa do barro ao cristal, do embaciado ao transparente. Nas semanas de sol é mais fácil distinguir o dorso do Rei do Rio, mesmo que ele nade fundo sob a tona.

É o surubim mais velho e mais pesado da Baía Escondida. O rio o trouxe, o rio o leva. Ele volta ao rio e reaparece sempre no remanso da baía. Como em busca de aconchego. Eu esquento sol no terreiro da cabana e, nas invernias, levo as mãos ao fogo de lenha, as palmas para baixo, o calor subindo pelos braços até o peito. O fogo – o meu cobertor. O sol – o meu tônico. Fogo e sol juntos – a suspensão que expulsa do corpo os maus humores, a bile negra, os catarros, as veias obstruídas. E eu alivio o fole dos pulmões.

Acordou banhado de suor frio. O coração disparado bate em todo o corpo, as pancadas chegam às pontas dos dedos. Pesadelo. O Velho sonhara que estava na varanda da casa de Pedro d'Ávila, senhor daqueles matos, rios e igapós. Bebiam uísque com um turista. "Emborque", disse Pedro d'Ávila. "Faz bem às coronárias, desentope veias." E ele, que preferia aguardente pura, de alambique, bebia por educação.

Conversavam sobre peixes. "Corre uma lenda na Baía Escondida sobre um surubim de oito palmos", disse o turista. "Não é lenda, é verdade", disse Pedro d'Ávila no sonho. "O Velho viu." "Viu e deixou fugir. Que pescador é esse?", acusou o turista. "Calma, ele pegou o Rei dos Surubins", disse Pedro d'Ávila. E bateu palmas.

Veio uma criada. "Pode servir", ordenou Pedro d'Ávila. O peixe não cabia na imensa travessa de prata. Do tamanho de um homem, transportado por dois homens. Começaram a comer. Garfos e facas atacavam o dorso, os costados, arrancavam pedaços dos quais se desprendia ainda a fumaça do assado.

Inútil: a carne inchava na boca. Parecia papel, parecia palha. Sem gosto, sem tempero. O velho engulhava. Não conseguia engolir. Via espanto e censura nos olhos humanos do surubim. Dobrou-se em dois, vomitou na toalha de linho aquela carne que lhe parecia sair do ventre, do peito, do coração de um homem – do corpo de um velho amigo.

Despertou de fôlego curto, o peito espetado por dores finas, como se dezenas de punhais o penetrassem. Tateou a mão em busca do Isordil.

Pensei: se alguém fisgar o Rei do Rio, pode comprar mantimentos para um mês, dois meses, mais roupas e remédios.
Quantos quilos ele tem? Quarenta, cinquenta? Eu calculo quarenta, por baixo. O Rei dos Surubins.

Não há sonho sem uma realidade anterior ou posterior que lhe está afeta, pensou o Velho. Ele se lembrava muito bem do encontro. Chegou, tirou o chapéu e se recostou no gradil; chapéu pousado no peito, ouviu mais do que falou. Aquele turista estava à procura de emoções fáceis, se dizia pescador e, naturalmente, queria impressionar os amigos no trabalho e no clube com uma foto ampliada em que aparecia sorridente ao lado de um surubim gigantesco por ele arpoado nos igapós. Para os filhos, um herói; para a mulher loura que naturalmente já começava a desprezar-lhe o ventre flácido e a bazófia alcoólica, a possibilidade, quem sabe, de redenção. O turista virou-se para ele e perguntou:

— Ouvi falar na lenda de um peixe gigantesco nas águas da Baía Escondida. Uma lenda antiga, não é?

— Não é lenda, é a pura verdade — rebate Pedro d'Ávila antes que o Velho fale. — O Velho viu.

— Viu e deixou escapar? — o turista insinua a zombaria.

Novamente, Pedro d'Ávila, ocupado em servir doses de uísque com gelo, se adianta:

— O Rei dos Surubins e o Velho são amigos, se conhecem há anos, se procuram na baía, conversam.

— Conversam, é? E sobre o que haveriam de conversar um homem e um peixe, senão sobre anzol reforçado, isca e captura? — indaga o turista.

Pausa. Pedro d'Ávila estende um copo ao Velho:

— Beba. Faz bem às coronárias, desentope artérias.

O Velho fica com o copo na mão, a fitar o líquido ambarino com a mesma fixidez com que na baía fita o dorso azul e pardo do Surubim, aquela fixidez sonhadora no olhar que divisa a barriga branca do peixe de quatro arrobas, as estrias negras; um olhar vítreo com que talvez pretenda hipnotizá-lo e trazê-lo à margem e dele fazer um cão que lamba seus pés nas frias manhãs outonais. O Velho prefere aguardente destilada; para ele uísque é perfumaria de branco. Bebe um gole com um furtivo jeito receoso. O chapéu furado na copa está pousado agora no encosto da cadeira que Pedro d'Ávila, senhor daqueles horizontes, lhe empurrou.

— Quanto quer pelo Rei dos Surubins? — pergunta o turista com aquela facilidade dos que podem comprar tudo, homens e peixes, saúde, solidão e liberdade.

— O quê? — estranhou o Velho.

— Ele pergunta quanto quer para pescar o Rei — Pedro d'Ávila traduz.

— Eu não pego o Surubim, eu respeito o Surubim — o Velho responde.

— Quatro arrobas. Vamos supor que dê quatro arrobas... — o turista murmura.

Parece fazer contas. E propõe:

— Dou duzentos, mas quero o peixe salgado, inteiro. Quero o peixe nu, completo, tal como veio ao mundo, cresceu e envelheceu na Baía Escondida.

No outono e, sobretudo, no inverno, ele prefere os caniços da margem sul. No estio, se aconchega nas águas sombreadas pelas goiabeiras e limoeiros-bravos. Ali a baía tem uma cor de breu diluído. O Rei do Rio, imóvel, dá impressão de petrificado na gelatina escurecida. Um peixe ancestral.

Chego na canoa, aproo em terra firme, subo o barranco. E lá de cima, andando na ponta dos pés, me acercando da ribanceira quase a pique, aperto os olhos, vejo o Rei dos Surubins petrificado. Um fóssil. Eu rio e lhe aceno um adeus mudo. "Esteja em paz, amigo. A baía é a sua casa, você manda e não pede." "A baía também é sua", o peixe me diz no meu pensamento. "É minha, sim; mas até quando?" "Para sempre." "Ora, para sempre. Não existe para sempre para um homem velho nem para um peixe do seu tamanho descomunal. Um dia desses a bruxa me pega. E você espeta a guelra num anzol de aço." O Rei dos Surubins ri. Não, sou eu quem solta esta risada curta e baixa de escárnio, de desafio.

Duzentos, o Velho se põe a matutar na cama de varas, no coplai na boca do rio, sob árvores esgalhadas onde costuma enroscar-se a sucuruju. Ele bem que precisa de uma pajelança. Já tentou encantos e rezas da rude medicina indígena. Tempo perdido, os pajés não têm força para espantar o mal que lhe estanca o ar no peito e lhe espeta aquelas dezenas de facas de afiado gume. A tonteira, um coração que se agita como sagui, descontrolado, irrequieto e surdo dentro da caixa dos peitos. E que nos seus destemperos o deixa largado, sem vontade, um traste, um molambo atirado a um canto, incapaz de levantar a vista e abranger as belezas nascentes da cunhãzinha, sopesar com o olhar os dois arroios líquidos que lhe brotam no peito, aqueles dois olhos d'água por enquanto secos, mas que afogam a desilusão e fortalecem as fraquezas da idade. Ah, pensa o Velho, eu preciso mais é de pajelança de branco. Feitiço de branco; quando dá certo, cura de vez.

A gente se acostuma com tudo. Com um gato nas cinzas do fogão, com um cachorro estirado na porta do casebre, com uma mulher, com um peixe no rio. E passa a regular a vida pela companhia que tem.

Para se descobrir viva, a pessoa olha o cão, apalpa a mulher, corre um dedo no dorso do gato, olha o peixe. Com enlevo. Reconhecimento sereno. Um cego tateia no escuro, encontra a cadeira, a panela, a parede, a cama, a mulher. Um velho de olhos cansados, porém abertos, troca com um surubim um olhar cúmplice, e ambos povoam a sua solidão. Um na água, sempre na água, o outro em terra e na água, na canoa que se move ou na cabana que é uma canoa encalhada.

– "[...] Nu saí do ventre de minha mãe, e nu tornarei para lá; o Senhor o deu, e o Senhor o tomou [...]."
A cunhãzinha faz uma pausa na leitura do Livro de Jó. O Velho escuta até mesmo o silêncio. A cunhãzinha retoma a leitura:
– "Pereça o dia em que nasci, e a noite em que se disse: 'Foi concebido um homem!'."
– Ele vai se revoltar contra Deus – diz o Velho.
– Não, tio. Jó perde tudo e se humilha cada vez mais.
– Não existe homem assim, capaz de suportar todos os sofrimentos sem se revoltar. Jó teria de ser tão humilde quanto o próprio Deus, se é que Deus é humilde – o Velho argumenta.

– Não se esqueça de que Deus também é homem, e que, atirando tantas desgraças nos ombros de Jó, quis testar a paciência e a humildade dos homens – a cunhãzinha repete a lição que ouviu da missionária.

– Não, esse homem não existe – o Velho teima. – Perder tudo o que tem, rebanhos e filhos, amigos e honrarias, cobrir-se de doenças imundas e ainda fazer penitência de pó e cinza? É demais, é demais – o Velho geme.

– Tio, Deus recompensou Jó, Deus lhe devolveu tudo, e em dobro – a cunhã adverte.

A manhã vai alta, o sol se pendura no meio do céu, é um lustre-luzeiro. Com um suspiro, a cunhãzinha fecha a Bíblia e, absorta, coça um joelho. Um cheiro de pacu recém-assado chega da cozinha. Esse tal de Jó, se é que existiu mesmo, devia ser mais moço do que eu, alerta uma voz dentro do Velho. Ainda podia esperar. A voz interior se cala, como à espera de confirmação, à espera talvez de testemunhar o poder corrosivo de suas palavras. De onde vem a voz? Dos infernos que trago em mim? Do próprio Macaxeira que entrou em mim? Jó perdeu os rebanhos, os amigos, a família – a voz recomeça o discurso. Mas não perdeu a fé. Seu caso é diferente. Diferente, e por quê?, o Velho quer saber. Diferente, sim: você nunca teve fé, a não ser em você mesmo, na sua habilidade para caçar e pescar. Perdendo a saúde, perdeu a fé. Perdeu a fé na virilidade. A voz se extingue, revira dentro do Velho o veneno das insinuações. É verdade, eu perdi mais do que Jó, o Velho admite por fim. Eu não tenho mais salvação. Maldito o dia em que nasci.

Eu pescava de carreira. Peguei uns pacus beiradeando o barranco. Fazia os movimentos certos, como se alguém de fora, um observador interessado, me houvesse programado: anzol, linha, vara, canoa, remo e pescador. Não exatamente nesta ordem: ações quase misturadas, quase simultâneas, praticadas com a precisão, a indife-

rença e a fatalidade dos relógios, tudo no instante certo, a mesma naturalidade da água a escorrer.

Os pacus no fundo da canoa, vítreos. Eram lascas de vidro ao sol, estilhaços de vidro manchado. Neles eu queria me olhar, queria me ver. Mas era a água da baía, de uma clareza translúcida, que me refletia um vulto quase dobrado ao meio.

Senti uma fisgada no peito. Eu, que havia fisgado pacus e gamelas, acabava de engolir um anzol de fina ponta de aço que me rasgava as carnes em cima do coração. Fisgada certeira, funda, penetrante. Parei. O suor brotou. Eu suava, eu era uma fruta madura da qual se espreme o suco. Testa, axilas, peito, palmas das mãos. Um suor antes frio que morno, uma onda que descia da nuca ao baixo-ventre, passando pela linha do espinhaço. Ah, se eu me mexesse, o anzol entraria mais nas minhas carnes internas, que deviam ser tenras e róseas como as carnes dos cordeiros; se eu saísse do lugar, ali em cima da canoa, decerto o anzol revolveria meu coração como uma faca que o criminoso enfia, enfia e revolve na ferida para matar mais depressa.

Ah, eu estou tenso, o coração a pulsar na goela, um tambor a bater nos ouvidos, nas têmporas – o medo. E os pulmões comprimidos, a respiração sufocada, uma poderosa golfada de ar que se reduz a um sopro – o sopro com que se extingue uma vela. A dor da ferida se alastra por todo o peito, sobe do fundo para a superfície do corpo, vara a pele, mergulhos e ascensões, lacerações, a lâmina que corta e recorta.

Ignoro quanto tempo suportei aquele anzol a me transfixar, minha mão esquerda segurando a linha, a mão direita a sustentar o remo fincado, a canoa parada, o sol quente da manhã adquirindo na minha visão turva a precipitação de súbito crepúsculo negro.

Tombei sobre as pernas. Com o desamparo com que caem goiabas-bravas ou limões na baía.

A cunhãzinha estremece. O olhar do Velho se afasta da boca do rio, desemboca na Baía Escondida, procura o canto sob a goiabeira-brava onde a água forma um remanso escuro, procura a margem dos caniços, das lianas e canaranas.

– Eu ainda tenho o peixe – o Velho grita.

A cunhãzinha olha-o com assombro:

– Que peixe, meu tio?

– O peixe grande, o Rei dos Surubins – o Velho explica em voz mais branda.

A cunhã se desenrosca dos seus pés, se levanta, é uma cobra sedutora, a cunhã, assim de pé, pronta a soltar o bote e enroscar na vítima as dobras elásticas do corpo.

– Vou fazer seu prato, tio. Pacu assado com farofa d'água.

O tio come, dorme e repousa.

Um despertar agoniado. As pernas parecem travadas. Envelheci. A dor agora se localiza na nuca, as mandíbulas não querem juntar as duas fileiras de dentes incompletos.

Do jeito que estava, sobre os pacus, fui me apalpando, me reencontrando. Estirei as pernas, estirei os braços, dominei aos poucos aquelas peças que me pareciam inteiras, sem dobradiças. E me sentei. Nos ouvidos que antes recolhiam uma tempestuosa maré interior, quando o anzol me fisgou, distingui agora outros sons. Ouvi, por exemplo, a marola.

A marola que ele faz, o Rei do Rio, quando sai do recanto de água escura ou dos baixios dos caniços para o meio da Baía Escondida. Mas, ora essa, não havia caído goiaba nem jenipapo nem outro fruto silvestre já bicado por passarinhos. E, no entanto, uma quilha certeira fendia a superfície espelhante. Vi o Rei chegar-se, flutuar pela metade perto da canoa, no lugar onde antes estivera o meu anzol.

Sei que ele me olhou. Sei bem. Como sei que ele se estirou todo, se esticou para que eu o medisse. Medi uns oito palmos de comprimento com a vista. E fechei os olhos, desejando: Vá embora! O Velho ainda não morreu. Depois a gente se vê. Depois a gente conversa nesta baía erma.

— É verdade que existe um surubim enorme na Baía Escondida? — me pergunta o turista.
— É, sim, senhor.
— Você já viu?
— O Velho não apenas viu uma vez, senão duas vezes, dez vezes, cinquenta vezes. Ele e o Velho conversam como dois bons amigos. Se conhecem e se respeitam — informa Pedro d'Ávila, senhor proprietário destas matas e rios, incluindo a Baía Escondida.

Talvez lhe tenham dado carta régia por serviços públicos relevantes. Tem um copo de uísque na mão, estamos os três na varanda, eles sentados em cadeiras de vime, eu recostado no gradil, chapéu no peito.

— Quantos metros tem o surubim? — o turista pergunta.
— Uns oito — eu lhe digo.
— Oito metros? É ver para crer — comenta o turista.
— O Velho não mente, o Velho é sério — garante Pedro d'Ávila.
— E quanto pesa mesmo? — o turista insiste na conversa.
— Uns cinquenta quilos, talvez mais.
— Meu Deus! — diz o turista.

Apenas duas palavras: "Meu Deus!", em tom baixo, de reflexão, de espanto. Esvaziam os copos e Pedro d'Ávila me oferece uma dose.

— Beba, faz bem às coronárias, desentope veias — ele diz.

Bebo pra ser delicado, porque aprecio mesmo é aguardente da pura. Meia hora depois, se tanto, o turista propõe:

— Você pega ele pra mim.

Não me pergunta, afirma. Sem me consultar, sem me olhar. "Você pega ele pra mim." Embaraçado, com o rosto lambido por um estranho rubor, finjo estupidez.

— Pegar quem, pegar o quê?
— Ora, o surubim.
— O Rei dos Surubins? — a voz do turista tem um desafio de bêbado. — Ele se chama Rei dos Surubins, é?
— O Velho lhe deu este nome — diz Pedro d'Ávila, revolvendo o fumo do bocal do cachimbo e acendendo-o com um isqueiro. — Também o chama de Rei do Rio ou Rei das Águas.
— Você pega ele pra mim? — insiste o turista. — Eu lhe pago.
E se levanta. O olhar sonhador vara o bosque; do outro lado do bosque fica a Baía Escondida, o surubim.
— Eu quero aquele peixe. O surubim de cinquenta quilos, sei lá, o surubim de oito metros, sei lá. Por ele lhe dou duzentos. Salgado, está certo?

A cunhãzinha vem me ver. Ela é quem escolhe os dias de visita. Chega no seu passo furtivo, os cabelos pretos e escorridos cheirando a óleo de umiri. Está ficando dengosa, penso sentado no copiar, vendo-lhe o andar meio requebrado de réptil. Está botando corpo e jeito de mulher. Traz a Bíblia de capa preta. Uma missionária indígena, penso, sem conter mais o sorriso de boas-vindas. "Bom dia, tio." "Bons olhos te vejam, menina." "Está melhor, tio?" "Vou vivendo como posso", é o que respondo.

O sol bate nos fundos da cabana, o copiar é um poço largo de sombras. Quando os ramos das árvores rangem como cordas de mastro, as sombras bailam no chão, trepam nas paredes de barro. "Quer um caldo de mutum?", pergunta a cunhãzinha. "Está bem." Sentado estou, sentado permaneço. Garças pousam nos baixios do rio. Maritacas fazem uma algazarra de endoidecer nos catulés. "Depois eu asso os pacus", avisa a cunhãzinha, lá de dentro, mexendo nas trempes.

Chega a hora de ler a Bíblia. A cunhãzinha vem para o copiar, se senta no chão junto dos meus pés inchados e nodosos e enrola a saia entre as coxas. As coxas morenas foram arredondadas e alisadas a capricho por um mestre torneiro. Mulheres. Devo estar velho, me desabituei de mulheres. Primeiro, a companhia que a princípio aceito com alvoroço, à espera, mais tarde, que elas se cansem e vão embora. Depois, me desabituei do desejo. "O que acontece quando o homem envelhece e perde a força das virilhas?", me perguntou certa vez um rapaz com quem eu pescava gamelas de muitos quilos cada. "Homem é uma fogueira, arde e crepita na mocidade, soltando fagulhas e rolos de labaredas. O tempo corre, luas e sóis se sucedem, o fogo abranda. Até se apagar", completou o rapaz. "Ao virar cinza quente, cinza morna, cinza fria", confirmei. A cunhã levanta a vista, seus olhos são verdes. Escute, ela me diz: "[...] Porque o fruto da luz consiste em toda bondade [...]". Quem disse isto? O apóstolo Paulo, na epístola aos Efésios. Bondade, bondade. A luz está na bondade. Eu estremeço. A luz divina, a graça divina, a luz da Salvação. A cunhãzinha não sabe que eu vou matar. Matar friamente, de madrugada.

Sem desconfiar do meu intento, ela parte. Seus cabelos parecem ficar para trás, na curva do rio, confundidos com os corimbós e outros cipós. Os peitos da cunhãzinha palpitam agora, rosados, na barriga dos bugios da floresta. O sol da tarde bate no copiar, desfalecido sol, desce pelas minhas pernas de veias grossas, ilumina os pés inchados.

Ao entardecer, vou à boca do rio e dou o aviso ao surubim do tamanho de um homem: "Cuidado, amigo! Eu vou te matar. Eu preciso da tua carne em salmoura pra pagar a pajelança dos brancos da cidade grande.".

O vidro de formol e a seringa, objetos que o turista lhe deu para injetar salmoura na carne do peixe estão na mochila de palha. Acocorado na cozinha, o Velho tempera o anzol de aço em banha de jaú. O fogo estala, a banha salta e morde-lhe a cara tomada pela barba rala.

Anzol de aço especial, dois grossos fios trançados. O Velho olha com desgosto a vara de bambu-jardim com que fisga pacus, carimatás e piraguajuras. Grossa mas fraca, o Rei dos Surubins poderá quebrá-la com um simples tranco de sua cabeça achatada.
– Vai pescar, tio? – pergunta a cunhã.
– Vou pegar o Rei dos Surubins.
– O Rei dos Surubins é uma velha lenda do meu povo.
– Não é lenda, é verdade verdadeira. Eu vi com estes olhos que agora te veem. Vi muitas vezes, cunhã.
A cunhãzinha se prepara para moquear um pedaço de paca. Frutos despencam a intervalos na Baía Escondida.

"Vá embora!", grita o Velho em cima do barranco.
O peixe parece petrificado em camadas de água solidificada.
"Fuja!", aconselha o Velho. "Fuja rio acima! Fuja que ainda é tempo!"

O Velho tem na mão o anzol volteado e temperado em banha de jaú.
Aquele mesmo anzol que costuma fincar-se no seu peito e rasgar-lhe as entranhas.
Entrou de canoa no igapó, cortou uma vara de conduru, a mais tensa e flexível que encontrou. Três metros e meio. O branco conduru não tem a menor serventia. Desbastado, revela um tesouro: seu coração secreto, núcleo duro que nem pedra, vermelho âmago incorruptível.
Agora faltava a linha.

"Fuja, meu velho! Vá embora da Baía Escondida. Vá comer goiabas rio acima. Alguma vez eu lhe fiz algum pedido? Pois então faça o favor de me escutar. É por seu bem, é pelo meu bem."

A linha tinha de ser náilon 160. O Velho fez a ponteira com cordinha de náilon de seda. Para um peixe especial, vara, anzol e linhas especiais. E um pescador especial, o Velho da Baía Escondida.

Vou matar friamente. Vou matar deliberadamente. Estou calmo. Agora que começo a pôr minha decisão em prática, agora que resolvi sobreviver, me sinto mais forte, um sangue mais fluido corre desatado nas veias. Mais moço, dez anos mais moço.

Fecha a cabana, pendura no ombro a mochila com o sal, o formol e a seringa, na mão direita vai a vara de pesca com a linha e o anzol. A canoa o espera na boca do rio. Insensível a picadas, atravessa uma nuvem de meruins, piuns, mosquitos e mutucas. Leva um tororó de frutas no anzol.

Manhã cedo, o dia acabou de romper. O Velho sai da curva da picada e avista a cunhãzinha no ancoradouro.
– Vou sozinho, cunhã.
Ela não responde.
– É trabalho pra homem, cunhã.
– Eu sei.
– Me espere que eu volto.
– Não – diz a cunhã.
– Então adeus.
– Tenho uma coisa pra você, tio.
– O que é?
– É coisa pra ver, uma coisa pra mostrar.
– Pois mostre logo.

A cunhãzinha baixa os olhos, pega o vestido nas pontas e puxa-o pela cabeça. Continua de olhos baixos. O frio da manhã lhe percorre o corpo com a pungência de labaredas vorazes. A cunhãzinha vira de costas, oferece de novo a frente do corpo nu. Do peito parecem manar dois olhos-d'água; após o ligeiro declive do ventre, começa a enseada das virilhas, que, fosse ela moça branca, estaria recoberta por uma rala canarana, aqui e ali cortada por moitas de tajás.

– Me espere que eu volto, o Velho pede.

– Não – diz a cunhã.

Um bando de macucáguas observa os dois vultos imóveis. O Velho entra afinal na canoa e desaparece no rio.

"*Culpa não tenho, eu mandei você fugir e você teimou em ficar. Vou para o meio, vou manobrar a canoa, o remo e a linha como só eu sei fazer, sou mestre nisso, você sabe, quanto mais velho e pesado você fica mais lhe cresce a gula, posso muito bem imitar o baque de uma goiaba-brava na água, afinal pra que pensa que eu trouxe o tororó? Você não me engana, sei que está entre os caniços, assim que ouvir o 'tibum' você corre por entre o capinzal, forma uma marola, seus olhos saltados se recusam a ver qualquer coisa que não seja a isca, você está cego, engoliu o anzol de aço que eu próprio temperei em banha de jaú, o anzol vai lhe rasgar a guelra, pode resistir, pode sacudir a cabeça chata e arrastar a canoa, temos tempo, eu tenho o dia inteiro, a cunhã com certeza me espera, ela se mostrou toda pra mim e me deixou com um bolo na garganta, acha que estou no fim e quer me dar o presente que tem, puxe à vontade, o bolo me corta a respiração, será que vou ter outro ataque, maldito o dia em que nasci, o anzol de aço está fincado na sua carne ou na minha?, a canoa dispara, desse jeito eu perco o equilíbrio, parece que tenho um bolo de comida seca entalada na garganta, este suor o Jó da Bíblia verteu muitas vezes nos seus padecimentos, ah, a nuca, o peito, o maxilar endurecido, a cunhã me espera, peixe desgraçado de quatro arrobas, você é um monstro das profundezas, vá a gente adivinhar os caprichos de uma mulher, você me põe de joelhos no fundo da canoa, eu vassalo do Rei dos Surubins, você existe mesmo ou é lenda?, tanto vento na baía e meus pulmões ardem, a caixa dos peitos vai estourar, adeus Rei Meu, Senhor dos Surubins... fuja com o anzol na boca... vá viver no rio o resto dos seus dias... eu..."*

(*O Rei dos Surubins & outros contos*, 2000)

BIOGRAFIA

Hélio Pólvora (de Almeida) nasceu numa fazenda de cacau em Itabuna, Bahia, em 1928. Fez estudos secundários em Salvador, nos colégios Dois de Julho, Carneiro Ribeiro e da Bahia. Iniciou-se no jornalismo como colaborador e editor do semanário *Voz de Itabuna* e, em sua cidade, foi correspondente de jornais de Salvador. Em janeiro de 1953, a fim de cursar universidade, fixou-se no Rio de Janeiro, onde residiu por mais de trinta anos. Datam desse período o início de sua carreira literária e uma atividade jornalística intensa, que prosseguiram, depois de 1984, na Bahia (Itabuna, Ilhéus e Salvador). À sua estreia em livro, com *Os galos da aurora*, em 1958, seguiram-se cerca de 25 títulos de ficção e crítica literária, além da participação em dezenas de antologias nacionais e estrangeiras. Tem contos traduzidos para o espanhol, o inglês, o francês, o italiano, o alemão e o holandês. A partir de 1990, transferiu residência para Salvador. Eleito para a cadeira 29 da Academia de Letras da Bahia, faz parte também da Academia de Letras do Brasil (sede em Brasília, DF), onde ocupa a cadeira 13, cujo patrono é Graciliano Ramos. Pertence ainda à Academia de Letras de Ilhéus e é doutor *honoris causa* pela Universidade Estadual de Santa Cruz. Participou, ao lado de nomes como José Guilherme Merquior, Miécio Táti e Ivan Cavalcanti

Proença, da Comissão Machado de Assis, instituída pelo Ministro da Educação e Cultura Jarbas Passarinho, para reconstituir os textos e reeditar a obra de Machado. Foi parecerista do Instituto Nacional do Livro e da Livraria Francisco Alves Editora, no Rio de Janeiro, e, em Salvador, integrou a Comissão Selo Bahia, criada pela Secretaria da Cultura e do Turismo, no âmbito da Fundação Cultural do Estado da Bahia. Foi editor (Edições Antares, Rio de Janeiro), crítico literário (*Jornal do Brasil*, *Veja* e *Correio Braziliense*), cronista e crítico de cinema (*Jornal do Brasil*, *Shopping News*, *A Tarde* e outros jornais e revistas). Fundou e editou os jornais *Cacau-Letras* e *A Região*, em Itabuna. Conquistou diversos prêmios literários, entre os quais os da Bienal Nestlé de Literatura (1982 e 1986), o da Fundação Castro Maya e o do *Jornal do Commercio*. Assina mais de quarenta traduções de livros de ficção (romances e contos) e ensaios. Visitou, a convite oficial, a Colômbia, os Estados Unidos e a Alemanha, e conhece bem, além do Brasil, a Europa Ocidental.

BIBLIOGRAFIA

CONTO E NOVELA

Os galos da aurora. Rio de Janeiro: Civilização Brasileira, 1958. (Prêmio *Jornal do Commercio*, 1958)

A mulher na janela. Rio de Janeiro: A Estante, 1961.

Estranhos e assustados. Rio de Janeiro: Lidador, 1966. (2. ed. Rio de Janeiro: Francisco Alves/Brasília: Instituto Nacional do Livro, 1977.) (Prêmio Fundação Castro Maya, 1966)

Noites vivas. Rio de Janeiro: Expressão e Cultura, 1972. (2. ed. Rio de Janeiro: Antares/Brasília: Instituto Nacional do Livro, 1978.)

O menino do cacau. (Parceria com Telmo Padilha.) Rio de Janeiro: Antares, 1975.

Massacre no km 13. Rio de Janeiro: Antares/Brasília: Instituto Nacional do Livro, 1980.

O grito da perdiz. São Paulo: Difel, 1983. (Prêmio Bienal Nestlé de Literatura Brasileira, 1982)

10 contos escolhidos. Brasília: Horizonte, 1984.

Aquém do umbral. Rio de Janeiro: Pão de Açúcar, 1985.

Mar de Azov. São Paulo: Melhoramentos, 1986. (Prêmio Bienal Nestlé de Literatura Brasileira, 1986)

Xerazade. Rio de Janeiro: José Olympio, 1989.

Três histórias de caça e pesca/Trois récits de chasse et pêche. (Versão para o francês de Jacques Delabie.) Salvador: Mythos, 1996.

A guerra dos foguetões machos. Alenquer, Portugal: Orabem, 2000.

O Rei dos Surubins & outros contos. Rio de Janeiro: Imago/Salvador: Fundação Cultural do Estado da Bahia, 2000.

Os galos da aurora & outros contos. Salvador: Casa de Palavras/Fundação Casa de Jorge Amado, 2002.

Contos da noite fechada. Ilhéus: Editus, 2004.

ROMANCE

Inúteis luas obscenas. São Paulo: Casarão do Verbo, 2010.

POESIA

Sonetos para o meu pai morto. Rio de Janeiro: Pão de Açúcar, 1983.

Cigarras da vida inteira. Rio de Janeiro: Pão de Açúcar, 1984.

CRÔNICA

Um pataxó em Chicago: 50 crônicas reunidas. Salvador: BDA, 1997.

Crônicas da capitania: vivências & imagens & acontecências das terras do sem-fim. São Paulo: Legnar, 2000.

Memorial de outono: vivências de um velho escritor zangado. Rio de Janeiro: Bertrand Brasil, 2005.

De amor ainda se morre. Salvador: EPP, 2008.

Ensaio

A força da ficção. Petrópolis: Vozes, 1971.

Para conhecer melhor Gregório de Matos. Rio de Janeiro: Bloch, 1974.

Graciliano, Machado, Drummond & outros. Rio de Janeiro: Francisco Alves, 1975.

Notícia sobre a "civilização" do cacau/Cocoa "civilization" notice. (Parceria com Telmo Padilha.) Ilhéus: Divisão de Comunicação da Ceplac, 1979.

Os seres e as cores nas terras do sem-fim: uma iconografia da Mata Atlântica do cacau da Bahia. (Parceria com José Carlos Capinam.) Rio de Janeiro: Petrobras, 1993.

O espaço interior. Ilhéus: Editora da Universidade Livre do Mar e da Mata, 1999.

Itinerários do conto: interfaces críticas e teóricas da moderna *short story.* Ilhéus: Editus, 2002.

Organização de Antologia

Antologia de contos brasileiros de bichos. (Parceria com Cyro de Mattos.) Rio de Janeiro: Bloch, 1970.

Cacau em prosa e verso. (Parceria com Telmo Padilha.) Rio de Janeiro: Antares, 1978.

A Sosígenes, com afeto. Salvador: Cidade da Bahia, 2001.

Participação em Antologia

O violão e a bicicleta. In: MAIA, Carlos Vasconcelos; ARAÚJO, Nélson de (Orgs.). *Panorama do conto baiano.* Salvador: Progresso, 1959.

Ninguém está inteiro. In: MAIA, Carlos Vasconcelos; ARAÚJO, Nélson de (Orgs.). *Histórias da Bahia.* Rio de Janeiro: GRD, 1963.

Os galos da aurora. In: NASCIMENTO, Esdras do (Org.). *Antologia do novo conto brasileiro.* Rio de Janeiro: Júpiter, 1964. v. 2.

Cassiano. In: DAMATA, Gasparino (Org.). *Antologia da Lapa:* vida boêmia no Rio de ontem. Rio de Janeiro: Leitura, 1965. (2. ed. Rio de Janeiro: Codecri, 1978; 3. ed. Rio de Janeiro: Desiderata, 2007.)

Adamastor. In: HEUPEL, Carl (Org.). *Moderne brasilianische erzähler.* Alemanha Ocidental: Walter-Verlag, 1968.

A ninfa e o repuxo. In: BRITO, Mário da Silva (Org.). *Livro de cabeceira do homem.* Rio de Janeiro: Civilização Brasileira, 1969. Ano III. v. 9.

Nadie esta entero. In: SOARES, Flávio Macedo (Org.). *Nuevos cuentistas brasileños.* Caracas: Monte Ávila, 1969.

No peito o motor. In: QUEIROZ, Dinah Silveira de (Org.). *Livro dos transportes.* Rio de Janeiro: Ministério dos Transportes/Serviço de Documentação, 1969. (2. ed. revista e aumentada, 1970.)

Os galos da aurora (excerto). In: GOUVEIA NETO, Hermano; GOUVEIA, Anete Barros (Orgs.). *Textos de autores baianos.* Rio de Janeiro: GRD, 1969.

Os galos da aurora. In: MATTOS, Cyro de; PÓLVORA, Hélio (Orgs.). *Antologia de contos brasileiros de bichos.* Rio de Janeiro: Bloch, 1970.

Os galos da aurora. In: LITRENTO, Oliveiros. *Apresentação da literatura brasileira.* Rio de Janeiro: Biblioteca do Exército/Forense Universitária, 1973. t. 2.

Alma de nordestino e couro bem curtido. In: AMADO, Jorge et al. *Gente boa.* Rio de Janeiro: Brasília-Rio, 1975.

Retorno a Graciliano. In: BRAYNER, Sônia (Org.). *Graciliano Ramos.* Rio de Janeiro: Civilização Brasileira/Brasília: Instituto Nacional do Livro, 1977. (2. ed., 1978.) (Coleção Fortuna Crítica)

O busto do fantasma. In: PADILHA, Telmo (Org.). *O moderno conto da região do cacau*. Rio de Janeiro: Antares, 1978.

Cruz e Sousa. In: COUTINHO, Afrânio (Org.). *Cruz e Sousa*. Rio de Janeiro: Civilização Brasileira/Brasília: Instituto Nacional do Livro, 1979. (Coleção Fortuna Crítica)

Três da manhã. In: RAMOS, Ricardo; LADEIRA, Julieta de Godoy (Orgs.). *Pelo telefone*. São Paulo: LR, 1982.

Menina sem nome. In: EUCLIDES NETO (Org.). *Novos contos da região cacaueira*. Brasília: Horizonte, 1987.

Aquém do umbral. In: SANTANA, Valdomiro (Org.). *O conto baiano contemporâneo*. Salvador: EGBA, 1995.

O suplício de Papa-Mel e O menino do cacau (excertos). In: MATTOS, Cyro de (Org.). *Itabuna:* chão de minhas raízes. Salvador: Oficina do Livro, 1996.

Composição sobre a ilha. In: MATTOS, Cyro de (Org.). *Ilhéus de poetas e prosadores*. Salvador, Bahia: EGBA, 1998.

Mi compadre Tirésio. In: SALAS, Horácio et al. *32 narradores del sur*. Asunción: Don Bosco, 1998.

Decálogo do perfeito contista: comentários. In: FARACO, Sérgio; MOREIRA, Vera (Orgs.). *Horácio Quiroga:* decálogo do perfeito contista. São Leopoldo: Unisinos, 1999. (2. ed. Porto Alegre: L&PM, 2009.)

O mar, um tema eterno. In: O MAR na prosa brasileira de ficção. Ilhéus. Editus, 1999.

Slachting bij kilometerpaal 13. In: GAIKHOF, Hermien; MEELKER, Bert (Orgs.). *De tweede ronde*. Amsterdam, Nederlands: Lente, 1999.

O outono do nosso verão. In: MATTOS, Cyro de (Org.). *O conto em vinte e cinco baianos*. Ilhéus: Editus, 2000.

Chuva. In: RIBEIRO, Carlos (Org.). *Com a palavra o escritor*. Salvador: Casa de Palavras/Fundação Cada de Jorge Amado/Braskem, 2002.

Für Elise. In: DAMULAKIS, Gerana (Org.). *Antologia do conto baiano*: século XX. Ilhéus: Editus, 2004.

Sosígenes Costa e o modernismo literário: uma crônica de escaramuças, ironias e afagos. In: MATTOS, Cyro de; FONSECA, Aleilton (Orgs.). *O triunfo de Sosígenes Costa:* estudos, depoimentos e antologia. Ilhéus: Editus/Feira de Santana: Editora da UEFS, 2004.

O gol de Gighia. In: MATTOS, Cyro de (Org.). *Contos brasileiros de futebol.* Brasília: LGE, 2005.

A angústia contemporânea na obra de ficção. In: FREITAS, Ida (Org.). *Angústia.* Salvador: Campo Psicanalítico, 2006.

[Frases pinçadas de contos e crônicas]. In: SIMÕES, Maria de Lourdes Netto (Org.). *Esteja a gosto!* Ilhéus: Editus, 2007.

Turco. In: SANCHES NETO, Miguel (Org.). *Ficção*: histórias para o prazer da leitura. Belo Horizonte: Leitura, 2007.

Graciliano Ramos: escritor engajado. *Colóquio Graciliano Ramos.* Salvador: Casa de Palavras/Fundação Casa de Jorge Amado, 2008.

Jorge Amado e o romance do mar. *Colóquio Jorge Amado:* 70 anos de *Mar morto*. Salvador: Casa de Palavras/Fundação Casa de Jorge Amado, 2008.

Mar de Azov. In: SOARES, Rosel Bonfim (Org.). *Travessias singulares:* pais e filhos. São Paulo: Casarão do Verbo, 2008.

O regresso. In: FERNANDES, Rinaldo de (Org.). *Capitu mandou flores.* São Paulo: Geração, 2008.

Os sete sonhos e Samuel Rawet. In: SANTOS, Francisco Venceslau dos (Org.). *Samuel Rawet:* fortuna crítica em jornais e revistas. Rio de Janeiro: Caetés, 2008.

MENÇÕES AO AUTOR EM LIVRO

AMADO, Jorge. Letras & artes. In: _____. *Bahia de todos os santos*. 8. ed. São Paulo: Martins, 1961.

ARAÚJO, Carlos Roberto Santos. Memória em franca germinação. In: PÓLVORA, Hélio. *De amor ainda se morre*. Salvador: EPP, 2008.

BAKAJ, Branca. Folheto de trabalho sobre *10 contos escolhidos* de Hélio Pólvora. In: PÓLVORA, Hélio. *10 contos escolhidos*. Brasília: Horizonte, 1984.

BRASIL, Assis. Hélio Pólvora. In: _____. *Dicionário prático de literatura brasileira*. Rio de Janeiro: Tecnoprint, 1979.

CARVALHO, José Cândido de. Apresentação. In: PÓLVORA, Hélio. *Noites vivas*. 2. ed. Rio de Janeiro: Antares/Brasília: Instituto Nacional do Livro, 1978.

CHAVES, Flávio Loureiro. Sangue, suor e solidão. In: PÓLVORA, Hélio. *Estranhos e assustados*. 2. ed. Rio de Janeiro: Francisco Alves/Brasília: Instituto Nacional do Livro, 1977.

COSTA, Aramis Ribeiro. Os caminhos da eterna aurora. In: PÓLVORA, Hélio. *Os galos da aurora & outros contos*. Salvador: Casa de Palavras/Fundação Casa de Jorge Amado, 2002.

COSTA, Marisa Baqueiro; MUNIZ, Rosaury Francisca Valente Sampaio (Orgs.). *Dicionário de autores baianos*. Salvador: Funcultura/Governo do Estado da Bahia, 2006.

COUTINHO, Afrânio (Org.). *Brasil e brasileiros de hoje*. Rio de Janeiro: Sul Americana, 1961. v. 1.

_____; SOUSA, J. Galante de. *Enciclopédia de literatura brasileira*. Rio de Janeiro: Ministério da Educação/Fundação de Assistência ao Estudante, 1990. v. 2.

CUNHA, Fausto. Estranhos e assustados. In: PÓLVORA, Hélio. *Estranhos e assustados*. Rio de Janeiro: Lidador, 1966.

_____. Mar de Azov. In: PÓLVORA, Hélio. *Mar de Azov*. São Paulo: Melhoramentos, 1986.

DAMULAKIS, Gerana. Uma noite, muitas histórias. In: _____. *O rio e a ponte:* à margem de leituras escolhidas.

Salvador: Secretaria da Cultura e Turismo/Fundação Cultural do Estado, 1999.

_____. Universalismo convergente. In: _____. *O rio e a ponte:* à margem de leituras escolhidas. Salvador: Secretaria da Cultura e Turismo/Fundação Cultural do Estado, 1999.

FISCHER, Almeida. O moderno conto brasileiro: alguns expoentes. In: _____. *O áspero ofício:* sexta série. Brasília, Horizonte/Instituto Nacional do Livro, 1985.

_____. Panorama da literatura brasileira atual. In: _____. *O áspero ofício:* quarta série. Rio de Janeiro: Cátedra/Brasília: Instituto Nacional do Livro, 1980.

_____. Pólvora: novos contos. In: _____. *O áspero ofício:* quinta série. Rio de Janeiro: Cátedra/Brasília: Instituto Nacional do Livro, 1983.

_____. Um agreste de vidas e amores. In: _____. *O áspero ofício:* terceira série. Rio de Janeiro: Cátedra/Brasília: Instituto Nacional do Livro, 1977.

GOMES, Celuta Moreira. *O conto brasileiro e sua crítica.* Rio de Janeiro: Biblioteca Nacional, 1977. v. 2.

GUERRA, José Augusto. A força da crítica. In: _____. *Caminhos e descaminhos da crítica.* Rio de Janeiro: Cátedra/Brasília: Instituto Nacional do Livro, 1980.

HOHLFELDT, Antonio. O conto de atmosfera. In: _____. *Conto brasileiro contemporâneo.* Porto Alegre: Mercado Aberto, 1981.

_____. Recuperando nossos fantasmas pela palavra. In: PÓLVORA, Hélio. *Noites vivas.* 2. ed. Rio de Janeiro: Antares; Brasília/Instituto Nacional do Livro, 1978.

IVO, Lêdo. Fogo de outono. In: PÓLVORA, Hélio. *Memorial de outono:* vivências de um velho escritor zangado. Rio de Janeiro: Bertrand Brasil, 2005.

LEITE, Ascendino. Aqui, ó! In: _____. *Os dias esquecidos:* jornal literário. Rio de Janeiro: Cátedra, 1983.

_____. Carta de Hélio Pólvora. In: _____. *Um ano no outono:* jornal literário. Rio de Janeiro: Cátedra, 1983.

_____. Em duas noites, lendo os contos de Hélio Pólvora... In: _____. *O vigia da tarde:* jornal literário. Rio de Janeiro: EDA, 1982.

_____. O mar de Azov. In: _____. *Os dias memoráveis:* jornal literário. Rio de Janeiro: EDA, 1987.

LINHARES, Temístocles. Critério adotado pela antologia de Hélio Pólvora e Cyro de Mattos. In: _____. *22 diálogos sobre o conto brasileiro atual.* Rio de Janeiro: José Olympio/ São Paulo: Conselho Estadual de Cultura, 1973.

LUCAS, Fabio. Situação do conto. In: _____. *O caráter social da literatura brasileira.* Rio de Janeiro: Paz e Terra, 1970.

MARTINS, Wilson. A ficção menor. In: _____. *Pontos de vista:* crítica literária 1978-1981. São Paulo: T. A. Queiroz, 1995. v. 10.

_____. Amadorismo. In: _____. *Pontos de vista:* crítica literária 1986-1990. São Paulo: T. A. Queiroz, 1996. v. 12.

_____. O conto literário. In: _____. *Pontos de vista:* crítica literária 1982-1985. São Paulo: T. A. Queiroz, 1995. v. 11.

_____. O país dos contistas. In: _____. *Pontos de vista:* crítica literária 1978-1981. São Paulo: T. A. Queiroz, 1995. v. 10.

MENEZES, Raimundo. *Dicionário literário brasileiro.* 2. ed. revista, aumentada e atualizada. Rio de Janeiro: Livros Técnicos e Científicos, 1978.

MIGUEL, Salim. Dentro da noite, um clarão. In: _____. *O castelo de Frankenstein:* anotações sobre autores e livros. Florianópolis: Lunardelli/UFSC, 1986.

MOISÉS, Massaud. *História da literatura brasileira:* Modernismo. 5. ed. São Paulo: Cultrix, 2001.

NEJAR, Carlos. Hélio Pólvora e as *Noites vivas*. In: _____. *História da literatura brasileira:* da carta de Pero Vaz de Caminha à contemporaneidade. Rio de Janeiro: Relume--Dumará/Copesul/Telus, 2007.

OLINTO, Antonio. Os galos da aurora. In: _____. *Cadernos de crítica*. Rio de Janeiro: José Olympio, 1959.

PEREIRA, Armindo. *A esfera iluminada*. Rio de Janeiro: Elos, 1966.

RIBEIRO, Carlos. Eterna aurora: contos de Hélio Pólvora. In: _____. *À luz das narrativas:* escritos sobre obras e autores. Salvador: Editora da Universidade Federal da Bahia, 2009.

SAPUCAIA, Jairo. *Aquém do umbral:* finitude existencial no conto de Hélio Pólvora. Salvador: Secretaria da Cultura e Turismo/Fundação Cultural do Estado/Funcultura, 2006.

SIMÕES, Maria de Lourdes Netto. Hélio Pólvora do regional ao universal: *O grito da perdiz*. In: _____. *Caminhos da ficção*. Salvador: Fundação Cultural do Estado da Bahia/ Empresa Gráfica da Bahia, 1996.

TELLES, Lygia Fagundes. Arte do coração. In: PÓLVORA, Hélio. *Massacre no km 13*. Rio de Janeiro: Antares/Brasília: Instituto Nacional do Livro, 1980.

VIGGIANO, Alan. O complexo mundo literário de Hélio Pólvora. In: PÓLVORA, Hélio. *10 contos escolhidos*. Brasília: Horizonte, 1984.

ÍNDICE

Momentos singulares 7

Adamastor 19
Meus coelhos selvagens 30
Casamento 40
O busto do fantasma 54
Turco 76
Massacre no km 13 88
Almoço no "Paglia e Fieno" 100
O outono do nosso verão 112
Além do mundo azul 122
O grito da perdiz 155
Mar de Azov 180
Zepelins 201
Ninfas, ou A idade da água 223
Pai e filho 243
O Rei dos Surubins 256

Biografia 275
Bibliografia 277

Impressão e Acabamento
Bartira
Gráfica
(011) 4393-2911